U0148352

坏小孩

修订新版

紫金陈 ▶ 作品

湖南文艺出版社
HUNAN LITERATURE AND ART PUBLISHING HOUSE

博集天卷
CS-BOOKY

目录

CONTENTS

"意外"的谋杀

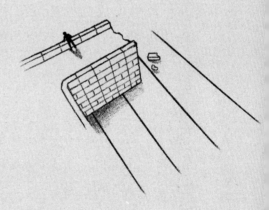

1

从这里望上去，六七米宽的石阶一直通向山顶。沿路的一侧，是一排厚重的城墙，据说是南明小朝廷造的，原本很高，历经数百年风雨洗礼，大都被损毁，前些年开发公司重新修葺后，更加宽厚结实，高度只到人的腰部，成了游客登山的扶手。

这一片山都叫三名山，是宁市最出名的山，古时是军事要塞，现今则是三名山风景区。

今天是 7 月的第一个星期三，既非节假日，又是旅游淡季，风景区里的游客屈指可数。张东升专门挑了今天带岳父母上山游玩。

"爸，妈，我们到山腰平台那儿休息一下吧。"张东升背着一个登山包，脖子上挂着相机，耐心地照顾着身后的岳父母，在任何人眼里，他都是一个标准的好女婿。

很快，他们到了山腰处一块有五六个篮球场面积大的平台上，三人站在平台外侧的一片树荫下，眺望远处的风景。

岳母大口呼吸着新鲜空气，显得对今天的出游很满意。"我早就想来三名山了，上次我听别人说，这里节假日人很多，五一、国庆挤都挤不过来，幸好东升当老师，有暑假，来玩不用凑节假日，瞧今天这里都没人！"

张东升张望一圈，今天是工作日，没几个游客，整个平台上只站着他们三个人，平台后面有几间卖纪念品的店铺，零星的几个游客在那儿吃东西、乘凉，离他们三十米开外的地方有个小凉亭，此刻里面有三个初中生模样的小孩在自顾自玩耍。

没人注意到他们。

"爸，妈，喝点水。"张东升把包放在地上，拿出两个水壶，递给两人，随后道，"爸，这里风景不错，你和妈站一起合个影吧。"

老夫妻听了女婿的建议，顺从地站到了一起，摆出经典的剪刀手。张东升拿起相机比画一下，放下相机，指着前面说："你们后面有排城墙，挡了空间，要你们坐在城墙上，我换个角度，把天空的背景拍进去，这样照片效果更好。"

老头略嫌麻烦，道："随便拍下就行了，我是不喜欢拍照的。"嘴上虽这么说，他也不好违拗女婿的一片热心，看着老伴兴冲冲的模样，他还是依言走到了身后几米处的城墙那儿。

城墙高度及腰，非常宽厚，游人多喜欢坐上去拍照，老头双手一撑就坐了上去，老伴也跟着坐上去，搭着他的胳膊。张东升朝两人笑了笑，拿出相机比画了几下，又放下，朝他们走过去，笑道："爸，妈，你们再靠紧点，更亲密些。"

老头忸怩地敷衍："随便拍下就好了。"老伴则笑嘻嘻地按照女婿的话，将老头的手臂挽得更紧了些。

张东升最后扫视了周围一圈，平台上没有其他人，远处零星的几个游客也没在看他们，三十多米外凉亭里的三个小孩也是自顾自玩耍的模样。

筹划了近一年，就是现在了！

　　他一边笑着说话，一边伸手帮他们调整姿势，突然，他双手圈起两人的双脚，用足力气猝然向上一抬，一拨，一推，瞬时，老头和老伴就像两具木偶，翻出了墙外，伴随而来的是两人长长的"啊"的惊叫，随后叫声成了远处的回音。

　　跟着，张东升愣了几秒，忙趴到城墙边向下张望，嘴里迟钝地大吼着："爸！妈！爸！妈！"

　　没有任何声音回答他。

　　必死无疑的高度。

　　他连忙转头朝平台远处的风景区商店跑去，此时，远处的人们听到动静也跑了过来，急着问出了什么事。

　　他一副惊慌失措的样子，惨声呼救："快救人！快救人啊！我爸妈掉下去了！"

　　此刻谁也想不到，这不是意外，而是谋杀。

　　张东升心头浮现一抹冷笑，为了今天这一秒钟的动作，他筹划了近一年。这才是完美犯罪，任何稀奇古怪的杀人手法在这样的"意外事件"面前都逊色多了。每年成千上万的意外事件中，也许有些不是意外，而是谋杀，只不过人们永远都无法知道其中的真相了。

2

　　浙江大学已经放了暑假，上个星期还熙熙攘攘的校园，此时颇显几分冷清。

　　今天，数学系博导严良参加完一个学术会议，回到办公室已是中午，他叫出帮他批改考卷的一男一女两个博士生，带他们去吃饭。

　　出了校门后，他从公文包里拿出手机，刚才在学术会议上关机了，此刻看看是否有信息。刚打开手机，就连响了数下，他举起手机，背对着正午的阳光，眯眼看去，有三个未接电话的消息，都是徐静打的，末了还有条徐静的短信："严叔叔，如果您看到信息，请尽快回我电话。"

严良皱了皱眉，他不清楚发生了什么事，不过从短信看徐静似乎很着急的样子。徐静的爸爸是严良的表哥，曾是宁市烟草局的一个主任，如今已退休。徐静是他的表侄女。这份关系原本不算亲，不过徐静当初考进了浙大，严良作为叔叔，平日对她多有照顾，两家走得很近。此外，徐静的老公张东升是严良的学生，而且是得意门生，当初徐静正是来找他时，认识了张东升，两人很快坠入爱河，并在毕业不久后就结了婚。可以说，严良不光是徐静的表叔，更是他们夫妻的媒人。

每次想起张东升，严良总会忍不住叹息。严良教过很多本科生，张东升是少数几个让他记住的。张东升在数理逻辑方面很有天赋，严良很看好他。

毕业前，张东升有直博的机会，严良也很愿意带他，可他出人意料地放弃直博，去找工作。严良多次找他谈，建议他进修深造。可张东升却说，他出身农村，家庭条件差，这几年都是贷款读书，他想早点赚钱减轻家里的负担，并且他和徐静准备结婚了，不方便继续读书。后来没多久，徐静回到宁市，托家里关系去了烟草公司上班，而张东升在宁市找了份高中数学老师的工作。

思绪回到手机的短信上，严良正准备给徐静回拨过去，旁边男博士生突然叫了起来："哎呀，那边一个老人摔倒了！"

严良停下回拨电话的举动，赶紧跟着跑过去。

路口转弯处的人行道上，躺着一个老太婆，她手上和膝盖上都有血，双手钩着脚脖子，嘴里"哎哟哎哟"叫唤着。

严良不假思索，正要去扶，身旁男学生连忙拉住他："严老师，等一下！"

"等什么？"

男学生警惕地在他耳边嘀咕："现在老人假摔讹人的很多，新闻里都报了很多起了，您要是上去一扶，老人起来就说是您把她撞伤的，要您赔钱，到时就说不清了。"

女学生也道："对啊，扶老人这种事还是不要掺和了。"

老太婆听到他们的话，睁了一只眼朝他们看去，随后颤巍巍地伸出一只手。"帮忙……帮忙扶我起来，我是自己摔的。"

男学生不为所动，依旧拉住严良。严良蹙着眉，犹豫不决。毕竟，老人摔倒讹人的新闻他也看了很多。这时，一个骑电瓶车的中年粗汉从旁经过，一见此情景，立马放下车，跑过来正要扶起老人，却又停住，回头瞪着三人道："你们把人撞成这样了，怎么还站着啊！快扶起来送医院哪！"

顿时，男女学生本能地退后一步，离地上的老太婆远点，异口同声地争辩："不是我们碰的，我们刚走过来就这样了！"

中年粗汉皱了皱眉，语气缓和了一些："不是你们撞的，那你们也该扶起来送医院啊！"

男学生立马反问一句："大叔，你怎么不扶？"

"我？"中年粗汉愣了一下，又扬眉，理直气壮地说，"我还要去工地干活，我要是有空的话，早去帮了！"他瞧着严良胸口挂的工作牌，咂咂嘴，"你们是浙大的老师吗？"

"我是老师，他们是我的学生。"

粗汉连声叹气："连浙大的老师和学生都不敢做好事了，现在人都怎么了，做个好事有这么难吗？还自称'高级知识分子'呢。"

严良心里大叫："我什么时候自称'高级知识分子'了？"可听粗汉这么说，他也面有愧色。

粗汉瞧着他们为难的样子，便道："我还有活要干，抽不出时间。这样吧，老师，你做好事不放心的话，我给你当证人，我帮你用手机录像，证明老太太摔倒跟你们没关系。"他从严良手里接过手机，凑到面前，点着屏幕，道："老师，这样录像可以吧？你瞧，这样拍进去明明白白证明她是自己摔倒的，不关你们的事。"

严良思索了一下，觉得他说的有道理，有人证，有录像物证，那就妥当了，这才和两个学生一起扶老太婆起身。

"谢谢，实在谢谢你们啊！你们都是好人啊！"老太婆紧紧抓着严良的手，颤颤巍巍走了几步。

严良温和地笑了一下："您没事吧，要不我们叫辆车送您去医院？"

可老太婆一听去医院，连忙拒绝："不用了，我能走了，不用麻烦了，谢谢，谢谢你们啊。"说着，快速挣脱了他们的搀扶，一个人往前走，走了几步，越走越快，竟直接跑了起来。

男学生瞪着老太婆快速远去的背影，脸上的表情逐渐从惊讶转为愤怒："我就说，这老家伙肯定是骗子，瞧，简直健步如飞。要不是看我们人多，今天她肯定得向严老师讹上几百元，现在讹人失败，听到送医院，赶紧逃了！这老骗子啊！"

女学生连连点头附和。

严良皱眉站在原地，挠了挠头，心中有种奇怪的感觉，不解道："可我总感觉发生了什么。"他用手顶住额头，下一秒，他突然大叫："不对！我手机呢？我手机呢！"

回头张望，那个帮忙用手机录像的中年粗汉连个鬼影都不见了，而那个老太婆，严良远远瞧见她骑上一辆电瓶车，溜得飞快。

于是，徐静的电话也没法回了。

3

初二（4）班的教室里，第一排最右侧的课桌上，刻着"吃得苦中苦，方为人上人"。

夜自修第一节下课，朱朝阳正伏在桌子上，专心致志地做着数学参考书上的习题，为明后两天的期末考试做准备。

其实他的数学成绩已经足够好了，几乎每次都考满分，不过他从心底里特别喜欢数学，解难题不是单纯为了考试，而是有一种愉悦感，所以他把考前的最后时间给了数学。至于其他几门课，物理、化学、生物三门，他有九成把握拿满分，语文、英语、政治三门，拉不开分差，对明后两天的考试，他早已成竹在胸。

突然，一双手"啪"的一下拍在他的桌子上，朱朝阳从习题中惊起，吓了一大跳。他抬眼看去，一个单眼皮的短发女生正冷冷地瞪着自己。

朱朝阳没好气地瞥她一眼："叶驰敏，你吃了什么药?!"

"陆老师找你。"对方带着挑衅的神色，冷冰冰地抛出这句话。

朱朝阳站起身，以同样的眼神瞪着她，不过很快放弃了，因为他是全班最矮的男生，叶驰敏比他高，他回瞪对方需要微微向上仰视，那样很掉面子。

朱朝阳不屑地哼了一声，还趁着肠道蠕动朝她偷偷放了个屁，过了几秒钟，他夸张地捂住鼻子叫起来："叶驰敏，你放臭屁都不提前说一声的？"

叶驰敏的眉毛拧了一下，憋出两个字："白痴！"

朱朝阳哈哈一笑，又做鬼脸嘲讽了叶驰敏几句，随后挺直身板，大摇大摆地朝办公室走去。可一进办公室他就蔫了。

班主任陆老师是个四十多岁的女人，高而精瘦，不苟言笑，几乎所有学生都怕她。朱朝阳也不例外，尽管他成绩好，不过他英语是相对较差的一门，陆老师教的正是英语。更重要的是，陆老师此刻脸上写满了焦躁和愤懑。

朱朝阳一看她的表情，就感觉气氛不对，刚刚面对叶驰敏的气势荡然无存，本能地缩起脖子，像只乌龟，忐忑地问："陆老师，你找我？"

陆老师耷拉着嘴角，仍旧改着手里的作业，一副不想搭理他的样子。朱朝阳双手揉搓着裤子，开始紧张不安，寻思了一遍，自己最近没惹任何事，老陆这是怎么了？聋了？吃撑了？离婚了？足足等了五六分钟，陆老师总算把手里的一沓本子改完了，这才抬起头，瞥了他一眼，语气毫无波澜："你为什么要把叶驰敏的数码相机镜头敲破？"

叶驰敏是学校广播站的小记者，所以经常会带相机到学校。

朱朝阳皱着眉，满脸困惑。"什么……什么相机镜头？"

"她的相机镜头是不是你故意敲破的？"

朱朝阳一头雾水，道："我什么时候碰过她的相机了？我从没碰过啊！"

"你还不承认吗？"

"我……我没有啊。"朱朝阳特别夸张地扭曲面孔，表现自己的无辜。

"还说没有！"陆老师脸色一变，"叶驰敏看着你从她桌上拿了相机，往墙上敲，她抢回相机，镜头已经裂了。"

"不可能，怎么会啊，我干吗去碰她的相机啊，我从没碰过啊。"朱朝阳只感觉这场对话来得莫名其妙，为何突然凭空冒出个相机镜头？

陆老师很讨厌地看着他："你不要赖了，叶驰敏说了，她也不要你赔，她都这么大度了，你却还要撒谎！"

"我……我……"朱朝阳平白无故被冤枉，急得眼泪都快掉下来了，这完全是无中生有的事，他一天都在做习题，从来都不曾碰过叶驰敏的相机，这算怎么回事？

陆老师看了他几眼，脸色逐渐和缓。"你先回去自修，明后两天考试，这件事先到此为止，以后你不要去碰其他同学的东西了。"

朱朝阳还想为自己争辩，心中一想又放弃了，莫名其妙出了这种事，他完全摸不着头脑，跟老陆争辩有屁用？只能先回去问候叶驰敏这个臭婆娘了。

4

夜自修上课铃已经响过，朱朝阳回到教室，狠狠瞪了叶驰敏一眼，只见她嘴角浮现出一抹轻蔑的笑容，又低下头看书。

朱朝阳无奈地坐回第一排的位子上，同桌女生见他回来，偷偷用笔戳了下他的手肘，他刚转过头去，女生就忙压低声音道："不要转过来让她们看到，我告诉你一件事。"

朱朝阳低头对着参考书，小声问："什么事？"

女生的身体保持不动，对着自己的书本，偷偷说话："你是不是被老陆叫去，问你叶驰敏相机的事？"

"是啊。"

"嗯，你被她们冤枉了。"

"啊？"

"晚上我吃完饭后回到教室，看到叶驰敏和班长在摆弄相机，说是摔到地上，镜头磕裂了。后来我听她们说准备向老陆告状说是你弄坏的。"

"这都行？"朱朝阳吃惊地瞪大眼睛，"我就知道这是她们故意设计陷害我！我整天都在做习题，哪儿碰过她的鬼相机！我下课就找老陆澄清去！"

女生急忙道："求你，别，我是偷偷告诉你的，你千万不要告诉任何人是我跟你说的，要不然，我就成女生公敌了。"

朱朝阳皱着眉，一脸纠结的样子，考虑了很久，最后，还是无奈地应了句："嗯。"

"你知道就行了，绝对不能说出去！"

"我不会说的。"

"嗯，她们这次这样冤枉你，有点过分了。"

"她们为什么要冤枉我？"

女生道："不知道，我猜是叶驰敏摔坏了相机，怕被她爸骂。她爸是派出所的队长，以前当过兵，把她管得很严，她犯点错就会挨打。她说是同学敲破的，她爸就不会怪她了，而且她爸一个警察总不好意思来学校要同学赔个镜头吧。"

"可恶！"朱朝阳握着拳，道，"居然为这个理由嫁祸给我！哼，她都这么大了，她爸还会打她？"

"她爸当过兵嘛，听说管她比管男孩子还凶，有次我见她耳朵根红红的，她说是被她爸打的。"

朱朝阳幸灾乐祸地哼笑："她爸是把她当男孩养了，难怪她头发剃这么短，每天瞪着双死鱼眼，估计是被她爸打成这样的吧！"

同桌女生听他这么说，忍不住"咯咯"笑了出来，正在这时，两人陡然感觉周围气温瞬间降到了冰点，不知什么时候陆老师已经从后门如鬼魅般走了进来，立在他们身旁，冷声质问："聊得很开心啊？"

女生吐了下舌头，忙低下头，大气都不敢出。朱朝阳尴尬地坐着，过了几秒，鼓足勇气道："是我说笑话害方丽娜笑的。"

"明天就考试了，还有这么多心思！"

朱朝阳觉得老陆的肺部一定装了个冰箱，因为他隐约可见她鼻子里喷出一股冷气。

熬到了下课，朱朝阳去上厕所，在厕所外的洗手池边，看到叶驰敏正在洗茶杯，他拍了一下台盆，怒道："你干吗要冤枉我？"

叶驰敏打量了他一会儿，冷笑了一下，没搭理他，继续低下头洗茶杯。

"死贱人！"朱朝阳骂了一句，正想往厕所里走。

突然，叶驰敏"哇"的一声哭了出来，朱朝阳吃惊地望着她，心中不解："我就骂了她一句，她就哭了？林黛玉啊！"

更让他意想不到的是，紧接着，叶驰敏拿起茶杯，把里面装着的整整一杯水，倒在了她自己头上，随后转身哭着跑走了。朱朝阳皱了皱眉，不知什么情况，忐忑地上完厕所，走向教室。刚经过办公室门口，就瞥见叶驰敏正在办公室里对着陆老师哭，旁边还有两个老师在劝慰着。

就在这时，陆老师也看到了他，立刻站起身，厉声叫道："朱朝阳，你给我进来！"

朱朝阳浑身一激灵，看着老陆怒气冲冲的眼神，只好惊惧不安地走进办公室。

"你把整杯水泼到叶驰敏头上，你怎么会做出这种事的！"

"什么?!"朱朝阳瞪大了眼睛，"我……我没有啊，明明是她自己泼的啊！"

这一刻，朱朝阳终于明白发生了什么，可现在任他怎么辩驳，都显得徒劳。叶驰敏哭得那么伤心，头上全湿了，而且刚刚告过他的状。所有老师理所当然相信，朱朝阳记恨她告状，于是拿水泼了她。

"明天把你妈妈叫来！"

朱朝阳脸上抽搐了一下。"我……真不是我泼的，她自己弄湿的，我……我明天还要考试。"

"还要赖！你这样不用考试了。"陆老师的态度非常坚决。

"我……我真没有泼她水，真的是她自己弄的。"他嘴角都在颤抖了。

"你还要赖是不是！我从来没见过你这样的学生！成绩好不代表品德好，明天一定要把你妈妈叫来，否则你就不用来学校了。"

朱朝阳指甲深深扎进了肉里，腮帮子颤抖着，从没有一天如这般糟糕。

上课铃响后，陆老师让叶驰敏回去自修，又轻声细语地安慰了她几句，让她保持好心态，不要影响明天的考试。

等叶驰敏走后，陆老师重新面向朱朝阳，看了他一眼，随后缓

和了一下语气："嗯……你妈跟我说过你家里的情况，你爸妈离婚后，你爸不太管你，你妈在风景区上班，平时也都不在家。你妈说你大部分时候都一个人在家，让我们做老师的好好管教你。但你怎么会做出这种事？"

"没有，我真的没有。"朱朝阳说话带着哭腔。

"你竟然还要赖！"陆老师眉头一皱，冷冷地望着他，"你前几天还打了叶驰敏——"

"没有，那次也是她冤枉我的。"

陆老师深吸一口气，似乎对面前这个学生彻底放弃了希望。"你这个样子下去肯定不行，你明天把你妈叫到学校来，我要跟她谈一下。"

"我……我妈明天上班。"

"请假也要来。今天晚上的夜自修你不用上了，早点回去给你妈打电话，让她明天来学校，不来的话，你明天也不用来考试了。"

朱朝阳抿着嘴，伫立不动。

"去，现在就回去！"陆老师拉着他的手臂，要把他拖出办公室。

快拖到门口时，朱朝阳再也忍不住，哭了出来："对不起，我错了，我再也不会这么做了，陆老师，明天让我考完试吧，我真的错了，我不该欺负叶驰敏的，我真的错了。"

办公室里的其他两位老师，平时都挺喜欢朱朝阳，此时也一起来劝："陆老师，算了吧，他认错了，让他写保证书，考试还是要让他考的。"

陆老师深深吸了口气，最后，在两位任课老师的共同劝说下，又看在朱朝阳痛哭认错的态度上，让他在办公室写好了保证书，才放他回教室。

回去后，他一直低着头，同桌女生偷偷问他发生了什么事，他摇摇头，什么都没说。夜自修结束，他疲倦地收拾书包回家，刚走出教室，恰好又遇到叶驰敏，叶驰敏冷笑着说："谁让你总考那么好，害我总被我爸骂，我就是要让你难受，让你明天发挥得差！瞧你这次还能不能考第一！"

朱朝阳一惊，这才明白叶驰敏今晚连番在老师面前演戏冤枉他的动机，竟然是妒忌他考试的分数，所以才这般设计陷害他！

他抬起愤怒的眼睛看了她一眼，随即视线又低垂下去，什么话也没说，默默地背着书包走了。

他真盼望这个学期快点过去。

3
被抛弃的孩子

5

暑假到了，朱朝阳觉得终于可以和晦气说声再见了。

这是一套 20 世纪 90 年代的老商品房，两室一厅才六十平方米。地上依旧铺着当年很流行的塑料地毯，墙上刷着石灰，很多地方显得乌黑油亮，沾满了岁月的味道。

右手边的房间里，头顶上的铁制大吊扇正呼啦呼啦不紧不慢地转动着。朱朝阳上身赤裸，穿了条小短裤躺在铺在地上的席子上，手里捧着一本书，书才五六十页，印刷粗糙，封面有四个大字——"长高秘籍"。

这是他从某个杂志上看到的广告，给对方汇去了二十元钱，对方果然寄来了这本"秘籍"。"秘籍"写了各种长高的方法，他用笔一一圈出重点。此外，有一点引起他的特别重视，想要长高就不能喝碳酸饮料，碳酸饮料会影响钙的吸收，看来以后可乐绝对不能喝了，他在这一条上额外加注了一个五角星。

正当他看得入迷时，外面突然传来了急促的敲门声。他把"秘籍"合上塞进书架里，起身打开铁门，外面还隔了扇老式铁栅栏的防盗门，门外站着一男一女两个小孩，年纪与自己相仿，男孩的个子大约有一米六五，比他高一头，女孩子比他矮一些，两个人的表情似乎很惊慌。

他迟疑了一下："你们找谁？"

"朱朝阳，你果然还住在这里！"男孩眼中放出光芒，激动地指着自己，"还认得出我吗？"

"你？"朱朝阳打量着他，没过几秒钟就脱口而出，"丁浩！你……你怎么会在这里？"

"来投靠你的，别说了，快开门！"

朱朝阳打开门后，丁浩领着女孩快步走进屋，忙把门合上，急促地问："有水吗？渴死了。"

朱朝阳给两人倒了水，丁浩咕嘟咕嘟就喝，女孩微微侧过头，喝得很细致。

那个女孩的脸上从头到尾都没有流露出表情，像是冰块做成的。

"她是？"朱朝阳指指女孩。

"普普，你叫她普普好了，她是我的结拜妹妹。普普，这是我总跟你说起的朱朝阳，我们小学时是最要好的哥们，嗯……四年级到现在，都五年没见面了。"

"你好。"普普面无表情地朝他点下头，算是打过招呼了。

由于有女生在场，朱朝阳只穿条小短裤不合适，回去套了件短袖，领他们到自己房间坐下，道："耗子，几年没见，你怎么长这么高了？"

"哈哈，高吗？我也不知道啊。"丁浩有些难为情地挠挠头。

"嗯……刚才看你们很急的样子，发生了什么事？"

"唉，一言难尽，"丁浩甩甩手，做出个很老成的动作，"有人要抓我们走，我们是从车上逃下来的。"

朱朝阳惊慌道："人贩子吗？要不要报警？"

"不不，不是人贩子，人贩子哪儿有抓我们这么大的小孩的？是……"丁浩欲言又止，呵呵笑了下，随后又吐了口气，"真是一言难尽啊。"

朱朝阳更加不解。"到底发生了什么事？你怎么回来了？你这几年都在哪儿读书？四年级一开学，老师就说你家搬去外地了，我以为再也见不到你了呢，当时你走得真匆忙，都没跟我打声招呼。现在搬回来了？"

丁浩表情变了变，看了眼普普，普普像根木头，根本不在乎他们的谈话，脸上毫无波澜。

"怎么了？"朱朝阳愈发感觉奇怪。

丁浩吐了口气，低声问："你真不知道我为什么去外地了？"

"你又没跟我说过，我怎么会知道？"

"嗯……那是因为……我爸妈当时被抓了。"

"什么意思？"

丁浩抿了抿嘴："我爸妈杀了人，被抓了，枪毙了。"

"什么?!"朱朝阳睁大了眼睛，随即用警惕的眼神扫了两人一眼，尤其是块头大他一圈的丁浩，咳嗽一声，道，"我……我们怎么从不知道？"

"嗯……大概老师想保密，不想让你们知道，你们有个同学是杀人犯的儿子吧。"丁浩嘴角扬起一丝自嘲般的笑容。

"喀喀……你千万不要这么说啊，你爸妈杀人了，跟你又没关系。嗯……你爸妈为什么杀人？"朱朝阳其实并不想知道这些，只想随便扯点什么，好尽快想办法打发这两人走。他一听到丁浩爸妈杀了人，就立刻起了警惕心，杀人犯的小孩，他可从来没接触过，一别五年，昔日友情也淡了，他们突然跑到他家来，他一个人在家，可不好应付。

丁浩微微涨红了脸，低头道："我也不清楚，我听他们说，我妈曾出过轨，我爸很记恨她，就要我妈替他找女人，然后……然后我妈扮成孕妇，路上装晕倒，骗了一个好心的女大学生送她回家，嗯……然后那女大学生被我爸强奸了，后来……他们俩一起把人杀了，很快被抓到，最后被枪毙了。"

"这个样子……"朱朝阳听他几句简单的描述，又被吓了一跳，心中忐忑不安，更想早点把他们打发走，过了好久，才问，"那这几年你去哪儿了？"

"北京的一家孤儿院，像我这样的杀人犯的小孩，家里亲戚都不会养的，只能去孤儿院。普普也和我一样，我们都是第一监护人没了，第二监护人不愿养，就被送到那家孤儿院了。"

普普抬头看了朱朝阳一眼，又把头转开。

气氛一下子陷入了尴尬。

两个都是杀人犯的小孩！朱朝阳再一次被镇住。他真后悔刚刚开门，如果早知道是这样，他该躲在房间里，装作屋里没人。现在他们来找自己干吗？

隔了好久，朱朝阳咳嗽一声，打破沉默，道："对了，你们在北京，怎么会回到这里了？"

丁浩表情有些古怪，撇撇嘴："逃出来的呗，反正我们都不想待在那儿了，花了好几个月，才从北京回到了宁市。普普是江苏的，她不想回老家，我也不认识其他地方，只能回这里了。我不敢找亲人，他们知道我们逃出来，肯定要找警察把我们送回去的。本来我们想在宁市待几天，再想以后去哪儿落脚，可今天真不走运，我们在路边——"说到这里，他突然闭了嘴，不说了。

"在路边干什么？"

丁浩犹豫了片刻，哈哈一笑："我们身上钱不多了，只能在路边讨饭喽。"

"什么?!"朱朝阳根本无法想象，昔日最要好的小学同学，现在竟会沦落到路边乞讨的境地。

"我知道我说了你会看不起我的，不过我也没办法。"丁浩低下头。

"不不，我没有半点看不起你的意思。"

"哈哈，是吗？"丁浩又笑了笑，抬起头，"后来嘛，有辆车停下来，车上写着……普普，写着什么？"

"城管执法。"普普冷冰冰地吐出几个字。

"对对，城管执法，说这里不能乞讨，让我们换别处。我们就先走了，那时肚子饿了，我们就去旁边一家小面店吃东西，还没开始吃呢说又来了一辆面包车，下来的人说他们是民政局的，说有人打电话说有两个小孩乞讨，他们要把我们带去收容站联系家长。没办法，几个成年人要带我们走，我们也不敢怎么样。但如果真跟着他们去了，被他知道我们是从孤儿院逃出来的，不是又要把我们送回去了吗？所以半路我和普普借口要小便，让他们停下车等我们，我们就赶紧逃了。刚好跑到你家附近，我记得你家住址，就碰碰运气来敲门，没想到你果然还住在这里啊！"

听了他的描述，朱朝阳心中愈加忐忑不安，尽管丁浩是他小学时最好的玩伴，可是几年不见，感情早已淡漠，现在这两个"问题少年"进了家门，该如何是好呢？

直接赶出去，会不会发生一些危险的事？如果留他们待在家里，接下来会怎样呢？他微微皱起眉头，吞吞吐吐地道："那你们……你们有什么打算？"

丁浩双手一摊。"还没想好呢，也许我去找份工作，不过普普太小了，你看她个子也小啊，她比我们小两岁，虚岁才十二呢。最好她能有个地方读书。"

"你呢？你不读书了？"

"我在孤儿院最不愿意做的就是上课，哈哈，我早就想出来打工了。"

"可是你这个年纪是童工，没人敢用你啊。"

丁浩不屑地一笑："我不说，谁知道呢，你看我，个子这么高，哪点像童工了？"

朱朝阳想了想，有些尴尬地问："那……那你们最近有什么打算？我是说……你们打算住在哪里？哦……我家就这么点大，嗯……你们也看到了。"

丁浩仿佛看穿了他的心事，笑道："你放心吧，我们不会赖在你家的，不过如果可以的话，能否让我们暂时住个一两天，我们休息一下就走。"

"这个……"朱朝阳露出为难的表情，留两个"问题少年"在家住，这是很危险的事。

普普抬起头，道："耗子，算了，我们走吧。"

丁浩凑近普普，小声道："包落在今天的那辆车上了，身上钱不多，我怕……怕没地方住。"

"没关系，总有办法的。"普普波澜不惊地说。

丁浩看了普普一眼，又看了眼朱朝阳，站起身，哈哈笑了笑："好吧，那我们就先走吧。朝阳，再见，等我找到工作再来看你。"

朱朝阳皱着眉，把两人送到了门口。

"下次等我工作赚了钱，再来请你吃肯德基，嘿嘿。朝阳，再见

啦！"丁浩朝他挥挥手，转身带着普普走了，走出几步，又回身道："差点忘了，朝阳，我包里有袋冰糖葫芦，是在北京买的，一颗颗包装起来的，你肯定没吃过，我本来想，如果还能见到你，就给你尝尝——"

普普白了丁浩一眼："包不是落车上了吗？"

丁浩"啊"了一声，随后尴尬地摸摸头，耸耸肩。"那只能以后有机会再给你带了。好吧，你多保重，拜拜！"

"这个……嗯……等等……"朱朝阳听他这么说，心中有几分愧疚，毕竟，丁浩曾是他小学时最要好的朋友，两个人一起上学放学形影不离好几年。朱朝阳有回被一个高年级的学生欺负时，丁浩还出头帮他打架，结果丁浩被人揍了一顿，他却自己逃走了，事后丁浩半句怪他的话都没说，反而说："如果你不逃，两人都要被打，一人被打总比两人都被打要好。"想到昔日的交情，朱朝阳不禁感动，一瞬间忘了他们是杀人犯的小孩，鼓起勇气道："你们今天没地方住的话，先住我家吧，我妈在景区上班，隔几天回一次家，明后两天都不在，你们暂时住我家好了。"

"真的？"丁浩显得有些喜出望外。

"嗯，我妈房间不方便住，要不普普睡我床上，我跟你睡地上，行吗？"

丁浩看着朱朝阳，又转向普普。"你觉得呢？"

普普面无表情地沉默几秒，摇摇头。"打扰别人不好。"

朱朝阳连忙道："真的没关系。"

普普又沉默了一阵，最后点点头。"那就麻烦朝阳哥哥了，如果你改变主意的话，告诉我们，我们不会怪你，我们不会赖在你家的。"

朱朝阳一阵脸红。

6

"普普面条做得真不错，比我做得好多了。"朱朝阳手里捧着一碗面条。

"是的，以前在孤儿院，她经常帮阿姨做饭。"丁浩道。

普普面无表情地坐在一旁，很小口地吃着面条，嚼得很细致，从头到尾没说过几句话，似乎一点都不在乎别人的看法。

看着她一副冷冰冰的样子，朱朝阳试图去讨好她。"普普，你吃这么点面条就够了吗？"

"嗯，够了。"普普很平静地应了一句。

丁浩瞧了她一眼，替她解释："她一直吃得很少。现在又是中午，天气太热，我都没什么胃口了。"他嘴上虽然说着没胃口，可朱朝阳看他明明已经捧起第三碗了。

"那么……普普，你也是家里出了事情，才到孤儿院的吗？"

丁浩替她回答："当然了，我们那个孤儿院里都是没有第一监护人，其他监护人不要的小孩，哈哈，我们这样的小孩全国有一百多个。"

"哦。"看着丁浩开朗的神情，朱朝阳很难想象如果自己也是这样的经历，是否能这么笑着说出来，仿佛在说别人的无关紧要的事，他现在和两人接触了一阵，已经对他们是杀人犯的小孩的身份不太介意了。"嗯……那普普的爸妈是因为什么呢？"

咯噔。话音一落，普普的筷子突然掉在了桌子上，她面无表情地凝视着面前的碗。

朱朝阳慌张道："对不起，对不起，我不该问的。"

普普没有说话，重新拾起筷子，吸了一口面条。

丁浩故意哈哈一笑，挥着手说："没关系的，你是自己人，告诉你也没关系。对吧，普普？"

普普表情木然，没有回答。丁浩就当她默认了，声音低了下来，叹口气："她爸爸杀了她妈妈，然后她爸爸被抓了，判了死刑。"

"不，我爸没有杀人！"普普顿时抬起头，认真地看着丁浩，"我告诉过你，真的，我爸没有杀人。"

"可是……教导员都这么说。"

"不，他们都不知道。我爸被枪毙前一小时，我见到他，他亲口告诉我，他要我相信他，他真的没有杀妈妈，虽然他和妈妈不和，会吵架，可是他很爱我，为了我，他不可能杀妈妈的。"

朱朝阳不解地问："那为什么警察抓了你爸爸？警察不会抓错人的。"

"会的，他们就是抓错人了，他们就是冤枉我爸的！我爸告诉我，警察不让他睡觉，逼问他很多天，他没办法才承认杀人的。可他真没有杀人！那时我七岁，但我记得很清楚，那天我爸跟我说，现在说什么都来不及了，他只希望我知道，他真的没有杀妈妈，他永远爱我，即便他死了，也会一直爱我。"普普的表情很认真，可她却没流半点泪，甚至眼眶都没有发红。

朱朝阳默然无语。这时，普普又道："朝阳哥哥，你有相机吗？"

"相机？做什么用？"

"我爸说让我以后有机会把我的照片烧给他，让他看到我在长大，每年在我爸忌日时，我都会拍照片，还会写一封信给他。下个月是我爸爸的忌日，可是我今年还没有拍过照片。"

"这样啊，"朱朝阳抿抿嘴，"相机我没有，看来只能去照相馆拍一张了。"

"拍照片要多少钱?"丁浩连忙问,他的包丢在民政局的车上了,他现在必须为身上仅存的一点钱精打细算。

"大概……十几元吧。"朱朝阳也不能确定。

"十几元啊……"丁浩皱眉摸进口袋,过了会儿又笑起来,"嗯,照片是一定要拍的,十几元,也不贵,呵呵,普普,我有钱的。"

"嗯。"普普朝他点点头。

吃完面条,三个人又开始了聊天。毕竟都是小孩子,彼此熟络得很快,不像成年人总会有所保留。三个人聊着这几年的经历,知道朱朝阳成绩年级第一,两人羡慕不已。随后又聊到丁浩和普普从北京花几个月时间回到宁市的经历,看得出他们俩都不想谈这几个月的事,总之,有很多朱朝阳想象不到的困难和遭遇,他们骗过好心人的钱,偶尔也偷过超市里的零食。

说到曾偷过东西,朱朝阳原本已经放下的心又开始纠结,再度后悔留两人住下了。他不由自主地看向他妈的房间,那边柜子里有几千元现金,待会儿得去把门关了,千万不要被发现。他打量着丁浩和普普,两人似乎都没发觉他的这个想法,他遂稍微放下了心。

正聊得开心,家里电话响了,他跑到妈妈房间接了电话,挂断后,思索了几秒,连忙把抽屉里的现金拿出来,塞到了床头柜后面,又找到一根毛线,走出房间时,关上门,同时把毛线夹在门缝间,这样如果门打开过,那么毛线就会掉到地上。他长了个心眼。

出来后,朱朝阳说:"我爸刚打电话来,让我现在去他那儿一趟,那么下午……你们待在哪儿好呢?"

丁浩愣了一下,随即明白过来,笑着说:"没关系,我和普普到楼下逛逛,等你回来。"

听到这个回答,朱朝阳如释重负,看来他们俩并没有其他坏主

意，反而是自己以小人之心度君子之腹了吧。

7

沿区政府往东五公里有片工业园区，坐落着诸多规模不一的渔业冷冻厂。园区西面有家规模中等的厂子，叫"永平水产"，此刻，办公室里烟雾缭绕，桌上放着的都是软中华，朱永平正在跟五六个旁边工厂的老板打牌。

这一把开牌后，朱永平看了一圈，大叫一声："通吃！"笑着将台面上的三四千元现金全部拢进手里。

"永平今天手气好得不得了，连庄不知多少把了？"一个叫杨根长的老板说。

"前天输得多啊，今天总要赢回来的！"朱永平笑呵呵地切起牌来。

"钱赢这么多，给你儿子点啊。"另一个叫方建平的老板道。

"我给的啊。"

"给个空气啊！"方建平摇头冷笑，"昨天我带我家丽娜去新华书店，碰到你儿子坐在地上看书，我问他怎么在这里看书，他说天气太热，新华书店有空调。你瞧瞧，爹做大老板，儿子弄得跟个讨饭的一样，要跑到新华书店蹭空调。"

朱永平脸微微发红，辩解道："钱我也给的啊，朝阳跟他妈都比较省，不舍得花。"

方建平拿起发好的牌，一边摆弄一边继续说："肯定是你给得少。丽娜跟你儿子是同桌，她说你儿子衣服很少换，穿来穿去就那么几套，你这做爹的，自己穿几千上万元的名牌，把你老婆、女儿打扮得漂漂亮亮，亲儿子却像个小讨饭。我说句实在话，儿子总归是儿子，就算离了婚，那也是你亲儿子，总归要照顾的。"

杨根长也说："就是，我听建平女儿说，你儿子考全校第一，多争气的小孩，我们这些人的小孩里，就你儿子成绩好。"

"他考全校第一啊？"朱永平随口问了句。

"你这做爹的连他考全校第一都不知道？"方建平冷笑起来，"你那个读不进书的宝贝女儿，才小学二年级就考不及格了，这么没用，你还每天弄得像块宝，把这么聪明的儿子扔一边不管。我们这些人里随便哪个小孩有你儿子一半聪明，做梦都在笑了。"

其他朋友也纷纷数落起朱永平来。

朱永平脸上挂不住，尴尬道："我过几天把他叫来，给他些钱。"

方建平道："不用过几天了，今天你老婆不是带你那宝贝女儿去动物园了吗？反正她们不在，你把你儿子叫过来玩玩好了，我也拜托他多教教我家丽娜，让她成绩提高点，过完暑假都初三了呢。"

杨根长道："就是的，你老婆不让你跟你儿子联系我们也知道，平时你老婆和你女儿在，我们也晓得你不方便见儿子，今天她们出去玩了，不是刚刚好？让你儿子教好建平他女儿，说不定教着教着，教出感情，建平将来就是你儿子的老丈人了，建平那辆宾利就是你儿子开了，建平这么大的一爿厂，到时候就改姓朱了，你赚死了。"

大家哈哈大笑。朱永平禁不住朋友的揶揄，面有愧色地拿起手机，拨给了儿子。

8

"爸爸，方叔叔，杨叔叔，叔叔伯伯好。"朱朝阳走进他爸的办公室，依次有礼貌地跟每个人打招呼。

杨根长笑道："瞧你儿子多懂事，这叫知书达理，不像我那狗屁儿子。"

朱永平略得意地摸摸儿子的头，道："儿子，帮叔叔伯伯倒点水来。"

朱朝阳依言照做。

方建平一边配着手里的牌，一边瞅向他。"朝阳，我家丽娜这次只考了班上的二十几名，这个成绩连二中都不一定能进，你跟她同桌，平时要多教教她啊。"

朱朝阳点点头。"嗯，我会的。"

"那方叔叔先谢谢你啦。"

"方叔叔您太客气了。"

几个老板都连连点头，觉得一个初中生如此彬彬有礼，实属难得。

方建平继续道："你爸平时有没有给你钱？"

"嗯……有的。"

"这次给了你多少？"

"这次？"朱朝阳不解地看着他爸。

朱永平连忙解释："暑假不是刚开始吗？我还没给过，等下给你。"

方建平道："上次你爸什么时候给你钱的？"

朱朝阳低头道："过年的时候。"

"给了多少？"

朱朝阳老实地回答："两千元。"

众朋友嘴里冒出一阵笑声。

朱永平脸色发红，看着手里的牌，解释着："过年时我手里也不宽裕，给少了。"

方建平道："今天你爸赢了一万多元了，等下你爸赢的钱都会给你的，对吧，永平？反正你老婆不在，赌桌上的钱她又不知道，我们也不会跟她说你赢了多少，你就说你输了好了。"

其他老板也纷纷点头，说就该这样。

朱永平只好道："那必须的，儿子，到老爸这里来，看老爸今天能赢多少。"

这局打完，轮到杨根长坐庄，他正在洗牌，有两个人走进了办公室。前面一个女人三十岁出头，装扮艳丽，看上去很年轻，手上戴着翡翠镯子，脖子上是镶宝石的白金链，挎着一个皮包，手指上挂着一把宝马的钥匙，她身后跟着个九岁的小女孩，一脸不开心的样子。

"哎哟，累死了。"女人把钥匙扔到桌上，揉着手臂。

"你们这么早就回来啦？"朱永平一见她们俩，慌忙站起身，挡在朱朝阳前面，脸上写满了尴尬。

"相机太老了，电池充电不行，没拍几张就关机了，只能早早回来。这相机可以扔掉了，都四五年了，明天去再买一个。"她把一个数码相机扔到了桌子一角，一副很嫌弃的表情。

"哦，那要不你们先回家，我们还要玩很久呢。"

女人对丈夫打牌本来不感兴趣，但感觉丈夫今天有点异样，仔细看了眼，马上注意到他身后还坐着个小男孩，她一眼就认出了朱朝阳，脸上瞬时掠过一抹冷笑，瞪了朱永平一眼。

朱朝阳当然知道这女人就是勾引走他爸的人，那小女孩是这女人跟他爸生的，他抿抿嘴，侧过头，不知所措地坐在椅子上，装作没看到她们母女。

杨根长停下发牌，几个朋友都带着笑意看着这一幕。

小女孩也看见了朱朝阳，好奇地跑过来，指着他问："爸爸，这

个哥哥是谁呀？"

"是……"朱永平脸色尴尬，犹豫了片刻，道："这是方叔叔的侄子，今天过来玩的。"

"哈哈！"其他几个打牌的朋友哄堂大笑。

杨根长忍不住嚷道："太有才了，实在太有才了，阿拉[1]宁市的朱有才啊！"

"喂喂，你们别笑，"方建平一本正经地说，"有才哥说得没错啊，朝阳叫我叔叔，当然是我侄子了。"

女人微微一愣，随即脸上也掠过一抹冷笑。

杨根长笑嘻嘻地看着小女孩，道："朱晶晶，听说你这次期末考试不及格啊？"

小女孩害羞地躲到朱永平身后，拉着她爸的手臂撒娇："不是的，不是的，我粗心没考好……"

杨根长指着朱朝阳，道："你要跟哥哥学习啊，他是他们学校第一呢。"

女人脸上浮出一抹不悦，但稍纵即逝，她拉过女儿，也附和着说："对呀，你要好好学习，要考得比这个哥哥还要好，知道吗？"她把"还要好"这三个字特意加重了语气。

"知道了，知道了啦！"小女孩一脸不高兴。

方建平又道："瞧我侄子，衣服都洗得雪白了，有才哥，帮我带侄子去买几套衣服没问题吧？待会儿花了多少钱，回来跟我算账好了。"

他朝朱朝阳眨了下眼睛，朱朝阳茫然无措地坐着。

---

[1] 方言。意为"我们"。

"这个……"朱永平很是尴尬。

"去吧，你的位子让阿杰替上，"杨根长说，"建平侄子衣服这么旧了，多买几件是应该的。你说呢，阿嫂？"他瞧向朱永平老婆。

女人不好在丈夫朋友面前驳了面子，只好道："嗯，正好我们也准备去买衣服，永平，你就带上朝阳一起去吧。晶晶，我们先去车上，等下爸爸带我们去买衣服。"

小女孩开心道："好啊，我要去金光百货！"

女人又扫了朱朝阳一眼，笑了笑，拉着女儿先出去了。

等她们出去后，朱永平在一帮人怂恿下，只好道："儿子，爸爸带你买衣服去。"

"哦，"朱朝阳站起来，想了想，又摇头，"爸，我不去了，我想早点回家。"

其他几个老板连声给他鼓励："都说去了，怎么能不去？不差这么点时间，你爸等下会开车送你回家的，去吧！"

朱朝阳只好缓缓点点头。

朱永平带着儿子走出几步，又停下脚步，低头悄悄嘱托："你妹妹一直不知道她还有个哥哥，现在她太小，告诉她爸爸离过婚，对她心理影响不好，嗯……所以我说你是方叔叔的侄子，等她大了我再告诉她。等下你……你……你暂时叫我叔叔，好吗？"

"嗯。"朱朝阳低着头，小声应了一句。

朱永平收了赌桌上的钱，点了下，摸出其中五千元，交给儿子，道："钱藏口袋里，不要拿出来，等下不要告诉你阿姨我给钱了。"

"知道了。"

朱永平带着歉意拍拍儿子肩膀，抿抿嘴，转头对朋友们打了下招呼。为了显得神态自若，他又拿起桌上的相机，摆弄一下，道："这

相机岁数是有点大了，难怪拍不出照片，该扔掉了。"

朱朝阳突然记起普普要拍照片，连忙道："爸，你这个相机真不要了？"

"嗯，是啊，这个没用了。"

"哦，那能不能给我？"

"你要相机？我下次买个新的给你。"

朱朝阳一点都不奢望朱永平真会买相机给他。"嗯，如果不要的话，给我吧，我有时间拍下玩玩。"

朱永平点头爽快答应："好吧，反正你还在读书，用不到专业相机，你想要就拿去玩吧。我拿个盒子给你装一下。"

从坐上这辆宝马越野车开始，朱朝阳一直忐忑不安。

他坐在副驾驶座上，一路都低垂着头，一言不发，偶尔几次抬头，看到车内反光镜上女人正朝他看，脸上带着些许笑意，他又连忙把头低下。身旁三个人的欢声笑语仿佛来自另一个时空，他完全是多余的。

很快到了市里最好的商场金光百货，不知是有意还是无意，朱永平和朱朝阳走在一起，女人带着女儿跟在后面，却没跟上来，母女俩似乎在窃窃私语。

朱朝阳走到一家运动品牌店前，停下脚步。

朱永平看着儿子，道："你想买运动服？"

"我……我想看看运动鞋。"

现在的中学生很早就有了攀比意识，穿名牌运动鞋很流行。不过朱朝阳从没穿过，他一直穿普通的胶鞋。

他看中了一款学校里很多同学讨论的鞋子，忍不住兴奋道："爸——"

他突然醒悟，同时也发现朱永平咳嗽了一声，朝他眨了下眼睛，他连忙改口："叔叔，我想看看这款鞋子。"

服务员马上热情地问了鞋码，拿出鞋子让他试。朱永平在旁边等着，他刚试到一半，小女孩在店外喊起来："爸爸，快过来，我要买那件衣服！"

"等下，等朝阳哥哥试好鞋子。"

"不，我不要，我要你马上过来！我要你马上来！"小女孩带着哭腔撒起娇来。

"唉，真麻烦，好好好，我马上来。"

朱朝阳抬起头，看到女人站在她女儿身边，正在跟她女儿悄悄说着话，脸上有一抹胜利者的微笑，他连忙把头低下。

"爸，你快过来，快过来！"小女孩拖长音调撒着娇。

"好好，来了。试好了吗？"朱永平看着儿子试鞋，着急地问，"大小合适吗？"

"嗯，刚刚好。"

"嗯，那就不用试了，我看这双鞋挺好的，就买这双了。小姐，多少钱？"他急着掏了钱。

朱朝阳站起身，看着爸爸因小女孩撒个娇就变得急迫的神色，抿了抿嘴，随后道："鞋子买了，衣服裤子下次买吧，我先回家去了。"

"嗯……等下我送你吧。"

"不用了，我自己坐公交车回去就好。"

"这样子……那好吧。"朱永平也希望早些结束今天的尴尬局面。

朱朝阳站起身，拎着打包好的旧鞋子，拿着装在盒子里的旧相机，默默地朝商场门口走去。朱永平则到了妻子女儿面前，解释说"朱朝阳有事先走了，我们继续逛"之类的话。

朱朝阳快走到门口时，回头看了眼，女人正面带笑意地瞅着他，

小女孩则很生气地瞪着他,接着又做出一个鬼脸,朝他呸呸呸。

朱朝阳紧紧握住拳头,死命咬住牙关,走出商场。

9

刚到家楼下,朱朝阳就瞧见了倚在墙边聊天的丁浩和普普,丁浩皱着眉,一副苦闷的样子,普普依旧是一副冷冰冰的模样。两人看见他后,丁浩马上换上了笑脸,带着普普朝他奔来。

"你怎么这么快就回来了?"丁浩问。

"嗯……没什么事,就早点回来了。"

普普打量着他,过了一会儿,说了句:"你好像不高兴。"

"嗯……有吗?我很好啊。"朱朝阳故意笑出声,掩饰自己的心情。

"他不高兴吗?我怎么看不出?"丁浩好奇地瞧着他。

普普没有搭理丁浩,只是盯着朱朝阳的眼睛,问:"你是不是哭过?"

"怎么可能啊!我干吗哭啊!"

丁浩看着他的眼睛,也发现了。"咦,朝阳,你真的哭过吧?"

普普用很平静的语气说:"如果是因为我们突然到来,让你不开心的话,你可以直接告诉我们,我们不会怪你的。"

丁浩一愣,低下了头。"唉,对不起,是我太自私了,没有通知你,突然就来你家找你了。我们这样的小孩随便找谁,都会给对方带来麻烦的。哎,朝阳,我们先走了,不打扰你了,以后再见。"

两人径直要走,朱朝阳顿时感到一阵空荡荡的失落,突然,他很想找人说话。在他们走出几步后,他连忙叫住他们:"错了,你们误会了,不关你们的事。"

普普微微皱了下眉,将信将疑地望着他。"不是因为我们?如果是其他人欺负你的话，你告诉耗子，他打架很厉害，整个孤儿院没人是他的对手，你不要怕。"

"对，我打架很厉害，朝阳，你放心，如果谁欺负你，我替你出头！"丁浩得意扬扬地说着，用着半带痞腔的调子，吹嘘起他以往跟人打架的经历，总之意思就是，谁欺负朱朝阳，就是欺负他丁浩，他丁浩可不是好惹的，分分钟就能削死一个人。

朱朝阳平时在学校，一心用功读书，性格内向，几乎没有朋友，更没有能说心里话的人，见他俩如此关心自己，瞬间感到了一股暖流，便把刚刚发生的一切原原本本向他们倾诉，唯独略去了他口袋里装着五千元的事，因为他对他俩还是不放心，不敢让他俩面对五千元的诱惑。

听完后，丁浩道："你毕竟是你爸的儿子，他怎么对你不关心，反而关心女儿呢？"他瞧了眼普普，忙补充一句，"男女平等我知道。我的意思是说，很多大人都更宠儿子，怎么你爸是反过来的？"

普普不屑地反驳道："那也不一定，偏心眼的人多了去了，同样两个孩子，有些人对其中一个不闻不问，对另一个好得要死。"

朱朝阳泄气地摇摇头。"我妈说我爸怕那个婊子，一见到婊子就丢了魂，整个人都被勾走了，婊子说什么就是什么。他也一直特别宠小婊子，那个小婊子很会撒娇。前几年我爸还经常偷偷联系我，给我钱，后来听我奶奶说，为这事，婊子跟他吵了很多次，还要查他的电话，这几年他就很少联系我了。"

丁浩义愤填膺地握起拳头。"这个大婊子和她的小婊子这样对你，实在太可恶了，要是没她们，你爸肯定还是会和你妈好好过下去的。嗯……可是现在是她俩欺负你，我……我也不知道该怎么帮你。"

朱朝阳拍拍他的肩膀，苦笑一下。"没关系，谁都帮不了我的。哦，对了，普普，这是相机，我爸说电池充不太进，充了电只能用一

小会儿时间，但我想拍几张照片应该够了，到时我们自己拍好，再拿到打印店打印出来，你看好吗？"

普普微红着脸低下头，道："谢谢朝阳哥哥。"

丁浩道："朝阳真是大好人，对吧，普普？"

"嗯。"

朱朝阳被他们说得很不好意思。

普普道："朝阳哥哥，那个大婊子是大人，我们没办法，你知道小婊子是哪个学校的吗？"

"不知道，只知道她读小学二年级。"

"如果知道是哪个学校就好办了，下次我们去学校打她一顿，替你出气！"

丁浩连忙道："好办法。我想好了，到时你不要露面，只要告诉我哪个是她，我一把抱着她把她扔到垃圾桶里，再盖上盖子，哈哈，到时有她哭的。"

朱朝阳听了他的"计谋"，眼前仿佛就出现了小婊子被人扔进垃圾桶哇哇大哭的模样，瞬间被逗得哈哈大笑。

普普冷笑一声："这就够了？最好是把她衣服脱光，把衣服扔进厕所大便堆里。"她脸上露出怨毒的表情。

朱朝阳微微吃惊地看着她，没想到一个比他还小两岁的小女孩，主意更毒辣，不过如果真能那样，一定很酷。

普普一本正经地说："以前我有个弟弟，我妈生了我弟弟后，对他很好，对我从不关心，我真恨死他们了，只有我爸才对我好。朝阳哥哥，你刚好跟我相反，你爸爸对你冷淡，对小婊子好，你妈妈对你好。"

"那现在你和你弟弟还有联系吗？"

"哼，"普普嘴角一撇，"他已经死了，跟我妈一起死的，听说我弟弟是我妈偷偷跟其他男人生的野种，不是我爸亲生的。所以别人冤枉我爸杀了他们，结果害我爸被枪毙，我真恨死他们了！我真恨不得他们再死一遍！”

朱朝阳感同身受地点点头，现在他明白普普为什么从之前冷冰冰的状态，一下子变得话多了起来，原来普普的经历跟他很像。也难怪普普这么想帮他报复那个小婊子。

可真能那么报复吗？恐怕也只能这样背后说点玩笑话，出出气吧。

10

吃过晚饭，丁浩和普普都迫不及待地去卫生间洗澡，他们流浪的那几个月，并不是每天都有条件洗澡的。

过后三个人坐在一起闲聊，朱朝阳和丁浩席地而坐，普普独自坐在靠近小阳台的位置，似乎刻意与两人保持很远的距离。朱朝阳感觉有点奇怪，不过也没多问。

“耗子，你们为什么要从孤儿院跑出来？”

“这个嘛，”丁浩看了眼普普，道，“那里的人太坏了，实在待不下去了。”

“怎么坏了？”

“其实也不是一直坏啦，以前的院长是个老阿姨，她对我们可好了，把我们当成她自己的孙子孙女一样。前年老阿姨退休了，换来了现在的院长，是个男人，一个死胖子。”

普普冷哼一声，补充道：“还是个恶心的大色狼。”

“色狼？”

丁浩严肃地点头。“对，他摸普普了。”

"摸什么？"尽管现在大部分初中生对性知识懂得很多，不过朱朝阳平时不太和同学交流，对男女知识并不十分了解，仅限于电视上常见的牵手和接吻，他虽然听一些男同学提到过，但也一知半解。

普普也刚刚开始发育，对男女之事并没多少害羞感，很直接地说："他把我带到单独的房间，脱了我的衣服裤子，要摸我。"

"这……怎么这样子！"

"有好多次，他还脱了他的裤子，太恶心了，我每次都想吐。"普普忍不住干呕了一下。

"他为什么要这样做？"

"不知道。"

朱朝阳看向丁浩。"你知道吗？"

"我？嗯……"丁浩脸上露出怪怪的表情，看着他俩浑然不觉的模样，"嘿嘿"笑了下摇摇头，"反正不是好事。后来有一次，死胖子又来找普普。普普之前跟我说过，要我去救她，死胖子还没脱裤子，我就闯进去了，他很生气，把我关在一个小屋子里一天一夜，东西都没给我吃，这死胖子，等我以后长大了，一定回去揍死他！"他揉搓着双手，做出一副磨刀霍霍的样子。

普普补充道："不光是我，他还强拉其他女生去，很多女生都被他摸过。"

丁浩反驳："李红是自愿去的！她说死胖子给她买零食，对她特别好，她想做死胖子的老婆。"

"哼，随便她！反正我受不了，我再也待不下去了！"

"我也是，上回我偷偷出去玩，回来被他发现，还被他揍了一顿，硬说我偷钱。"

朱朝阳不解。"他为什么说你偷钱？"

"我出去打游戏了，他冤枉我偷了教导员的钱，说要不然我怎么会有钱打游戏的。"

"嗯……那你怎么会有钱的？"

"以前社会上有好心人来看我们的时候给的，我没交出去。其他人都交上去了，死胖子说钱拿来给我们买零食，可每次交上去有几百上千元，也没见他买什么东西给我们吃。所以我就不交，偷偷藏着，偷溜出去打游戏，这死胖子就冤枉我偷钱。"

朱朝阳道："那你们这次逃出来，孤儿院会找你们吗？"

两人同时点头，丁浩道："肯定会找的，我以前听老阿姨说过，孤儿院里的每个小孩都有登记的，上面会查人数。我们逃出来后，住在北京一家小旅馆里时，看电视里有个新闻还在找我们呢，我们俩的照片都有，死胖子还在电视里假模假式哭着叫我们回去。我们就怕被他们抓回去。如果回去了，死胖子指不定会怎么对付我们呢！而且，哈哈，我们逃跑前，我偷偷到死胖子办公室，偷了他的钱包，里面有四千多元钱，要是没这笔钱，我们逃出来没几天就过不下去了，正是靠着这笔钱，我们才敢出逃，过了这么久日子呢。所以啊，无论如何都不能回去，我们私自逃跑加上偷他的钱，死胖子一定会把我们活活打死。"

"如果你们不逃出来，难道一辈子都要留在孤儿院里吗？"

丁浩道："那也不是，只有到了十八周岁才能走，到那时，你不走也会赶你走的。不过到十八岁还要好些年呢，我和普普都等不及了。住在里面就跟坐牢一样，平时都不能出去玩，听说我们那个孤儿院管得特别严格，绝不许小孩私自逃出去的。"

普普冷声道："那是因为我们爸妈都是杀人犯，他们也是这么看待我们的，觉得我们出去就是祸害！"

　　这时，朱朝阳听到"噗噗"几声屁响，随即闻到一股臭味，他皱眉道："耗子，你放屁也不提前通知的啊？"

　　丁浩看了眼普普，普普微微侧过头，表情显得黯淡，丁浩歪了下嘴，笑道："好啦，下回我放屁一定提前三分钟通知你。"

　　三个人旋即笑成一团。

　　笑过以后，丁浩的神情又转回沮丧，叹了口气："真羡慕你，你爸妈虽然离婚了，可你至少有个家，有个学校读书，有这么多同学，不像我们，谁都不要，以后去哪里都不知道。"

　　谈话的气氛一下子变得不是滋味，朱朝阳看着丁浩和普普的神色，勉强笑了笑，道："也别羡慕我了，我在学校总是被人欺负。"

　　"谁欺负你？我削死他！"丁浩又摆出了打架的架势。

　　"是女的，你敢打女的吗？"

　　"女的？"丁浩尴尬地笑了笑，"好男不跟女斗，女的我不好打，让普普打，哈哈，不过普普比我们小两岁，恐怕打不过你的女同学。"

　　普普撇撇嘴。

　　朱朝阳吐口气，道："打她也没用啦，她爸是派出所的，谁敢打她啊。而且这事也不是靠打人能解决的。"

　　朱朝阳郁闷地把叶驰敏几次在老师面前诬陷他的事说了一遍。

　　丁浩皱眉道："明明是她冤枉你的，老师就是不肯相信你吗？"

　　朱朝阳冷哼一声："成年人就会听一面之词，笨得跟猪一样。"他愤恨地握住拳，"在成年人眼里，小孩永远是简单的，即便小孩会撒谎，那谎言也是能马上被戳穿的。他们根本想象不到小孩的诡计多端，哪怕他们自己也曾当过小孩。"

　　丁浩和普普都认同地点头。

　　朱朝阳道："在成年人眼里，从刚出生的婴儿到十几岁的学生，他们一概视作小孩。几岁大的小孩当然很简单，撒的谎也很容易被识破，可是到了十几岁，小孩已经不再单纯了，但他们还是把小孩想得很简单。"

普普道："成年人更坏，你被你同学故意栽赃，我和耗子哥都被成年人多次冤枉过。"

"是吗？"

丁浩用鼻子重重哼了声，点点头。

普普道："我爸被枪毙后，那时我叔叔愿意收养我。可是才过了几个星期，有一回一个女同学在放学路上跟我吵架，她骂我是杀人犯的小孩，我跟她打起来，把她打哭，她逃走了。当天晚上，她家里人在水库里找到她，她淹死了，然后她家里人就说是我把她推下去的，到叔叔家找我，要打我，警察都来了，把我带到派出所，关了整整两天，我说我没推过她，不知道她怎么掉水库里的，大家都不信。最后，警察也说没证据，把我放了，可她家里人又来找麻烦，婶婶不同意继续收养我，最后把我送到了孤儿院。"

"那么……"朱朝阳小心地问，"那个女同学，真的是你推下去的吗？"

普普失望地看他一眼，撇撇嘴。"当然不是，我跟她打完之后就回家了。我也不知道她是怎么掉下去的。"

丁浩道："我爸妈刚被抓进去那会儿也一样，我回了老家，没有亲戚要我，我一个人在外面玩时，店老板说我偷东西，明明不是我偷的，我身上也搜不出来，硬要冤枉是我偷的，店老板的儿子还打了我一顿，当天晚上我拿石头砸了他家玻璃，结果被抓了，后来也被送到孤儿院了。"

三个小孩各自脸上都写满了愤恨和无奈，仿佛整个社会有太多的不公加诸他们身上。

过了一会儿，朱朝阳故意笑出声打破气恼的氛围。"不提这些事情了，我们看下相机，晚上充满电，明天给普普拍照片吧。"

"这相机你会用吗？"普普很期待地看着他。

朱朝阳摇摇头。"不会，得研究一下，我看别人是把数码相机连到电脑上的，我床底下有台旧电脑，我妈以前失业培训时，政府送的，帮助她练打字，不知道还能不能用。"

他们搬出电脑，折腾了好久，依旧弄不来，最后找了隔壁邻居家一个年轻哥哥来帮忙，总算弄好了电脑，又连上了相机。年轻哥哥简单教了他们各种操作，朱朝阳本就聪明，很快学会了。

朱朝阳打开电脑上相机的文件夹，里面有很多照片，全是朱永平和那女人、女孩的合影，他们一家非常亲热，朱永平总是抱起女儿亲她。

朱朝阳正想一股脑儿全删掉，普普连忙道："别全删，留几张，我们记下小婊子的长相，下次如果有机会，可以替你出气。"

朱朝阳看着照片中亲密的一家人，又想起下午那根本忘不了的记忆，用力地咬紧了牙，把删照片的动作停住了。

过了好一会儿，他才调整好情绪，问普普："明天你想去哪里拍照片？"

"嗯……最好找个漂亮的地方。"

"什么地方算漂亮？"

"我也不知道，朝阳哥哥你觉得呢？"

朱朝阳想了一下，道："要不去三名山吧，我妈在三名山检票，我们进去不用钱，那里风景可好了，明天一起去玩一下？"

"好啊，我一直没爬过山啊。"丁浩兴奋地叫起来。

普普望向窗外。"我爸爸看到我在山上玩的照片，一定会很高兴的。"

烦恼

11

镇上没有通往三名山的直达车，三个孩子起个大早，先坐车到了市区，然后又坐了两个小时的车到了三名山风景区。

远远地，朱朝阳指着检票口一个矮墩墩的胖妇女，介绍道："那是我妈妈，你们先等一下，我先过去跟我妈说几句。"

他跑到妈妈周春红边上。

"咦，你怎么来了？"

"我带两个同学过来玩。"他指着远处的丁浩和普普，"一个是我小学同学，后来转去杭州读书了，这几天来玩，还有个是他妹妹。对了，妈——"他连忙从口袋里掏出五千元钱，偷偷塞给她，"昨天爸爸叫我过去，给了我五千元，你收好。"

"朱永平这次怎么良心发现，给你这么多？"周春红把钱塞进口袋。

朱朝阳微微低下头。"昨天过去时，另外几个一起打牌的叔叔让他多给我点的。不过，昨天被他老婆和女儿撞到了。"

周春红关切地问："她们怎么说？"

"没怎么说，他女儿不认识我，还问我是谁，爸爸……他说我是方建平叔叔的侄子。"他声音很小。

周春红看着儿子的模样，眼眶不禁发红，强行忍住，冷声哼道："朱永平这种话都说得出口！做爹做到这份上，还不如去死呢！"

朱朝阳抿了抿嘴，没说什么。周春红岔开话题，拉了拉儿子的衣服。"衣裳很脏了，自己没洗吧？本来我明天休息的，昨天李阿姨她爸生病住院了，我跟王阿姨要留下来顶班，这几天回不去了，你今天自己回家把衣服洗掉，知道吗？"

"知道了，我会洗的，嗯，那我带同学上山去玩了。"

"去玩吧，你们回去后，你请同学到外面吃，别人过来玩，你要招待好一些，不要让人觉得你小气，你有钱吗？"

"我还有几百元，够用了。妈，你这几天不回家的话，我留我同学在家住几天，一起玩玩，好吗？"

"嗯，你们随便玩吧。"周春红平日里对儿子没多少约束，她一向对儿子很放心，而且儿子特别争气，从小学开始功课就不需要她管，成绩一直数一数二，这是她的骄傲。

朱朝阳朝两个小伙伴招招手，两人过来很礼貌地叫了"阿姨好"，跟周春红一起上班的王阿姨偷偷说普普这小女孩长得真漂亮，像瓷娃娃一样，给朝阳当媳妇挺好，周春红笑着拍了她一下。同时，这话也被普普听到了，她歪嘴笑了一下，做了个鬼脸，没说什么。

三个小孩一起爬山玩耍，很快忘记了各自的烦恼。今天是7月的第一个星期三，不是节假日，又在旅游淡季，山上没几个游客。三个人打闹着一路走上去，很快就到了半山腰平台边缘的一个凉亭里休息。

"要是每天都能这样一起玩就好了！"丁浩感慨一句，伸直了身体，朝向凉亭外侧的空旷天空。

普普望着山下的一大片风景，也不由得开心地笑起来。"朝阳哥哥，你看这里风景怎么样？"

"很好啊。"

"我想在这里拍几张照片。"

"没问题，你先站着，我试拍几张看看。"

普普马上认真地站直，两个剪刀手伸到脑袋上，笑得很灿烂。

"真像个兔子，哈哈。"朱朝阳摆弄着相机，丁浩在他后面看他操作。

拍了几张后，朱朝阳点开照片看效果，背景很漂亮，普普也很可爱，三个人都说好，随后又换角度拍。

这次相机对着的方向是平台前方，此刻平台上只有一个年轻男人和一对五六十岁的老夫妻，朱朝阳连拍了几张，打开看时，效果很好。

"怎么样？"

普普连连点头。"拍得很漂亮！我好喜欢。"

"耗子，你也拍几张吧？"

"我就不用了吧，我对拍照没兴趣。"

"嗯……那我给你们录像吧。"

"相机还能录像？"普普很好奇。

"是啊，还能录音，快，我已经开始了，你们两个对着镜头说几句话呗。"

"说什么呢？"普普道。

"哈哈，看我的，"丁浩开始装模作样，"各位观众大家好，现在大家收看到的节目是《新闻联播》，由著名主持人丁浩先生为大家主持，首先我们看一条今天的热点新闻，三名天才少年在三名山游玩，然后……"

"然后发生了什么?"朱朝阳笑着问。

普普道:"丁主持,后面呢?没啦?"

"然后……然后……"丁浩害羞地挠着头,编不出后面的话。

就在这时,两声撕心裂肺的"啊"同时传来,把三个人都吓了一跳。三个人同时朝平台方向看去,此刻平台上只剩下刚刚那个年轻男人,那对老夫妻已经不见了。

几秒钟后,山下传来了几声嘭嘭闷响,那个年轻男人趴在城墙边,向下大叫:"爸!妈!爸!妈!"他转身冲到远处的风景区商店前,大吼着:"快救人!快救人啊!我爸妈掉下去了!"

朱朝阳连忙收好相机,三个人一齐跑了过去。

12

顷刻间,附近的人都跑了过来,景区管理人员一边打电话,一边赶紧下山救人。三个孩子也像其他人一样,趴在城墙边向下张望。

"这么高!人影都没看到,还能活吗?"丁浩倒吸了一口凉气。

"肯定死了。"朱朝阳把脑袋缩回来,在这个高度俯视,人本能地会产生一种恐惧感。

普普摸着城墙,道:"奇怪,这么宽的城墙,怎么会掉下去?"

这里的城墙有半米多宽,人坐在上面是很稳当的,所以经常会有游客坐在城墙上拍照。当然,旁边有块景区放置的写着"注意安全"的提示牌,不过之前从来没有人坐在城墙上掉下去。

丁浩道:"可能是朝外侧坐着的吧,想爬回来时,一不小心滑下去了。"

普普摇头道："怎么可能？谁敢朝外坐着呀，而且还是老年人。"

朱朝阳想着可能的解释。"大概其中一个老年人突发什么病，向后昏倒了，顺势把另一个也带下去了，嗯……反正命不好呗。"

这时，他们远远看到山下已经有景区的几个工作人员走进下方树丛里找人了，丁浩连忙招呼两人："走，我们也下去看看。"

普普撇撇嘴："这有什么好看的？"

"我还没见过人从这么高的地方摔下去是什么样的。"

朱朝阳鄙夷地望了他一眼。"肯定摔得一团糟，很恶心的。"

"就是，一定到处都是血。"普普同样不感兴趣。

丁浩好奇心特别重。"下去瞧一下吧，到时你们站远点，我过去看看好了。"

两人被他说得厌烦，朱朝阳只好道："好吧，我去看下我妈是不是要帮忙什么的，出了这么大事，他们景区肯定要忙死了。"

三个人走下山，刚到检票口，周春红正和几个同事围着议论死人的事。

"妈，掉下去的人找到了吗？"

"你们下来了啊，你们早点回去，我们等下还要打扫，做很多事呢。"

"人找到了吗？"

周春红咂咂嘴。"刚找到，保安正在抬出来呢。"

"阿姨，人怎么样了？"丁浩问道。

旁边一个男同事怪笑着吓唬三个孩子："两个人都摔得七零八碎，哎呀，刚刚进去的两个保安都跑出来吐了。"

正说话间，几个保安和已经赶来的警察从山下林子里走出来，手里提着两卷用塑料布包起来的东西，塑料布上沾着血，这些人的脸色都很难看，显然是强忍着胃里的翻滚，赶紧把尸体先弄出来。

跟在后面的，是朱朝阳他们刚刚在山上见过的男人，男人脸上都是眼泪，哭得很伤心，一路快步跟在保安和警察身后，啜泣着朝着塑料布喊："爸！妈！爸！妈！"所有看到他的人都被他的情绪感染，感同身受，纷纷叹息着死者命不好。

三个小孩驻足原地看着，少年人没经历过多少生离死别，并没有过多思考生命短促之类的感想，只是抱着看热闹的好奇心。又待了些时间，三个人跟周春红告别，准备回家。走过景区管理站外面时，三人又遇到了那个男人，和一些警察、保安、景区管理人员站在一块，正商量着处理办法，是直接把死者送去火化还是带回家办丧事，男人打了几个电话后，哭着说先送殡仪馆吧。谈妥后，众人把两卷塑料布放上了景区的皮卡车，警车跟在后面，男人则走向了他停在一旁的车子。

"是宝马车，这人好有钱。"朱朝阳咂咂嘴。

其实张东升开的是国产宝马，并不贵，不过朱朝阳分不清国产的、进口的，反正看到宝马的标志，就觉得是有钱人。普普停在原地，朝宝马车打量了一会儿，直到宝马车驶离，消失在他们视线外。

三个孩子本以为这不过是他们游玩中的一个插曲，此刻他们并不知道，今天的事，将彻底改变三个人接下来的命运。

13

徐静两眼通红地走进调解室，一个错步，差点跌倒。跟在她身后的张东升连忙抓住她将她扶稳，下一秒，徐静却手腕一扭，把手从张东升手里挣脱出来，似乎一点都不想碰到他。

张东升微微一愣，眉头皱起，看了她一眼，随即低声哽咽起来。"对不起……是我，是我没看好爸妈，真的对不起。"他通红的双眼中，滚出了两行热泪。

徐静冷哼一声，毫不领情地把脸扭过去，咬住嘴唇抬头朝上，泪水翻滚着。

看到这情景，办公室里的警察赶紧招呼两人坐好，给他们倒了水，拿来湿毛巾让他们擦脸。

"谢谢你们。"张东升接过毛巾，感激地朝警察点点头，擦拭眼睛。

一名负责这次接警的中年警察叹息一声，道："发生这样的事，我们也很难过。二老已经送殡仪馆了吧？我们按照工作要求，要对景区内的这次事故做个登记，等今天的工作弄完后，明后天或者你们哪天有空的时候，我们再把景区的人叫过来，一起协商善后工作，你们觉得怎么样？"

张东升看向女人，轻声询问她的意见："徐静，你觉得呢？"

徐静依旧沉浸在悲痛中，没有任何回应。

警察只能转向张东升。"张先生，今天事故是怎么发生的？"

张东升抽泣着说："我是老师，刚放了暑假，爸妈早就说想出去玩了，前几天我在网上找了一下，觉得三名山环境好，离家又近，早上去玩，下午就能回家了，就跟爸妈说了。爸妈也都说想去三名山玩，徐静昨天还让我照顾好爸妈，爸有三高，爬山怕他吃不消，爸自己却说没事，锻炼一下也好，谁知道……谁知道……都怪我啊！"

他痛苦地把头埋进了两手中间。

"三高？"警察注意到了这条信息，眉头一皱，忙问，"老人家的高血压厉害吗？"

张东升重新抬起头，回答道："只有爸有高血压，妈的身体一直还不错，而且爸的血压在他们这个年纪也不算高，平时很少吃药。"

"嗯，"另一名警察在记录本上快速记下，接着问，"然后他们在山上是怎么掉下去的？"

"我们到了中间平台后，准备休息，妈让我给他俩拍几张照片，本来想拍外面风景的，结果被城墙挡住了，爸就拉着妈坐到了城墙上，说这样拍比较好。那时我正低头摆弄相机，就那么几秒钟的工夫，我就听到爸妈'哎呀'叫了声，抬头就见两个人朝外仰天栽下去了。我……都怪我……我……"他难受得说不出话。

徐静哭着道："你怎么会让爸妈爬到城墙上去！他们……他们这个年纪，怎么会爬到城墙上去？是你，一定是你——"

张东升立马打断她："是，是！怪我……都怪我，我根本没想到爸妈会掉下去。那个城墙看起来很宽，根本不可能掉下去啊。我怎么都想不通爸妈是怎么掉下去的。"他把目光投向了警察。

警察替他解围道："是这样的，徐女士，三名山上的古城墙还是挺宽的，也很矮，平时挺多人坐在上面拍照，从来没出过事。那城墙看起来挺安全的，没人想到坐在上面会掉下去，这点也不能怪你老公啊，毕竟他也不想的。"

徐静抽泣着道："那我爸妈怎么会掉下去？"

张东升哭着道："我也不知道，就那么几秒钟的事，我根本想不到会发生这样的事。"

警察给出了可能的解释："我们已经到山上看过了，城墙很宽，照理说，坐在上面是不会掉下去的。我想可能是你爸爬山后，高血压犯了，坐在城墙上后，一时眩晕，向后倒，本能地抓了你妈一把，两个人就这样一齐掉下去了。刚刚我们在你爸口袋里也找到了治疗高血压的药。你爸最近有吃降压药吗？"

"我……我不知道，这要问张东升。"

张东升解释道："徐静工作忙，平时主要是我照顾他们多些。"

警察旋即对张东升加了不少印象分，女婿比女儿照顾得还周到，这年头这样的年轻人可不多了。

张东升继续道："我经常提醒爸，让他吃降压药，爸却总说没感觉难受，药能不吃就不吃，吃药总是不好的。唉，要是最近一直吃着降压药，我想……我想无论如何都不会发生这种事啊！"

警察连连点头，心中对张东升的印象愈加好了。

很快，这场意外的经过登记完成了。警察的事故调查报告上记录老人家爬山后突然坐下休息，这种剧烈运动后直接休息，极其容易诱发高血压，随即向后晕倒，此时本能地抓了老伴一把，两人一起跌下山去。

随后民警纷纷安慰两人，劝他们别太伤心，回家处理后续事情，毕竟事情已经发生了，再也挽回不了，注意自己的身体之类的。在这件事上，景区几乎没什么责任，毕竟景区在出事地旁还立着提示牌，不过出于人道角度考虑，景区可以给五千元慰问金，具体情况，派出所还要跟景区管理方沟通。

所有人都没有想到，这样一个比女儿照顾老人还周到的女婿，却是杀人凶手。

不过这一切都在张东升的计划内，对这次谋杀，他筹划了将近一年。他深知，以这种方式结束岳父岳母的生命，不会有任何风险，再厉害的警察来了也没用，因为，没有办法能证明这是一起谋杀案，是他把岳父岳母推下去的。何况，他今天的演技很到位，博得了所有人的同情。也许除了徐静，不过，这已经不重要了。

因为，徐静也快了。

14

"你们说人的脑浆是什么颜色？我看到有的书上写的是黄色，有的说是白色。"回到朱朝阳家后，丁浩依旧眉飞色舞地讲着今天的事。

朱朝阳和普普都对此感到厌烦，说他实在太八卦了。今天的意外是三个人一起看到的，丁浩掌握的信息与他们俩所掌握的并无差别，可他还当成一个特大新闻，不断向他们渲染。如果这件事是丁浩一个人碰见的，恐怕他非得把新闻反复播报几十遍，一直到大半夜才肯罢休。

他们给丁浩新取了两个外号，一个是"大嘴巴"，一个是"包打听"，说以后但凡有秘密绝对不能让他知道，否则，他知道了，整条街都会知道。

尽管今天游玩遇到重大事故，不过这丝毫不影响三个少年的心情。他们拍了照片，刚回到家，就迫不及待地连上电脑看起来。

照片拍得很令他们满意，看着各自或是故作成熟，或是故意搞怪的样子，三人相互取乐，咯咯直笑，连一向冷冰冰的普普今天也笑得格外开心。看完照片，他们又打开了最后拍的那段视频，视频开始时，丁浩正在学主持人播报新闻，朱朝阳大笑着说："你在北京待了几年，普通话讲得很标准啊。"

"那当然了，我长大想当记者。"

朱朝阳挖苦道："嗯，你这个大嘴巴，果然很适合干新闻。"

普普道："记者要读书好的，你肯定不行，朝阳哥哥行。"

丁浩一愣，笑容从脸上消失。"是啊，我成绩差，而且……以后也没有书读了。"

瞬间，快乐的氛围仿佛被一把无形的刷子刷得一干二净。

朱朝阳马上转移话题，道："我妈妈让我请你们吃肯德基。"

"是吗？太好了！"丁浩马上又大笑了起来，笑得特别大声，缓和了大家的情绪，"我和普普都没吃过，不过我们在肯德基住过好几个晚上，肯德基二十四小时营业，不会赶人。"

"好啊，那我们现在就去吧。"

朱朝阳说着，正准备把视频关掉，并没注意到普普表情的异样。

"等等——"普普眉头微微蹙起，身体一动不动，极其专注地盯着电脑屏幕。

"怎么了？"朱朝阳不解地问。

普普依旧盯着电脑。"能把这段视频往前拉一下吗？"

"当然可以，"朱朝阳操作了一下，"拉到哪里？这里？"

"对，就是这里开始。"普普异常严肃，目不转睛地盯着画面。

两人都不解地看着她。"怎么了？"

普普咽了下口水，完全面无表情，直到视频放完画面停住，隔了半晌，她才冷冰冰地吐出几个字："他杀人了。"

"嗯？"两人还是不明白。

普普从朱朝阳手里接过鼠标，再度拉到了刚刚的位置，然后点下暂停键，冷声道："城墙上的两个人不是自己掉下去的，而是被开宝马车的男人推下去的。"

"什么？！"听明白她的话，两人都张大了嘴。

普普按下播放键，画面再次动了起来。朱朝阳和丁浩这回看得很清楚，他们身后不远处，那个男人抓住了坐在城墙上的两个老人的脚，瞬间做出一个幅度很大的向上掀翻的动作，坐着的两人本能地伸手向空中抓去，但男人避开了他们的手，用一个更猛烈地向外推的动作，一把将两人掀翻下去了。

整个过程只持续了一两秒。

可是直到视频再一次放完，朱朝阳和丁浩依然站在原地，目瞪口呆地对着静止不动的画面。

"他杀人了。"普普冰冷的脸色不变，口中再次冒出这句话。

朱朝阳仿佛刚从噩梦中惊醒，心脏剧烈跳动着。"怎么……怎么会是这样！"

一直喜欢说八卦的丁浩，此刻也变得木讷了，张着嘴发不出声音。朱朝阳感到很紧张，也感到一股前所未有的害怕，他从来没经历过这么大的事，更从来没见过别人杀人。新闻里见到杀人事件和亲眼见到杀人事件，是完全不同的，尤其是刚刚在视频里看到那个男人在一两秒的时间里，一把将两个人掀翻推下山的镜头，彻底把他吓呆了。

他握着拳头，结巴道："怎么……现在该怎么办？看样子景区的其他人都不知道这是杀人事件，都以为他们是不小心掉下去的，只有我们知道，怎么办？怎么办？我们报警吧。"

丁浩慌乱地点头。"好好，我们赶紧报警，这是大事，天大的事！"

朱朝阳连忙打开他妈妈的房间门，跑到电话机前，颤抖着拿起话筒，道："我们……我们直接打 110 吗？该……该怎么说？"他一时不知道该怎么组织语言，向警察描述清楚整件事。他又想到三个小孩报警说有人杀人了，警察会相信吗？会认真对待吗？还是会当成小孩的恶作剧，把他们斥责一顿？

另外两个人没给他提供任何建议。

朱朝阳想了想，把话筒朝丁浩递去。"耗子，你能说会道，你来讲。"

丁浩向后退了一步，道："我说不好，要不，普普，你来说。"

普普无动于衷地摇摇头。

朱朝阳道："那我……那我直接照实说，警察会不会不相信我们小孩子的报警？"

丁浩道："不相信的话，我们就直接到派出所里报案吧。"

"嗯，也好，那我打了啊，那我真打了啊。"

朱朝阳鼓足勇气，按下了110，话筒内响了几下，马上传来一个女声："喂。"

"嗯……我是——"朱朝阳刚吞吐地说了半句，突然，一只手伸到面前，直接把电话按断了。

普普看着他，摇了摇头，道："先不要报警，再想想。"

"想什么？"朱朝阳不解地看着她，着急道，"这……这是人命关天的大事啊！"

普普面无表情地道："报警的话，你准备把相机交给警察吗？"

"当然了。"

"那么我和耗子呢？"

"你们？你们怎么了？"

"警察一定会询问视频里出现过的人，我和耗子都会被警察叫去，他们一查我们的身份，就会知道我们是从孤儿院逃出来的，然后我们就会被送回去，回到孤儿院，我们就生不如死了。"

丁浩愣了一下，倒吸一口冷气，慌张道："对，朝阳，等一下，再想想，再想想。我们说过，无论如何都不回去了，不能……不能直接报警啊。"

"那……那该怎么办？"

这时，电话铃声响了，朱朝阳想去接，但望着丁浩和普普，又不敢伸手接，犹豫不决。铃声继续响着，声音在房间里徘徊，每一秒都过得很慢。朱朝阳摩挲着手指，不知所措。

这时，普普一把抓过话筒，对里面的接线员柔声说了句："阿姨，对不起，我刚刚不小心拨错了。"

电话里传来了一阵训诫，说小孩子暑假不要乱玩电话，110 报警电话不是闹着玩的之类的。普普连声道歉。

挂了电话，普普朝两人看了眼，道："我们再思考一下吧，我肚子饿了，能不能先去吃饭？"

15

三个人坐在餐厅的角落里，围着一个全家桶，朱朝阳从里面掏出一根玉米棒，咬了两口，索然无味、愁眉苦脸地看着两人。"不报警的话，就没人知道他是杀人犯了，他就逍遥法外了。"

普普道："可是我跟耗子都被拍进去了，警察一旦知道我们俩的身份，就一定会通知孤儿院，把我们送回北京。"

"可我们不能眼睁睁看着杀人犯什么事也没有吧？"

普普挑了挑眉毛。"也许他杀的是坏人呢。"

"那两个老头老太，不像坏人啊。"

"坏人你又看不出。"

谈话一比一战平，朱朝阳只能转向丁浩。"你说呢？"

丁浩很为难地塞下一块肉，咕哝着："你说得对，杀人犯不能逍遥法外，普普说得也对，报警警察会把我们送回去。嗯……要不然这样，等过个几年再报警吧？那时我们满十八周岁了，不用担心被送回孤儿院，杀人犯也能被抓住。"

"这是个办法。"朱朝阳皱着眉头，旋即又摇头，"可是，这样一段视频放着几年，我……我有点怕。"

普普不以为意道："怕什么？除了我们三个，没人知道这件事。到时警察问你为什么当年不报警，你就说当年看视频没注意到后面，重新看时意外发现的。"

"嗯……可是这样一段视频放好几年，夜长梦多啊。"朱朝阳忐忑地说着。

三个人各自吃着东西，沉默了一阵。

普普吃完一个汉堡后，突然很郑重地看着他们俩，道："我有个新的处理办法。"

朱朝阳急忙问："什么？"

普普犹豫了一下，缓缓道："我们可以把这段视频利用一下。"

"怎么利用？"朱朝阳不解。

普普眼睛微微眯起来，沉声说："我们把视频还给那个男人，不过，在此之前，我们要向他拿一笔钱。"

"啊！你是说把视频卖给他？"朱朝阳张大了嘴。

普普点点头，表情很成人化的模样。"那个人开宝马车，一定很有钱。现在我和耗子的生活没有着落，急需一笔钱。所以，最好的办法，就是把视频卖给那个人，跟他要一笔够我们用几年的生活费，我们总需要一些钱过下去，耗子，你说是吧？"

"是……可是这样……"

"朝阳哥哥，要到的钱我们三个人平分，这是我们三个人的秘密，只要我们不说，没有人会知道。当然了，拿到钱后，你要小心存到银行去，不要被阿姨发现你有这么大一笔钱，那样就说不清楚了。"

听到她的主意，朱朝阳吓得目瞪口呆，过了半晌才恢复说话能力。"我们这么做是敲诈勒索啊，而且是敲诈勒索一个杀人犯，我们这是犯罪呀！"

"耗子，你觉得呢？"

丁浩抓了抓头发，纠结地道："如果真能顺利跟他要到钱，倒是挺好的一个主意，我就担心跟杀人犯做交易会不会有危险？"

普普抿抿嘴。"这个视频能要了那人的命，那人肯定是愿意付钱买下视频的，不过……我这样想，太自私了，"她看向朱朝阳，"我们俩确实很需要钱，可是朝阳哥哥并不急需钱，甚至……甚至拿到钱，他还要想办法存起来，一直要存到他长大，不让人知道才行。"

朱朝阳沉默无言，他半点都不想跟杀人犯做一场可怕的交易，如果杀人犯把他们三个也杀了呢？即便杀人犯没这么做，可是他们这种行为，一方面是知情不报，另一方面是敲诈勒索，甚至某种层面上，也成为杀人犯的帮凶了。

他从小学到初中，一直都是好学生，在学校只有挨揍的份，从没主动打过架，可以说是清清白白的好学生，突然要和犯罪分子的标签挂钩，而且是和杀人犯挂钩了，这即便放到校内外的小流氓身上，他们也不至于这样做啊，他实在没法接受。

他非常后悔昨天留下丁浩和普普，这是个大错误。他们是杀人犯的小孩，从孤儿院逃出来的，跟他完全不是同路人。他们没有家，也不用在乎其他人对他们的看法。他们俩在别人眼里比社会上的小混混还糟糕，他们在几个月的流浪生活中，坑蒙拐骗的事都做过了，再多犯一次罪自然也无所谓。

可是他从来都是个好学生啊！从昨天到现在，因两人的到来，他花了一百元钱，这对一个零花钱很有限，每月各种开销只花几百元的初中生来说，算是个不小的数字了，他觉得再和他们一起混下去，后果难以设想。

最好的办法，是找个机会偷偷告诉警察，说他们是从孤儿院逃出来的，把他们送回去。可是这样一来，耗子和普普一定会记恨自己，那时他们再也不会把他当朋友，会揍他，甚至采取更激烈的报复手段。即便他们当场被送走了，也难保以后不会再逃出来。就算没逃出来，到了十八岁后，他们离开孤儿院了，说不定会记仇来报复自己。要知道，丁浩就说过等他长大，要去找孤儿院的死胖子麻烦。而且他总说打架的事，看得出他这人很记仇。

对此，他也害怕。

一时间，他陷入了进退两难的境地。

这两个人的到来，给他带来了无穷烦恼。

16

这顿晚饭在断断续续的谈话中，磨了好久才结束。

三个人各怀心事走出肯德基，此时天色尚早，街上很热闹，朱朝阳对在外面玩耍毫无兴致，只想早点回家。可他们刚走了几步，普普突然紧张地停下脚步，绷着脸道："你们先回去，我过一会儿再回来。"

丁浩连忙道："你口袋里有钱吗？"

"有十多元，我待会儿坐公交车回去。"

丁浩道："你记得路吗？"

普普转向朱朝阳。"嗯……朝阳哥哥，公交车怎么坐回去？"

朱朝阳疑惑地看着她："你要干吗去？"

丁浩打岔说："不用管她，让她一个人转一会儿吧，朝阳，要不我们也在外面再待会儿，喏，我们去对面的新华书店看会儿书，等普普弄好了来找我们？"

"可是……普普一个人干吗去？"他忧心忡忡，担忧普普该不会一个人去做什么可怕的事吧。

"她没事的啦，我们走吧。"丁浩强拉过他，又对普普说："你好了就来找我们，我们在书店里等你。"

普普点下头，很快离开了。

等她走后，朱朝阳顿时情绪躁动了起来。"普普到底干吗去了啊？"

"嗯，这个嘛……"丁浩有些支吾。

朱朝阳着急地叫出声："快说啊！"

"好吧好吧，我告诉你，但你不要跟她说是我说的。"

"废话，我保证不告诉她。"

丁浩放心地点点头。"你知道她为什么叫普普吗？"

"普普不是她的名字吗？"

丁浩歪嘴大笑："有谁名字会叫普普啊？"

"那是为什么？"

"嗯……"丁浩显得不好意思地开口，"因为她小时候生过一场病，后来一直肠胃不好，她吃完东西过半小时左右，就会开始放屁，'噗噗'地放屁，所以后来其他人就给她起了这个外号，普普。你瞧她昨天吃面条，吃很少对吧，因为吃多了，更要放屁。"

"原来是这样！"朱朝阳恍然大悟，"难怪昨天晚上聊天，她离我们那么远，靠着阳台一个人坐着，后来好几次我闻到屁臭，我一直以为是你。"

丁浩哈哈笑着："没办法，她是我结拜妹妹，我这个做大哥的只能替她顶着，承认是我放的。对了，你可千万别告诉她，她是女生，脸皮不像我这么厚。"

"你也知道你脸皮厚啊。"知道普普独自离开并不关视频的事，朱朝阳也放心了。

丁浩亲密地用手圈住矮他一大截的朱朝阳。"一开始我知道她吃完饭就放屁，我笑死了，后来看她很不开心，又觉得她挺可怜的。"

朱朝阳点点头。"是啊,这样肯定被其他同学说,她真的蛮可怜的。可你这个做大哥的,怎么也跟其他人一样叫她普普,这是侮辱性的绰号。"朱朝阳在学校被一些男生叫成"矮卵泡",他一直对绰号很反感。

"这个无所谓,她也习惯了,她告诉我的。"

"哦,那好吧,我们去书店等她。"

17

这家新华书店是区里最大的一家,是个书城,上下三层,规模很大。里面开着空调,在这个季节让人觉得特别惬意。

进了书城后,丁浩很快跑到少儿读物区看了起来,朱朝阳对这些文学故事毫无兴趣,他最感兴趣的就是参考书。他一到连着五座书架的初中辅导书前,顿觉心旷神怡。书架前的大桌子上,平摊着各种模拟试卷,他真想把这些都买下来做一遍。把这些书的目录全部看上一遍,就过去了半小时,他丝毫没感觉时间流逝,选了很久,最后拿着一本奥数竞赛的例题集,在旁边书架下挑个空处坐地上看起来。

又过了半小时,普普手里拿着一本作文书,在他身旁坐下,嘴里咕哝着:"我回来了。耗子看一个鬼故事看入迷了,现在还不肯走呢。"

朱朝阳也不想走,在这里看书比回家看电视有意思多了,更重要的是,他实在不想听他们说勒索杀人犯的事,能拖一阵子是一阵子,便道:"我们再多看一会儿吧,书店晚上九点钟关门,到时还有公交车,我以前暑假一个人没事做,常来这里,一待就是一天。"

"嗯,这样的生活挺好的。"普普投来羡慕的眼光。

就这样,三个人都在书城看起书来。没多久,有个熟悉的声音传进朱朝阳的耳朵。

"晶晶，你们班主任说的那个书放在哪儿？要不去问营业员吧。"

"爸爸，四大名著嘛，《西游记》，水……水什么传，还有……"

"《水浒传》《红楼梦》《三国演义》。哎呀，才小学二年级你们班主任就让买四大名著，我都没看过啊。"

"不是的，老师说现在我们看不懂，但以后肯定要看的，我要看看四大名著到底长什么样。"

"哈哈，好，爸爸给你买，别说四大名著，四十大名著都给你买，你这么爱学习，将来成绩一定好得不得了。"

听到熟悉的声音，朱朝阳瞬时抬起头，本能地对着前面的人脱口而出："爸爸——"不过他旋即闭上了嘴。

身旁的普普好奇地抬起头，看着他。

朱永平看到儿子，忙朝他挤了下眼，随即伸出一根手指放在嘴前，做了个不要说话的动作。

一刹那，朱朝阳咽了口唾沫，什么话也没说。

朱永平拉住了继续往前走的女儿，将她扳过身来，道："四大名著在楼上，晶晶，爸爸带你去楼上拿。"

"好啊，对了，我还要买描摹字的字帖，明天书法课老师说要的，上回我忘记买了。"

"好，等下一起买。"

两人转身就走，朱永平牵着女儿，径直朝楼梯走去，没有回头，直到走到楼梯转弯处，他才侧着头瞥了儿子一眼，发现儿子隔了老远依旧在眷恋地凝视着他，他咳嗽一声，悄然把头别过，拉着女儿继续上楼。

朱朝阳仿佛陷身在另一个世界，无法动弹，无法逃脱。

"那个是你爸爸?"

直到普普这句波澜不惊的问话,才把他拉回了现实世界。他没有回答,只是点点头,又把头深深地低了下去。他不知道此刻普普看他会是哪种表情,是同情?是可怜?还是一如既往的漠不关心?

"你的书皱了。"普普说完这句,又把头转过去,看起了她的作文书。

朱朝阳一愣,这才发觉,整张书页已经被他的右手握成了一团。

18

当天晚上回家后,朱朝阳很少说话,普普也没有再提和杀人犯做交易的计划,唯独浑然不觉的丁浩,总是问视频的事该怎么办,两人对他皆敷衍了事。

第二天起来,丁浩又开始想着去哪里玩,说趁这几天再好好玩玩,过几天离开了朱朝阳家,也许就没多少机会了。这样的话题总是让人伤感,朱朝阳怕普普和耗子再提勒索杀人犯的事,想着出去玩倒是能打发时间,说不定几天后他妈回家,两人离开后,自然不会提了,至于以后视频该怎么处理,到时再去想吧。

他提议去少年宫,区少年宫和游乐场是建在一起的,里面很大,而且游乐场里的设施很便宜,像过山车,只要三元钱,不过以前他每次去,都需要排很久的队。

丁浩听说少年宫和游乐场在一起,自然一百个高兴。普普很少有娱乐生活,也想去玩,不过又要花朱朝阳的钱,她感觉很过意不去。朱朝阳倒是觉得玩一天下来,也就几十元钱,毕竟朋友一场。他在学校里半个朋友都没有,真能跟他说得上话的朋友,似乎也就他们两个了，而且他们过几天就要走了，以后未必有这样的机会。再加上如果花几十元钱就能封住他们的嘴，打消他们的念头，让他们不好意思再跟他提勒索杀人犯的事，自然最好。

区少年宫是一栋六层楼高的大房子，建在 20 世纪 80 年代末，过了二十多年，虽经过几次外观修缮，依然显得有些陈旧。

少年宫外面是儿童游乐场，当初游乐场中种了很多树，经过这么多年，都已长成参天大树，尽管现在是 7 月，但游乐场在树荫下，一点都不热。里面有电火车、旋转木马、碰碰舟、小型过山车这些设施。这里是针对儿童开放的，多年未涨价，价格实惠，唯一不好的地方在于——由于价格便宜，暑假期间几乎每天都有大量的家长带着孩子来玩，每个游乐设施前都排着等候的长队。

少年宫一楼是免费的科普展览馆，二楼是乒乓馆、图书馆，三楼以上都租给社会机构，办各种培训班。

三个人下了公交车，走进游乐场，看到满目都是人，瞬时心潮澎湃，恨不得马上冲进去。丁浩正兴冲冲地往里走，普普却突然站住，拉了下朱朝阳，示意他看路口的方向。朱朝阳顺着她的指示望去，渐渐地，他咬起了嘴唇，因为视野中出现了朱晶晶和她妈妈。晶晶妈正拉着女儿，把书包递给她，口中嘱咐着什么。女儿似乎不耐烦，挥手让她走，随后，她离开女儿，钻进了路边停靠的一辆红色越野车里。

这时，朱晶晶一个人背着书包，走向了少年宫。直到朱晶晶的身影消失在了人群中，朱朝阳才抿抿嘴，招呼普普："走吧，我带你坐过山车。"

普普奇怪地看着他。"你不想报仇了吗？"

朱朝阳低下头，叹息一声："报什么仇，我能怎么样？"

这时，丁浩见两人没跟上来，又折回来，叫道："怎么了？快走啊，里面还好多人排队呢。"

普普道："朝阳哥哥看到小婊子了。"

"哦，看到就看到呗，别不开心了，走，咱们去玩，不要想着她了。"

朱朝阳点点头。

普普板着脸道："你不是说要替朝阳哥哥出气吗？怎么一说到玩你就全然忘记了？"

"啊……我是说过，"丁浩挠挠头，有些尴尬，"可是……要怎么做？"

普普冰冷地吐出三个字："揍死她。"

丁浩张了张嘴。"在这里？不会吧！这里这么多人，打一个小孩，不好吧？"

"刚刚她妈妈走了，现在就剩小婊子一个人进了那栋房子，咱们跟过去，然后找机会把她拉到角落揍一顿，替朝阳哥哥出气。"

朱朝阳顿时感到一阵血脉偾张，可是考虑几秒钟后，他还是摇了摇头，放弃了。"揍她，她肯定要告诉我爸的，那样……那样就不得了了。"

普普脸上浮出一抹自信的笑容。"你不用出面，你只需要在远处看着，耗子去揍她一顿，她不认识耗子，当然不可能向你爸爸告状。"

"为什么是我？"丁浩指着自己，张圆了嘴，"我这么一个大男人，去揍一个几岁的小女孩，这样不好吧？"

"不是小女孩，"普普纠正他，"是小婊子。"

"好好，就算是小婊子，我一个大个子揍她，也很不光彩呀。"

"你不是说会替朝阳哥哥出气吗？"

"是，可是……"

普普打断他："我明白了，反正是你们男生的那种面子，你揍她，除了我们两个，又没其他人知道。你要是不去，我也可以去，但你要在旁边帮我，如果她还手，你就帮我打她。"普普瘦小的手握成一个拳。

"这样子……朝阳，你觉得呢？"丁浩投来询问的目光。

"我觉得……"朱朝阳纠结地思考起来。

他两岁时父母就离婚了，如果不是因为那个女人勾引走他爸爸，他原本有一个幸福富裕的家庭，现在呢？他在学校一直自卑，因为小孩子闹矛盾时，总爱拿对方父母的事情说事，每当此时，他只能忍气吞声。

如果他有个正常的家庭，陆老师就不会认为他没家教，所以学坏吧？他妈妈这十多年忍受了多少委屈，前些年因企业倒闭失业，后来政府照顾本地失业居民，好不容易找到了景区检票的工作，大部分时候都不能在家，只能他自己照顾自己。他跟妈妈上街买菜，妈妈为了几毛钱都要讨价还价，那女人一定不会为了几毛钱磨嘴皮子的。原本妈妈应该开越野车，他应该坐在车里。可是现在，他妈妈只有自行车，他也没有机会坐进越野车里。

一切，都是那个女人害的，她颠覆了本该属于他的一切。现在，他该享受的生活，又都被她女儿代替了。当他脑海中冒出昨晚他爸牵着朱晶晶上楼那一幕时，他紧紧握住拳头，下了决心："我们跟过去找找，等下你们先进去，不要让小婊子看到我跟你们是一伙的。"

朱朝阳又偷偷拉了下普普，认真地对她说："谢谢。"

普普脸上没多少表情，只是轻描淡写地回了句："我和你是一样的。"

随后，普普和丁浩在前，先进了少年宫。朱朝阳独自若无其事地悄悄跟在后面。

19

朱朝阳来过少年宫很多次，对这里很熟，他说朱晶晶看样子大概是学兴趣班的，不会在一楼二楼。

他跟在两人身后十米外，一直偷偷地做手势指引他们往哪儿走。三个人径直到了三楼，朱朝阳独自躲在男厕所等消息，普普昨晚见过朱晶晶，认识她，所以由她带丁浩去找人。

他们俩装成来上课的学生，在每间教室后面张望几眼，三楼没找到。三个人随即到了四楼，如法炮制，四楼也没有。五楼也没有。最后，他们到了最顶上的六楼。

相比下面几层的热闹，六楼就显得格外冷清了，整条走廊里一个人也没有。正当朱朝阳以为六楼没有兴趣班开课，准备下去时，普普说："前面那个教室好像有声音，你等着，我过去再找找。"

普普过去偷偷打探了片刻，马上折返，指着最远处的那间教室："小婊子果然在里面。"

朱朝阳担忧地问："人多吗？"

"不多，我全部看过了，六楼就设了这一个班，好像在教毛笔字，只有一个女老师和十几个差不多年纪的小学生，他们在练字。"

朱朝阳点点头。"学书法是没几个人参加的。不过有老师在，你们直接冲进教室打她总不行吧，怎么把她叫出来呢？"

普普道："我们等上一阵，待会儿她上厕所一定会出来的，希望到时她是一个人出来的，否则不太好办。"

"好吧，那我们就在楼梯转角那儿等，看今天运气如何。"

丁浩有些紧张道："等下该怎么揍她？揍成什么样？出手多

重呢？"

朱朝阳想了一下，道："打伤她是不行的，把她弄哭就行了。"

普普哼了声："弄哭就行？太便宜她了吧。"

朱朝阳道："那还能怎样？"

普普冷声道："我有个好办法，既不会把她打伤，又能让她今天哭个半死，让她一辈子都忘不了。"

朱朝阳兴奋地问："什么办法？"

"把她的头弄到厕所的大便里。"

丁浩做出个夸张的表情。"这都能被你想出来，天才啊。"

朱朝阳眼睛放光，想了想，激动得差点拍起手来。"这个办法实在太好了！"

普普冷笑道："现在还有一个麻烦。"

朱朝阳着急地问："什么？"

普普缓缓道："不知道厕所里有没有大便。"

朱朝阳扑哧笑出声。"这还不简单，我马上去厕所里拉一坨。"他欢快地奔向厕所。

他刚跑进厕所没一会儿，丁浩和普普远远看见教室里走出一个小女孩。普普眼睛一亮，指着她告诉丁浩："小婊子出来了。"

"她朝我们走过来了，看样子是上厕所吧？"

"对，而且是一个人，我们截住她，等下把她拖进男厕所。"

教室在走廊的最里头，而厕所靠近楼梯转角的位置，隔得最远，朱晶晶走到厕所门口时，刚好碰到守在楼梯口的丁浩和普普。

还没等朱晶晶走进女厕所，普普一把拉住她的辫子，叫道："你站住。"

朱晶晶"哎哟"叫了声，回头看到两个比她高得多的人，生气又害怕地问："你们做什么？"

普普冷笑："看你不顺眼。"说着，她又抓着朱晶晶的辫子，用力拉了一下。

"哎哟，你们干什么呀！"朱晶晶叫道。

"打你，怎么了？"普普又拉了下她的辫子。

"你们！你们是谁啊！干什么呀！救命啊救命啊！"

眼见她要叫起来，丁浩怕被人发现，连忙伸手去捂她的嘴，朱晶晶本能地用力一口咬上去，痛得丁浩一声大叫，手竟直接被咬出血来，他慌忙松开手。朱晶晶忙转身想逃回教室，普普眼疾手快，一伸手又把她的头发拉住了。

朱晶晶顿时痛得眼泪流出来，转头"呸呸"朝他们俩吐起了口水。丁浩的手被她咬出血，指甲盖大的一块皮破了，露出红白相间的肉，顿时气急败坏地朝她头上脸上狠拍了几下，她哽咽着哭起来，只是教室隔得远，加上少年宫本就嘈杂，到处有小孩子的哭笑打闹声，所以没有惊动老师。

正在这时，朱朝阳刚好从厕所里走出来。

"耗子，普普，怎么了？她——"

本来他听到外面有响动，因少年宫嘈杂，他没听清，以为两人和其他人起了纠纷，压根没想到他们这么快就把朱晶晶拦住了。他出来后视线恰好被丁浩和普普挡住，没看到朱晶晶。下一秒他才突然发现普普和丁浩已经截住了她。他刚想退回厕所躲起来，不让朱晶晶看到他，可朱晶晶已经和他四目相对了。

"啊！你，是你，你们是一伙的！是你叫他们来打我的，对不对？"朱晶晶虽然只有九岁，但九岁孩子的智力已经趋近成熟了，看到这三个人的关系，马上明白过来。

"没……我没有。"朱朝阳支吾着，迅速把头转过去。

朱晶晶停止了哭泣，怒气冲冲地指着他。"妈妈说你是爸爸跟一个胖女人的私生子，妈妈让爸爸以后不要见你，所以你才叫人打我的，对不对?!"

一刹那，周围一片安静。下一秒，朱朝阳整个人的血液直冲大脑，脸涨得通红，他两步跨过去，指着她的额头喝道："你才是婊子生的私生女! 我是爸爸的儿子!"

朱晶晶是个倔小孩，从小娇生惯养，哪里被人打过，刚刚被他们这样暴揍一顿，非常生气，此刻面对朱朝阳的状态，年纪小还不懂得什么叫害怕，继续愤怒地顶撞着。"我妈妈说你是私生子，说你妈妈长得矮墩墩的，所以你也很矮，以后肯定没我高，爸爸向妈妈保证过，以后不见你这个私生子了，也不会给你一分钱，看你还能怎么样!"

普普突然伸手一个巴掌狠狠打到朱晶晶脸上。朱晶晶"哇"的一声，彻底大哭出来。朱朝阳一把抓过她的辫子，将她直接拖进男厕所，普普和丁浩也跟着进去了。

到厕所后，朱朝阳并未把朱晶晶拖到便池，而是直接揪到了窗户口，抱起她往窗户上推。尽管朱晶晶奋力挣扎，但年纪差太多，个头也差太多，还是被他推上了窗户口。

朱晶晶两只脚紧紧钩住窗框，双手死死抓着窗框，嘴里却依旧倔强地叫骂道："你神经病啊，放开我，放开我啊!"

丁浩眼见情势不对，连忙上来拉住朱朝阳，道："快放她下来，你想干吗啊，这要出事的。"

朱朝阳只是一时怒极，想吓唬她，并没打算真把她推下去，在丁浩的拉扯中，他恢复了理智，收了力道，抓牢朱晶晶，不让她真掉下去，冷声道："你再敢说一句我是私生子，我马上把你推下去。"

可朱晶晶还是不管不顾地叫着："你就是私生子，你就是私生子！救命啊，救命啊！"见她在窗口喊着救命，朱朝阳连忙把她扳过身朝内，不让楼下的人发现，用手指拧她的嘴唇，喝道："你还要嘴硬是不是？"

朱晶晶奋力摇头，然后张嘴对着朱朝阳的手指用力咬去，朱朝阳迅速缩回手指，差点就被她咬到。普普冷声道："她就是条狗，只会咬人，把耗子手都咬出血了。"

丁浩伸出手展示他血淋淋的伤口，咒骂着："这条小狗，我这么大一块皮被她咬掉了！"

朱朝阳狠声道："小婊子，你再敢咬人试试。"

"神经病，神经病，神经病！"朱晶晶摇着头，依旧哭骂着。

朱朝阳一巴掌打到她头上，再次把她打得哇哇哭，可她嘴里始终不肯屈服。朱朝阳喘着粗气，心头火冒三丈，又不敢真把她推下去，顿时不知道该如何收场。

普普冷哼一声："这小狗还嘴硬，我有办法收拾她！耗子，你过来。"

丁浩走到边上，普普在他耳边悄声说了几句，丁浩面露难色。"这不好吧？"

普普一脸坚决地说："就是要这样！"

朱朝阳正好奇普普想出了什么主意，就见丁浩把手伸进了裤裆里，抓了几把，夹出了几根阴毛。丁浩一把抓住朱晶晶的嘴。"张嘴！叫你咬我，还把我咬出血了！"他在她的面颊两侧用力一捏，就迫使朱晶晶张开了嘴巴，随后把那几根阴毛塞到她喉咙里。

朱朝阳心头一阵惊愕，他刚发育，下体毛还是软的，而丁浩拔出来的毛又黑又硬。他诧异地望着普普，做梦都想不到普普会想出这么狠毒的主意。

这一招果然有效，朱晶晶立马咳嗽干呕，嘴巴被丁浩抓着，吐不出来，她瞬间放弃了所有倔强的抵抗，流着口水，浑身颤抖着哭求："我错了，大哥哥，姐姐，求求你们了，放我下来，我再也不骂你了，哇，我错了，我再也不骂你了。"

丁浩看着手上的血齿印，道："你还敢咬我吗，小狗？"

"不敢了，我不敢了。"

普普一副胜利者的表情冷笑着："现在知道错了？你要说对不起。"

朱晶晶干哭道："对不起，对不起啊，放过我吧，求求你们了……"

普普哼了声，随后道："朝阳哥哥，看她这样子，以后不敢惹你了，放她下来吧。"

丁浩也劝道："收拾服帖了，差不多了，唉，可怜了我的手啊。"

朱朝阳刚刚虽然怒极，但还是知道分寸的，见朱晶晶嚣张的气焰已荡然无存，心中怒火也便灭了大半，瞪着她道："真知道错了吗？知错的话我放你回去。"

朱晶晶顺从地点点头。"哥哥，我知道错了，你放了我吧。"

听到她叫了声"哥哥"，朱朝阳不由得心软了，不管怎么说，朱晶晶和自己还是有血缘关系的，不过他还是恐吓一句："你记住，你是私生女，我不是！以后你再乱说半句，我还要打你！"说着，他又示威性地打了她一下。

其实这一下打得并不重，可朱晶晶已被吓坏了，见他的巴掌又要拍到自己脸上，马上缩起脖子重新大哭起来："救命啊，我都道歉了，你还要打我，哇……我要告诉爸爸妈妈去。"

"你——"朱朝阳愣了一下，瞬间被她一句话惊醒，仿佛当头一盆水泼下来，浑身一个激灵，世界在这一刻静止，下一秒，他大吼一声，"去死吧！"

他愤然用尽全力，一把将朱晶晶推翻出去，丁浩伸手去拉时，已经来不及了，紧接着，楼下传来一声剧烈的"砰"，就像西瓜从高处落到了地上。

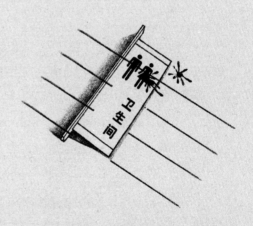

20

朱朝阳浑身都在颤抖，立在原地。

丁浩和普普冲到窗户边，手按在窗玻璃上，朝下探视。

朱晶晶仰面躺在地上，手脚蜷缩成一团抽动着，脑后溅出一大摊血。

同一时间，地面传来了惊呼声，人们从四面八方狂奔着朝朱晶晶围拢过来，几秒钟后，许多人抬起头向上打量着。

普普一把将丁浩从窗户口拉了回来。

丁浩牙齿打战地望着朱朝阳。"现在……怎……怎么办？"

朱朝阳默不作声，一动不动。

普普看了他一眼，拉住他的手臂，果断道："我们先逃走再说！"

来到厕所门口时，普普向外探视一眼，走廊里暂时没人，她立即拉着两人奔到楼梯口，快步往下跑去。一口气跑到二楼，二楼原本就有许多人，此时人们纷纷挤在楼梯上，要下去看热闹。茫然无措的朱朝阳突然停下了脚步，把两人拉到角落，抿了抿嘴，道："我闯下大祸了，你们先走，我不想拖累你们。"

丁浩急问："你怎么办？"

朱朝阳勉强笑了一下。"这件事跟你们没关系，是我惹出来的，你们俩先走吧。"

丁浩拉了拉普普，普普却站着没动，很严肃地问："你害怕吗？"

"害怕？"朱朝阳冷笑了一下，仿佛瞬间长大了好多岁，"既然今天揍小婊子她看到了我，她一定会告诉我爸的，原本我就是个死，现在出了口恶气，也没什么好怕的。反正……就这样了。"

普普道："你接下来准备怎么做？"

"我去自首。"

丁浩摇着头叹口气，低声说了句："那样就剩下你妈妈一个人了。"

闻言，朱朝阳一愣，腮帮子抽动一下，瞬间眼睛就红了，低下头，默不作声。

普普皱着眉，思索道："也不知道小婊子死了没有。如果没死……"她眼中流露出绝望，"那……那就真没办法了……"说完，她的眼睛又微微眯成一条缝，"如果她就此摔死了……那么也没有人看到我们……"

丁浩立刻道："赶紧下去瞧瞧情况。"

普普摇摇头。"不行，如果她没死，我们过去看，她看到我们，我们当场就会被抓起来。"

朱朝阳鼓了下腮帮子。"还是我去看吧，不管怎么说，事情是我干的，第一个抓的就是我。你们不一样，你们和她没有任何关系，她不知道你们是谁，也没人知道你们是谁。如果我被抓了，你们还有逃跑的时间。嗯，就这么定了，我现在下去看情况，你们到那边窗口看着，如果我被抓了，你们不要惊慌，偷偷跟着人群出去，谁都不认识你们，赶紧跑到其他城市去吧。"

三个人权衡了一下，朱朝阳说得没错，如果朱晶晶没死，朱朝阳无论如何都跑不了，而丁浩和普普，即便警察到时要抓他们，也不是立刻发生的事，他们有时间逃到其他地方去。从最坏的结果考虑，只能这么办了。普普和丁浩连忙跑到窗户口，费力挤过很多趴在窗户上往下看热闹的小孩，等待朱朝阳出现。

楼下许多人口中喊着"死了，救不活了"之类的话，而朱晶晶的身体虽然还在抽动，但幅度已经变得很小了，少年官的几个管理员围在朱晶晶身边，不让其他人靠近。那些陪孩子来的家长，纷纷把孩子拉走，避开这血腥场景，只有外面路过的人和胆大的男孩子，继续蜂拥着往里冲。

朱朝阳个子小，被人群远远挤在外面，根本挤不进去，也不知道朱晶晶是死是活，急得不知所措。等了好久，他听到人群中传来一声刺耳的尖叫："晶晶，你怎么了，晶晶！你醒一醒啊，妈妈在这里啊！晶晶！晶晶！啊……"

朱朝阳眉头微微一皱，毫无疑问是晶晶妈来了，他可不想跟她碰面，便走到一处空地，抬头看向少年官二楼，找到普普和丁浩的位置。他们俩也正望着他，普普嘴角挂着笑容，朝他伸手做了个 OK（好）的手势。朱朝阳指指少年官后门的方向，独自先行，两人心领神会，也向后门走去。三个人在少年官的后门出口重新碰头，普普冷声道："小婊子已经死了。"

"真的？"朱朝阳瞪大眼睛，也不知是喜是悲。

普普道："肯定死了，我和耗子在上面看得很清楚，他们把小婊子扶起来时，后脑勺整块陷进去了，怎么弄她都不会动，救护车刚来，我看着医生把她抬起来时，她还是一动不动，医生看了下就走了。后来我们下楼时，看到警察来了，他们正往楼上跑，我听到他们嘴里说'人死了，要调查怎么死的'之类的话。"

丁浩苦恼道："是啊，警察这么快就到了。"

朱朝阳绝望地叹口气："死了，死了，这下我也死了，警察很快就抓到我了。"

普普不屑道："没必要害怕，谁见你推她下去的？就我们俩，我不会说的，耗子，你呢？"

"我？"丁浩瞬时挺直身体，道，"做人怎么可能出卖兄弟！打死我我都不会说的，我宁可说是我干的，也不会出卖兄弟的。"

普普斜眼微笑着说："可你是大嘴巴。"

"你……我是有分寸的，放心吧，朝阳，好兄弟，讲义气！"这个年纪的孩子最有英雄情结，他大笑两声以示自己的豪情万丈，伸出手来在朱朝阳的小肩膀上拍一拍，心想如果此刻自己已经长出一把大胡须，摸上一摸，就更应景了。

朱朝阳见到两个朋友都如此，稍稍放宽心，勉强露出一个笑容，道："反正已经这样了，听天由命吧。走，我们回家。"

刚说完这句，就听天上轰轰两声炸雷，紧接着豆大的雨点扑面而来。少年宫里没带伞的人纷纷四散而去。他们三个人也赶紧跑到公交车站，坐车回家。

朱朝阳站在公交车上，望着窗外的瓢泼大雨出神，感觉今天发生的一切就像一场梦。他抬眼看向两个小伙伴，丁浩正兀自低着头，一副心事重重的模样，别看他个子最高，性格最豁达，可他胆子其实很小，他现在一定很害怕，很矛盾吧？

普普则一脸无所谓的模样，她总是这个样子。她看到朱朝阳看她，就对他笑了一下，仿佛毫不在意。朱朝阳脸上艰难地露出一个苦笑，随后把头转过去，视线又投到窗外的茫茫大雨中。

21

雨下得很大，冲淡了地上的血渍，却将血渍荡成很大一片。

救护车刚赶到现场，医护人员就判定朱晶晶已死亡，脑壳破了个大洞，神仙都救不活，将人转交给随后到来的警方。

民警根据现场情况猜测，人应该是从四楼以上掉下来的，否则不会摔得这么厉害。落地点上方，刚好是每个楼层的厕所位置，他们立刻对四楼以上的厕所进行调查。民警第一反应是从女厕所里掉下来的，可是他们将四楼、五楼、六楼的女厕所找了个遍，也没发现对应的痕迹。

结果，民警赫然在六楼男厕所的窗台上发现了可疑脚印和衣料纤维。

小女孩，男厕所！

民警顿感不妙，连忙叫来了派出所刑侦中队支援。队长叶军带人上了六楼男厕所后，连忙拓好窗台上的脚印跟警车里朱晶晶的鞋子比对，结果完全吻合。所有警察都在这一瞬间感觉到脊背发凉，小女孩在男厕所坠楼，显然，这就不太可能是意外事件了。

很快，派出所的陈法医穿着雨衣跑上六楼，顾不得脱下雨衣，一把将叶军拉到一旁，急声道："老叶，小女孩嘴巴里找出四根阴毛。"

"什么?!"叶军顿时瞪大了眼睛，随后，眉头渐渐收缩成一条线，拳头因愤怒握出了声响，"在少年宫奸杀女童?"

"对，就是这么恶劣！我刚通知了分局，分局的技术人员正赶过来对尸体做进一步检查，这次案件不得了，镇里可从没出现过这么恶劣的案子！"

他们镇治安一向过得去，一年下来立为刑事案的案子不过百来起，其中大部分是盗窃抢劫故意伤人之类的，命案数量通常都在个位数，从来不曾发生过强奸女童案。可这次不光强奸，更杀了人，最关键的是，凶手还在少年宫这样的地方，大白天强奸杀害女童，令人发指！

叶军满脸怒容，他想起他正在读初中的女儿，也经常来少年宫玩，这本是孩子们的乐园，却出了这样恶劣的事，显然，案子要是破不了，一定会在社会上引起极大的负面反响，以后家长们都不敢让小孩来少年宫了。他咬牙道："不管用什么办法，我们一定要把这个禽兽抓出来，老子非扒了他的皮不可！"

这时，刑警拿来了法医工具箱，陈法医脱下雨衣，叶军及其他几名刑警和他一起，熟练地戴好头套、手套、脚套，走进男厕所进行勘查。

这是公共厕所，每天进出人流量很大，地上脚印很混乱，而且少年宫是老房子，厕所是水泥地，对保存脚印很不利。他们查了一圈，寻到一些模糊的脚印，有些是先前进入过的民警和工作人员的，寻不出有效的足迹线索。

随后，几间便池隔间的门被一一打开，几人仔细搜寻了一番，未发现任何线索，也没找到任何朱晶晶的脚印和其他可疑物，证明朱晶晶从未进入过便池隔间。其中一个隔间的大便槽里还有坨没冲的大便，不过没人会觉得这坨普普通通的大便和命案有关。

他们再三检查，都没找到线索，最后，他们的希望只能全部放在了窗台上。外面正下着倾盆大雨，之前民警为了保护窗台的线索不被雨水冲刷，在窗外架起一把雨伞，朱晶晶在窗台上的脚印基本保留完好。

很快，陈法医在窗框内外注意到了几处位置很不同寻常的指纹，连忙拓了下来，又在窗玻璃上找到了多个不同人的指纹，也一一拓了

下来。窗台下方是水泥墙，不是瓷砖，所以几乎难以保留指纹。他们又在厕所里细致勘查了好几遍，可是能找到的只有这点线索，法医的现场勘查工作暂时告一段落。

到了晚上，各项基础调查工作差不多完成，刑侦队在所里开了个小会。

先是陈法医做了案情描述。朱晶晶从六楼男厕所坠亡，口中发现阴毛，头发杂乱，眼睛红肿，哭过，并有被人殴打的痕迹，显然，这不可能是意外事件，而是一起性质极其恶劣的奸杀女童案。厕所的窗玻璃、窗框上，都找到了多处朱晶晶的指纹。窗户转角处找到一些朱晶晶衣服摩擦后留下的纤维。她坠楼的过程，有两种可能。第一种是她是被人抱到窗台后，被推下去的。第二种是她被猥亵时，因害怕自己爬到窗台上，跳下去的。窗玻璃上找到了很多其他人的指纹，细数下来，较新的指纹属于十多个人，凶手是否在这其中，无法判断。不过从常理上来说，凶手在她坠楼后，应该会趴到窗户口看一下，所以窗玻璃上的指纹，很可能有凶手留下的。而朱晶晶头部有多处被殴打的痕迹，口中含了阴毛，下体倒没有被侵犯。这表明，凶手并没有直接强奸她，而是选择了强迫朱晶晶为其口交。

所有警察听到这儿，都义愤填膺，强迫一个九岁女童口交，这根本就是畜生的行为。

叶军忍着怒气，问："朱晶晶嘴里找到凶手精液了吗？"

陈法医摇头道："没有，分局的技术人员采集了朱晶晶口腔物质，但没找出精液。"

"是……凶手还没来得及射精？"

"就算没射精，阴茎勃起后也会分泌出少量精液。刑技处的人说，可能是朱晶晶吐掉了，或者吞下去了，他们准备进一步采集口腔内液体，进行鉴定。现在最让我纳闷的一点是，凶手怎么会胆子这么大，直接在少年宫厕所里奸杀女童？"

一名警察道："肯定是个心理变态！"

陈法医分析道："不管是不是心理变态，在公共厕所里猥亵女童，他也应该要把人拉进便池隔间里，可我们每间隔间都细致检查过了，未找到对应痕迹，表明朱晶晶从没进过隔间。也就是说，凶手是直接在厕所内猥亵朱晶晶的。虽说少年宫六楼人很少，可凶手公然在厕所大开间里这么搞，任何进来小便的人都会立马发现，凶手胆子也太大了吧。"

众人对这个疑点莫衷一是，只能归咎于凶手胆大包天，心理变态。

陈法医又说："此外，我在朱晶晶的牙齿上发现了皮肤组织和微量血液，这百分之百是凶手的，朱晶晶咬了凶手一口，还咬出血了。这部分皮肤组织看着不像生殖器上的，可能是手上的，大概凶手被她咬后，恼羞成怒，推她坠楼。分局的技术人员正在抓紧提取 DNA。"

这是非常重要的指向性线索，不过中国还没有 DNA 资料库，光凭 DNA 是无法找出凶手的。但只要有可疑对象，拿这份 DNA 去比对，一旦吻合，就能彻底定罪了。

物证环节讨论完，负责现场调查的警察也汇总各自的线索。

早上九点多，朱晶晶妈妈王瑶送女儿到少年宫上书法班，随后王瑶离开女儿去了商场，准备晚点再来接她。书法班在六楼最里面的一间教室，离厕所最远，整个六楼当天早上只有这一个书法班在上课。上课的全是小学生，一共十来个小孩，年纪都差不多。据女老师回忆，当时她让孩子们描摹字帖，她在旁边指导。朱晶晶跟她说自己去上厕所，随后很快就发生了这件事。而据有的小孩回忆，事发前曾听到厕所那个方向有人哭，不能确定是不是朱晶晶，不过少年宫本就嘈

杂，他们在练字，谁也没出去看。

由于少年宫是老房子，整个少年宫里，只有一楼大厅装了个监控，其他地方一概没有。而少年宫虽然人多，可朱晶晶坠楼的这个过程却并没被人目击，她坠楼后，许多人抬头往上看，没有注意到有人站在那个位置。也许凶手那个时候正站在六楼窗户口，可是六楼窗户口距地面太高，如果凶手不是把头伸出窗外，底下的人即便抬头，也看不到窗户后的人。

大家讨论了一阵，所有人都面露难色，已有的这些线索对破案而言，并不足够。一楼大厅监控是破案的关键，因为凶手既然进出了少年宫，一定会经过这个监控，可现在正放暑假，少年宫里人山人海，一早上少年宫里出入的小孩、成人数都数不过来，要完全调查，实在太难了。

这案子影响极大，分局和市局明天都会派人来协查指导，必须要尽早抓出这个人渣。

叶军想了一阵，综合大家的意见。一方面，派人联系早上来过少年宫的学生、家长、老师了解情况，看看是否有线索，明天就向上级申请发布悬赏通告，寻找知情人；另一方面，调查少年宫一楼大厅唯一的那个监控，注意可疑的成年男性和大龄男学生。

22

早上开始的这场暴雨，一直下到晚上还没有停歇的迹象。天气预报说，这场暴雨要一直下到明天。

屋外雨点砸着玻璃，发出忽急忽缓的阵阵响声，屋子里，朱朝阳茫然地坐着看电视。丁浩原本在事情发生后一直沉默不语，可他后来在那台不能上网的电脑里意外发现几款单机游戏，于是他很快彻底投入游戏世界中了，兴致高昂，热情空前，似乎完全忘了早上的事，被朱晶晶咬伤的手在握着鼠标时也不痛了。普普安静地翻看着朱朝阳书架上的几本故事书。

三个人各自沉浸在自己的思绪中。

就这样到了晚上，普普抬头望了眼墙上的电子钟，已经八点，看这两人没提吃饭的事，微微摇了摇头，道："耗子，朝阳哥哥，我去做点面条吧。"

"随便，辛苦你啦。"丁浩头也不回，依然专注地对着电脑里的单机游戏。

"哦。"朱朝阳同样心不在焉地回一句。

普普站在原地，冷哼一声，不屑地摇摇头。"朝阳哥哥，你也不用多想了，如果警察知道是你干的，早晚会来找你，如果他们不知道，你更用不着烦恼。所以，不管你怎么想，都不会改变结果，不如开心一点，当作什么事都没发生。就算是最坏的结果，就算最后警察找到你了，你还是个孩子，孩子犯罪总不会被枪毙的。"

在她看来，枪毙是唯一可怕的事。

"孩子犯罪总不会被枪毙的。"朱朝阳痴痴地重复了一句，出了会儿神，突然从地上跳起来，奔到书架前，从一大堆教科书中抽出那本《社会政治》，匆匆翻到记忆中的那一页，几经确认，他转身看着普普，激动地一把抓住她，"我没到十四周岁，我没到十四周岁！"

普普不解道："那又怎么样？"

朱朝阳连声道："未满十四周岁是无刑事能力的，我不用承担刑事责任！"

丁浩从游戏中回过神，转头问："什么意思？"

"就是即便警察发现是我干的也没事，到明年1月份我才满十四周岁，现在未满十四周岁，犯罪了没事！"

丁浩不相信地摇摇头，自己算了一下，道："我还有四个月才满十四周岁，普普更要过两年，照你这么说，我们去街上杀人都没关系呀。"

"反正不会坐牢，听说会进少教所。"

丁浩不解地问："进少教所跟坐牢有什么区别？"

"不太清楚，反正不会坐牢。进少教所的话，好像也是接受义务教育，到十八周岁就能出来了。"

"那就是和我们在孤儿院里是一样的喽？"

"这我就不知道了，"朱朝阳的表情透着一股久违的轻松，"不管怎么样，总之不会承担刑事责任。"

普普笑了笑。"看吧，最坏的结果无非到少教所待几年，你大可以放轻松点。"

朱朝阳点点头，随即又皱起眉。"不过要是被别人知道了，我虽然不用承担刑事责任，也完蛋了。"

丁浩奇怪地问："为什么？"

"如果我爸知道是我把小婊子推下去的，我就死定了，我进少教所，我妈一个人，一定会很难过的，说不定还会被婊子他们欺负。"

"没事，放心吧，不会有人知道的。"丁浩胡乱安慰几句，又投入游戏事业中。

普普也安慰了朱朝阳几句，去给大家煮面条。

面条做好后，丁浩依旧离不开电脑，边打游戏边吃，普普和朱朝阳一起看着电视吃面，气氛比之前轻松了许多。

正在此时，电话突然响了起来，三个人瞬间停住了。已经八点四十了，谁会在这个时候打电话？

朱朝阳咬着牙站起身，一步步缓缓朝妈妈房间走去，普普跟在他身旁，丁浩也把游戏暂停了，转过身，紧张地看着他们俩。

电话铃一阵阵急促地响着。朱朝阳注视着电话机，拳头握紧又松开，反复几回，终于鼓足勇气接起来。"喂？"

"朝阳，我跟你说，"电话里传来了妈妈周春红急切的声音，又带着幸灾乐祸的笑意，"你爸跟婊子生的那个小孩，今天摔死了，你知道吗？"

"摔……摔死了？"朱朝阳不知如何回应。

"我听单位付阿姨说的，她兄弟在朱永平工厂上班，说那个小孩今天从少年宫楼上掉下来，摔死了。婊子这下哭死了，朱永平也伤心死了，平时他对你不闻不问，现在女儿死了，哭得跟死了爹一样。"周春红说完顿觉不妥，因为朱永平父母还是很喜欢孙子的，这话相当于咒儿子的爷爷了，连忙改口，"呸呸，你爷爷还是好的，就朱永平的良心被煤灰迷了，这样也好，现在他就你一个儿子，总归会对你好一点的。"

"哦。"朱朝阳应了一声。

周春红听儿子反应怪怪的，想了想，道："怎么了？你那两个小朋友在家吧？"

"在的。"

"是不是你们闹矛盾了？"

"没有，我们很好的。"

"那怎么了？"她想了想，道，"你们今天去哪儿玩了没有？"

朱朝阳想了下，不想欺骗妈妈，便老实地回答："早上去少年宫玩了，下午在家玩游戏。"

"你们也去少年宫玩了？你们看到她出事了？"

"看到了，有个小孩摔下来，我不知道是她，后来我们就走了。"

"哦，那你是不是吓到了？"周春红对儿子的异样找到了答案。

"嗯……有一点。"

"没关系没关系，不要怕，你们三个人晚上住一起呢，男子汉，胆子大一点。"

"嗯，我们一起打游戏。"

"好好，你们三个一起我也放心了，我这几天都回不来，你自己多照顾点自己。"

"会的，妈，放心吧。"

挂完电话，朱朝阳长吁了一口气。

破碎的感情

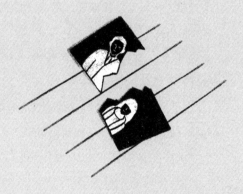

23

严良买到新手机，补办好手机卡已经是第二天的事了。

他想起昨天徐静发的信息，从备份的通讯录中找出号码，回拨过去。"小静，昨天我手机丢了，你找我有什么事？"

"哦，没事了，没事了，嗯……那就这样吧。"电话那头，徐静很匆忙地挂断。

严良皱了皱眉，一阵莫名其妙。可是半小时后，他又接到了徐静的电话。

电话那头的声音低沉又带着几分紧张。"严叔叔，刚刚我不方便细说，是这样的，我爸爸妈妈出事了。"

"出什么事了？"

"他们……他们过世了。"

"过世了？"严良扶了下眼镜，道，"怎么好好的，突然就……"

"前天，7月3日，张东升带他们去三名山，他们从山上掉下去，摔死了。"徐静话音中带着哭腔。

严良连忙安慰："别哭别哭，意外，唉，意外落头上，谁都没办法。哪天出殡？我到时过去。"

"严叔叔,"电话那头的人犹豫了片刻,又道,"如果您有时间的话,能否尽快过来一趟?"

"哦,需要我帮什么忙吗?"他感觉很奇怪,他和徐家只是表亲,徐静父母那边都有嫡亲的兄弟姐妹,治丧这些很传统的琐碎事自会由他们操办,何况他半点都不擅长这类事,他顶多是出殡那天去送一下,尽点亲戚的义务而已。

电话那头的人停顿了片刻,传来一句话:"我怀疑爸爸妈妈的死不是意外。"

严良微微皱起眉头,谨慎地问了句:"那是什么?"

徐静长长吸了口气,吐出两个字:"谋杀。"

"谋杀?"严良张大了嘴,"为什么这么说?谁跟你爸妈有仇,要谋杀他们?"

"张东升!"

"张东升?"严良尴尬地咳嗽一声,"是不是你们俩之前闹矛盾了?嗯嗯,突然出这样的事,难怪你要胡思乱想,不过小静,这样的话可不能随便乱说,毕竟你们是夫妻,往后还要一起过下去的,你这种想法被东升知道了,他会很难过的。"

"不,我不会跟他过下去了,我已经几次跟他提过离婚,一定是这样,他怀恨在心,所以杀了我爸爸妈妈。"

严良皱了皱眉,他压根不知道张东升和徐静的婚姻早已到了破碎的边缘。他的记忆依旧停留在四年前,那时他们刚结婚,并且是顶着徐静父母的压力结婚的。因为徐静的父母一开始嫌张东升来自农村,家里条件差,而张东升的工作也不好,门第差距十万八千里,但两人非常相爱,徐静是个倔强的女子,认定了张东升,竟直接跟他领了结婚证,先斩后奏,生米做成熟饭,父母拗不过女儿,最后只能同意他

们结婚。曾经不顾众人反对，顶着重重压力走到一起的两个人，才短短四年，就要分道扬镳？

可是无论何种情况，严良都无法相信张东升杀了他岳父岳母，他只好道："你怀疑东升谋杀了你爸妈，警察怎么说？"

"警察出示了事故报告，说是意外。可是……这明明都是张东升的一面之词。"

严良苦笑了一下。"你连警察的结论都不相信，只相信你自己一厢情愿的胡思乱想？"

徐静又抽泣了起来，颤声道："严叔叔，现在我在家很害怕，我怕张东升也会杀了我。刚刚您打电话来，他就在旁边，我怕他知道我找您，所以才挂断的。现在只有您能帮我了，我想和您先见一面，如果您没时间的话，我今天就来杭市找您。"

"见我？我能做什么？"

"只有您能查清楚，爸爸妈妈到底是不是被张东升杀害的。"

严良尴尬道："嗯……你知道，我早就不是警察了，你应该相信警察的经验和能力，他们出示的事故报告肯定是可信的。"

电话那头的人久久没有说话，沉默半晌，徐静哽咽着道："连您都不相信我吗？"她断断续续哭了起来，越哭越显得凄惨。

严良只好道："好好，小静，你先别哭，我过去看一下，行吗？"那头逐渐收住了啼哭，徐静道："谢谢严叔叔，您什么时候过来？我找个地方见您，不过您千万不要告诉张东升，说我约了您查案，我不知道他还会做出什么疯狂举动。"

严良无奈地答应她，说今天他刚好有空，下午就过去，去之前先给她打电话。

24

"严叔叔！"咖啡馆里，刚见面，徐静就激动地扑到严良怀中，大哭起来。

严良猝不及防，伸手胡乱拍了她几下，满脸写着尴尬，抬头巡视四周，发现服务员正朝他看。那个讨厌的服务员还故意装模作样地把头别过去，可严良明明看到她正斜着眼偷看，说不定她已经想象着中年男人包二奶，二奶娇哭逼婚的剧情了。

作为别人口中的"高级知识分子"，严良一向注意品行，他连忙把徐静的身体扳正，连声道："冷静点，冷静点！"择机起身坐到了对面，和她保持距离。

被严良安慰了一阵，徐静的情绪总算稳定下来，啜着饮料，抽泣着说："严叔叔，我怀疑爸爸妈妈是被张东升谋杀的，您一定要相信我。"

严良无奈道："警察出事故报告了吧？"

"昨天就出了。"

"你拿到了吗？"

"拿到了，可这些都是张东升的一面之词！"她从包里拿了一份事故报告的副本给严良。

严良看了一遍，道："怎么看都是一起很正常的意外事件，你不要胡思乱想。"

"不，不是这么简单的！"徐静抬起头，极为认真地说，"我一直把张东升想得简单了，现在回头看，他真的很有心机！去年9月，我跟他提出了离婚，他很生气，跟我大吵了几次。可没过几天，他却突

然像变了个人，不跟我吵架了，态度变得极好，什么事都顺着我，而且他开始表现出对爸爸妈妈也很好，家里所有的家务他都抢着干，总给爸爸妈妈买这买那的，每到周末，他都带他们出去玩、买东西，把他们哄得很开心。我第二次提出离婚时，他找来了爸爸妈妈，一起给我做思想工作。我不晓得他到底用了什么花招，反正爸爸妈妈都向着他了，连我妈都开始帮着他说话，还说不但不能离婚，还要尽快生个小孩。他想用孩子这一招抓牢我，不跟他离婚了！"

严良冷哼了一声，道："你要跟他离婚，他一开始很生气，后来他冷静下来，想明白了跟你吵架没用，他只能更多表现出对你好；另外，他讨好你爸妈，来挽回这段婚姻，这不是很正常吗？这是一个人的家庭生活技巧，这能叫心机吗？"

"不，您知道我们家的情况，当初结婚时，爸爸妈妈都是反对的，所以，婚后他对爸爸妈妈表现也很一般，只会说点客套话，妈妈总找我说悄悄话，说她始终觉得张东升像个外人，她一点都不喜欢，责怪我当初一意孤行。可我提出离婚后，他就像变了一个人，变着法子讨好他们，和以前判若两人。他的个性一直很倔强，怎么会低头呢？我现在才想明白，一定是那时候他就想好了杀人，故意讨好爸妈，让他们对他信任，这样他才有机会带他们去三名山玩，故意弄出意外，把他们推下山。"

严良冷声道："你说他一早就设计想杀你爸妈，讨好你爸妈就是为了杀人，你把这些话告诉警察了吗？"

徐静摇摇头。"没有，警察一定不会相信的。"

严良不客气地冷笑。"你也知道警察不会相信啊。"

徐静一愣，眼泪又开始悄然翻滚，低声道："严叔叔，我知道张东升是您学生，我这样说他，您心里一定不乐意。"

严良道："抛开他是我学生，我了解他这一点不谈。你说你爸妈在三名山上是被他推下去的，真是这样的话，没人看见吗？警察肯定要调查的。"

"没人看见，前天是星期三，又是旅游淡季，三名山上没几个游客。"

严良冷声道："你非得这样想，我也没办法。我劝你换种思路，我问你，是你想和他离婚，还是他想和你离婚？"

"我想跟他离婚。"

"那就好了，也就是说，他一点都不想离婚，对吗？"

"可以这么说。"

"他不想和你离婚，你爸妈也劝你不要离婚，他却杀了你爸妈，他脑子有病啊？"

严良的语气咄咄逼人，言外之意是，张东升脑子没病，有病的是徐静。

徐静抿嘴道："他一定还会杀了我的。"

"呵呵，原来张东升还是连环杀手，他干吗要杀你？"

徐静看着严良的态度，知道他显然更相信他的学生，而不相信她，抽泣了一声，低头道："他想报复我，同时，他还想侵占我家的钱。"

"他想侵占你家的钱，所以杀人？"严良握了下拳，咬牙道，"你真的是走火入魔了吧！"

徐静望着严良脸上隐隐的怒色，哭泣着说："我知道我这样说肯定没人信的，可这就是事实。他是上门女婿，婚前在爸妈的要求下，我们做过财产公证的，这几年，他赚的钱也是按我妈的要求交到我账户上，他没钱。如果就此离婚，他什么都没有，所以他要杀了我们全家。"

严良大怒道："张东升骨子里是个很要强的人，我很清楚这一点！当初若不是他爱你，想跟你结婚，怎么会放弃进修深造的机会，本科毕业就出来工作？怎么会跑到你们宁市来！他要不是爱你，怎么会在结婚前跟你做财产公证，做一个什么都没有，名声上也一败涂地的上门女婿！他对你付出这么多，你呢?! 你却说他当上门女婿是为了你家的钱，是为了以后想谋财害命，这种话怎么会在你脑子里出现的？"

徐静被他说得一句还口的余地都没有。严良瞧着她的表情，顿了顿，长叹一口气，语气软了下来，道："你爸妈出了事，你突然受到这么大的打击，精神状况不好也可以理解。但无论如何，这些莫名其妙的想法都是不该有、不能有的。你想想过去吧，当初你不顾你爸妈的强烈反对，毅然选择跟东升走到一起，这一点足够证明你们俩是相爱的，是有感情基础的。尽管步入婚姻生活后，一定会遇到这样那样的矛盾，但你们毕竟是相爱的，总归是能克服的。我真心希望以后你们两个要好好地过下去，好吗？"

徐静苦笑着摇摇头。"不可能的，我和他过不下去的。"

"为什么？"

徐静低下头，轻声道："我爱上别人了，我有外遇了。"

"什么?!"严良瞪着眼睛，吃惊道，"你怎么会这样？"

"严叔叔，我知道你一定会生气，可是感情并不是单纯由理智控制的。就像当初和张东升结婚，其实我也是被一时的热情冲昏了头。结婚后，我觉得很多方面我们真的不是一类人，他从农村带来的各种习惯、各种想法，我都没法接受。后来，我认识了现在的男朋友，我觉得我们才是本该在一起的。我很后悔，也很痛苦，可是接下来还要过几十年，我没办法和一个我不爱的人过几十年，我知道我从小娇生惯养，从小任性，我也知道我这样做不对，可我没办法，我只能跟他提出离婚。"

严良表情木然地望着她："他知道你有外遇吗？"

"他应该心里有数。"

"可是他还是原谅你了，想和你过下去，对吧？"

徐静冷笑一声："他表面上原谅我了，心中却开始了报复计划。所以他杀害了我爸爸妈妈，他害怕罪行暴露，急着火化他们的遗体。我本想等着你来，做更深入的调查，可是他从刚出事就想把遗体火化，我一直不肯，拖到昨天，他最后还是强行把爸爸妈妈的遗体火化了，还说是警察的建议。"

严良愣了一下，问："你爸妈从多高的地方摔下来？"

"说是有一百多米。"

严良道："都摔成那样了，遗体当然应该早点火化，早点入土为安。难不成这样的遗体还放在冰柜里给亲戚看？他这么做是对的，这样也能让你怀疑？"

徐静绝望地摇摇头："严叔叔，我知道现在无论我说什么，您都不会相信。我没有证据，只是我作为一个女人对张东升的直觉。如果……将来如果某一天我意外死亡，一定是张东升干的，那时，您就会相信我了。"

严良苦笑着摇摇头，看着徐静的样子，感到她既可怜，更可恨。同时，他更同情他那个学生，当初如果不是为了这段感情，张东升现在应该是博士了，以他的才华，前途不可限量。

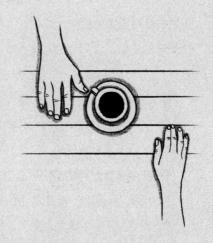

25

朱晶晶出事后的第二天，依旧下雨，三个孩子留在家里，丁浩彻底迷上了游戏，朱朝阳和普普看着书。

经过一夜冷却后，恐惧渐渐淡化，三个人都没再提昨天的事。晚饭依旧是最简单的面条，吃完后丁浩又想回电脑前打游戏，这一回，普普阻止了他，认真地说："耗子，过几天朝阳妈妈回来后，我们就要走了，我们应该讨论一下下一步去哪儿了。"

丁浩皱着眉，往沙发上一躺，叹口气："走一步看一步吧，你放心，我一定会找到工作的，到时再想办法让你去读书。"

"找工作不是靠嘴说的。"

"那要怎么样？"丁浩不满地瞪着眼。

"如果找不到呢？"普普问得很直接。

"找不到？"丁浩尴尬地笑笑，"怎么会找不到呢？打工还是很容易的，对吧，朝阳？"

朱朝阳摇摇头。"我没打过工，我不知道。"

普普道："我下午看到课本上写着，使用未满十六周岁的童工，是要判刑的。你还要过两年多才满十六周岁，现在没人敢要你。"

"那我……别人也看不出我不到十六周岁啊，我个了还是挺高的，对吧？"

"你什么证件都没有，谁敢用一个来历不明的人？"

丁浩恼怒地抬头看着天花板，烦躁地说："那你说我们怎么办？总不能一直住朝阳家，等到我年满十六周岁吧？"

朱朝阳吓了一跳，他其实很希望他们赶紧走，怎么可能一直住在他家？同时，他也希望他们能有个安稳的去处，至少……无论如何都不能回孤儿院，万一将来某天他们回孤儿院交代出他杀了朱晶晶呢？

最好的情况是，普普和耗子都有个平稳的生活环境，离他也不远，这样他们以后可以经常在一起玩，他们肯定就不会出卖他了。

普普抿着嘴犹豫了片刻，目光投向了朱朝阳。"朝阳哥哥，我想把相机卖给那个男人，换一笔钱，你看可以吗？"

朱朝阳一惊，又是那个话题！那样做显然很危险，可是现在再次拒绝普普，如果他们走投无路，混不下去时，他们会不会把他杀朱晶晶的事说出来？毕竟自己和他们才相处几天，虽然聊天颇为投机，但远远谈不上充分信赖他们。况且他今天去楼下买面条，看到路边有人围着看社区告示栏，他也看了一眼，发现昨天少年宫朱晶晶的案子，警方给出了三万元悬赏知情人，三万元，这是笔巨款！如果被他们俩看到这张悬赏单，会怎么样？他不敢想象。

而那个杀人犯如果真愿意拿出一笔钱，买下相机，那么普普和耗子接下来几年的生活就有保障了，他们也一定会感谢自己，不会出卖他。而且勒索杀人犯是三个人共同犯罪，彼此的秘密都会被保护着。

权衡一下，朱朝阳坦承："你们现在真的急需一大笔钱，嗯……我想，把相机卖给杀人犯，这也许是唯一的办法了。可是……现在有个问题，我们怎么才能找到杀人犯？"

丁浩想了下，连忙高兴地说出他的主意："去派出所问，派出所肯定登记了那个人的信息。"

普普冷哼一声打断他："去派出所？你想被送回孤儿院吗？"

"可以让朝阳去问啊。"

"朝阳哥哥怎么问？他告诉警察，有段关于那个男人的犯罪视频，要卖给那个人，问那个人的联系方式？"

被她这么一说，丁浩顿时没了主意。三个人苦思冥想一阵，始终想不到既不去派出所，又能联系到那个男人的办法。

26

一夜后，雨过天晴，三个小孩对未来的安排依旧一片茫然。

他们胡乱吃了早饭，普普去上厕所，可过了十多分钟还没出来。

丁浩等得不耐烦，冲里面喊着："普普，你好了没？我要尿尿。"

"等……等一下。朝阳哥哥，你能过来一下吗？"

朱朝阳来到厕所门口，问："怎么了？"

普普断断续续地说："你妈妈……你妈妈那儿有没有卫生巾？我……我来月经了。"

朱朝阳和丁浩虽然不清楚女人为什么会来月经，但都知道，女生发育后，一个月会来一次月经。这是女生的"秘密"，两个"男子汉"都故作镇定，没去笑话她。

朱朝阳跑进妈妈的房间，看到昨天关门时，门缝间夹的毛线依然完好，说明普普和耗子始终没碰过房门。几天下来，他进出妈妈房间几次，每次关门都夹上毛线，提防他们，可是他们从没偷开过门，朱朝阳心中一阵惭愧。找了好一阵，朱朝阳总算在一个抽屉里找到了一包卫生巾，到厕所门口，将门打开一条缝，递进去给她。

普普出来后，难为情地向他解释，她也不知道怎么搞的，突然就来月经了，这是她第一次来月经，所以没有准备。

朱朝阳和丁浩都不想涉及女生的私密话题，只说她长大了而已。

收拾好后，普普道："耗子，你还有多少钱？"

"两百多元。"

"嗯，给我一些，我下去买卫生巾。买包跟阿姨的一样的，把新的放回去，别让阿姨发现。"

朱朝阳道："这也没什么吧，我妈知道你是女生，来月经了很正常，不用难为情。"

可是第一次来月经的普普觉得来月经是件让人很害羞的事，执意不想让阿姨知道。朱朝阳和丁浩两个人闲着没事，就说一起下楼，待会儿一起去外面逛逛。楼下就有便利店，普普进去后，找不到阿姨使用的卫生巾，三个人继续往前一路走一路看。穿过五条街后，遇见一家规模大些的超市，朱朝阳和丁浩在一旁等着，他们可不想一起去买卫生巾。

普普独自进去后，还不到一分钟，就急匆匆地跑了出来，一把拉过两人，低声道："那个男人……那个男人就在里面！"

"什么?!"两人都瞪大了眼睛。

"我看见他在买纸巾和毛巾，等下他就会出来的。"

朱朝阳道："你没看错吗？"

普普很肯定地点头。"那天我看见他上了宝马车，看了好一会儿，我对他的样貌记得很牢，绝对就是他。"

正说话间，他们看到一个男人从超市里走了出来。由于视频里男人的样貌很模糊，当天在三名山碰见那人时，朱朝阳并未留意他的长

相，现在也拿不准。"是他吗？"

男人手里提着几袋东西，出了门后，朝着一辆宝马车走去。看到和那天同一颜色的宝马车，朱朝阳和丁浩这才确信普普没看错人。

普普连忙道："不能让他跑了，赶紧上去拦住他。"

眼见他就要上车了，时间紧迫，虽没准备好该怎么说，三个人还是飞奔过去，在男人准备开车门时，拉住了他。

张东升回过头，看到拉住他的是个小女孩，旁边还有两个中学生模样的孩子，一高一矮，不解地问了句："有什么事吗？"

普普脱口而出："你家是不是有两个人在三名山上摔下来了？"

张东升眼角顿时微微收敛起来，扫了三人一眼。朱朝阳和丁浩本能地往后一退，唯独普普还是站在原地盯着他。

"你们有什么事吗？"

普普冷声从嘴里冒出几个字："你杀了他们。"

张东升浑身一震，瞬间眼中凶光大闪。"你们说什么鬼话！你们听谁说的！"

朱朝阳和丁浩压根不敢和这个成年人对视。

普普依旧不为所动，道："我们亲眼看见你把人推下去的。"

"神经病！"张东升冷喝一声，拉开车门，准备进去。

普普冰冷地说了句："我们不光看到了，还用相机拍下来了，如果你现在走的话，我们只好把相机交给警察了。"

张东升身形顿住了，缓缓转过身，仔细地打量起每个人，随后目光在个子最小的普普身上停住。"小鬼，乱说什么呢！"

普普道："你不信的话，我们给你看相机。朝阳哥哥，你回去拿一下吧。"

张东升眯着眼看着那个被她叫作"朝阳哥哥"的人，没有说话。

朱朝阳犹豫了一下，转身飞奔回家。张东升用手指轻轻敲打着车门，一副故作镇定的模样。见两个小孩只看着他，没说话，他也紧闭着嘴，一言不发。

等了十分钟，气喘吁吁的朱朝阳手里拿着一个相机跑回来，没到张东升跟前，普普就拉住他，三个人走到距离张东升三四米远的地方。普普警惕地看着张东升，低声对朱朝阳道："还有电吗？"

"不知道，试一下。"

打开后，电池显示只剩一格电，这相机跑电很快，他们知道撑不了几分钟，普普连忙对张东升道："你看仔细了。"

她的身体隔在张东升前，朱朝阳点开视频，举着相机，把显示屏那一面对着张东升。张东升紧闭着嘴，眼睁睁地看着视频中出现他推翻岳父岳母的那一幕。当时他已经观察过周边，平台上没有人，只记得远处凉亭里三个小孩自顾自玩耍着，也没朝他那边看，他做梦都想不到，这一幕会被三个小孩恰巧用相机录了下来。

他眉头一皱，满眼怒火，向前一步，朱朝阳抓起相机就向后飞奔，一口气跑出十多米，见张东升立在原地，没有追过来，这才停下脚步。

张东升瞪着普普，狠声道："你们想怎么样？"

普普道："卖给你。"

"卖给我？"他吃了一惊。

普普道："对，我们把相机卖给你，你给我们钱。"

张东升微微迟疑片刻，他怎么都想不到三个小孩竟会想着把这个足以置他于死地的相机卖给他，思索了一下，便道："这里是大街上，人太多，我们换个地方说话。"

普普问他："去哪里？"

"我带你们找个人少点的咖啡厅，怎么样？"

普普转身对两人道："你们觉得呢？"

丁浩挠挠头。"我不知道。"

朱朝阳思索着道："这里确实不方便细说，换个地方也好，不过，我先把相机拿回去放好。"

张东升冷冷地瞪了一眼朱朝阳，咬咬牙，却也没直接表示反对，说："好，要不你们俩先上车等着，我们这样一直站在大街上，不太好。"

丁浩拉过两人，小声道："上了他的车，他会不会把我们……"

普普谨慎地点头。"有可能。"

朱朝阳却摇摇头，道："不会，大白天的，大庭广众下，他敢把我们怎么样？我觉得一直站在车旁确实不妥，你们先上车，我回家把相机放好就赶回来。他没拿到相机，不敢把我们怎么样的。"

27

普普和丁浩坐在后排座位上，张东升转过头朝他们和善地笑了笑，问："你们叫什么名字？"

普普打量了他一眼，沉默片刻，吐出两个字："普普。"

丁浩见她开口了，也回答道："我叫丁浩。"

"还有一位小伙伴呢？"

丁浩道："朱朝阳。"

张东升笑着继续问："你们都是念初中？"

丁浩点点头，普普没有任何反应。

"你们在哪个学校上学？"

普普继续默不作声，丁浩回答道："没有学校。"

"没有学校？"张东升以为他们对他保持警惕，所以故意不说，又问，"你们家住哪里？"

"我们现在在……"

丁浩又要回答，被普普手一拉，立刻停下，一脸警惕地盯着张东升。"和你没关系。"

"好吧。"张东升抿抿嘴，感觉这个年纪最小的小女孩是最讨厌的。

接着，他又试图问出三个小鬼的更多信息，可是普普始终很警觉，守口如瓶，他只好作罢。等朱朝阳回来后，张东升开车带他们到了一个几公里外的偏僻咖啡厅，找了个不起眼角落的位子，招呼他们坐下。"三位小朋友，想吃什么喝什么，随便点。"

来到咖啡厅后，丁浩感觉放松多了，听他这么说，顿时来了兴趣。"都有什么好吃的？"

张东升把菜单挪到他们面前，三个人点了一堆吃的喝的，反正不用他们掏钱。

张东升见他们的模样，心想小孩毕竟只是小孩。他思索片刻，笑眯眯地看向他们，道："你们那天刚好在山上的凉亭里玩？"

朱朝阳道："对，要不然就不会拍下来了。"

张东升微微眯了下眼。"你们什么时候发现里面那一段的？"

朱朝阳道："那天下午回来就看到了。"

"嗯……那么，这件事除了你们三个外，还有人知道吗？"

"没有了。"

"你们父母呢？"

朱朝阳道："他们都不知道。"

张东升的目光在朱朝阳脸上停留了几秒，似乎在判断他说的是不

是实话，过了片刻，又问道："你们为什么没告诉父母？"

"我妈妈不在家。"

"你爸爸呢？"

朱朝阳犹豫了一下，道："总之，他也不知道。"

"哦。"张东升不甘心地撇撇嘴，转向普普和丁浩，"你们爸妈呢？"

丁浩鼻子哼了声，没说话。普普面无表情地道："都死了。"

"都死了？"张东升半信半疑地问，"那你们平时怎么生活？你们三个人是什么关系？"

普普冷漠地回答："这跟你没有半点关系。"

张东升眼中闪过一抹怒火，但转瞬间又变为温和，继续问："你们看到这段视频后，为什么没把相机交给警察？"

普普冷笑一声，很直接地说："因为准备卖给你。"

张东升一愣，笑了笑。"你们为什么这么想把相机卖给我？你们怎么知道我会买？"

普普冷声道："你开宝马车，你很有钱，可是如果你不买相机，我们把它交给警察后，你再有钱都是一个死字。"

一个小鬼竟敢对他进行赤裸裸的威胁，张东升顿时大怒，咬着牙齿瞪着她，一副要吞了对方的模样。丁浩吓了一跳，手上的鸡翅差点掉下来，身体本能地向沙发里缩去。普普则毫不畏惧地挺直身体，回望着他。面对这种氛围，朱朝阳鼓起勇气，也挺了下身体，试探地问了句："你到底要不要买相机？"

张东升眼睛微微一眯，转向了朱朝阳，逐渐收敛起怒容，道："我给你们每人两千元，你们把相机给我，怎么样？"

朱朝阳摇头道："太少了，不够。"

"那你们想要多少？"

三个人之前并没有想到今天会在路上碰到杀人犯，所以也没具体讨论过该问他要多少钱。

朱朝阳只好道："我们商量一下。"

他把两人叫到一旁，低声问："你们觉得拿多少钱合适？"

丁浩琢磨着道："怎么也得一人五千元吧，这样我和普普凑成一万元，那就差不多了。"

朱朝阳道："钱我不要，全部给你们，我没地方放。"

丁浩睁大眼睛道："这么多钱你不要？"

"如果被我妈发现我有这么多钱，一定会以为是我偷来的，你们俩能过得好，我也开心。"

丁浩感动道："可是你把钱全给我们，我们心里会过意不去的。"

"没关系，我毕竟还有家，你们却无依无靠。"朱朝阳的眼眶红了下，"我们是好朋友，对吧？"

普普原本冷冰冰的脸上也隐隐泛着红光。"对，朝阳哥哥，耗子，我们永远是好朋友。"

丁浩又装大哥哥模样，笑着在两人的肩膀上各拍上一拍，道："好吧，我们去跟那人说吧，一人五千元，相信他肯定会给的。"

朱朝阳迟疑道："会不会太少了？"

"少？一共一万五千元，很多了呀！"

普普思索了一下，道："对我们来说也许很多，对他来说也许是很少的。嗯……朝阳哥哥，你觉得我们俩如果没有收入，要生活到十八周岁，需要多少钱？"

朱朝阳思索了一下，道："如果耗子一直找不到工作，你们俩……我算算我的，我每个月各种费用平均下来要花五百元，一年是六千元，加上其他各种开支，一年一万元多一点，以后上大学了肯定

更多。这样算下来，你们俩到十八周岁，一个人需要五六万元。"

普普道："你有家，我们没地方住，算起来还要更多。"

朱朝阳点头。"租房子也是一大笔开销。"

普普冷静地思考了片刻，抬头道："我想好了，我们就说一人十万元。"

"一人十万元！"丁浩倒吸一口气，瞪大了眼睛，"一共三十万元！天哪，我手里拿过最多的钱就是偷了那个死胖子钱包拿的四千多元。三十万元，他怎么可能会花三十万元买个相机？"

因为朱永平很有钱，所以朱朝阳对钱的概念比两人更清楚，他想了一下，道："我觉得普普的要求也不过分，他会接受的，他那辆车就值好几十万元了。"

普普道："那就这么定吧。"

在丁浩的目瞪口呆中，三个小孩重新回到座位上。

张东升笑着说："怎么样，商量得如何？"

普普很冷静地点点头。"商量好了。"

"那么，给你们多少钱，你们愿意把相机卖给我？"

普普道："一人十万元。"

张东升嘴里的那口咖啡差点喷了出来，咬牙道："你们没搞错吧，一人十万元？"

普普很平静地回应他："没错，就是一人十万元，不能少。"

"你们要这么多钱干吗？你们不怕被家里其他人知道？你们区区小孩，闹出这么多钱，你们怎么解释是从哪里来的？"

普普道："这个不用你管，我们不会让其他人知道的。"

朱朝阳接着道："对，你放心好了，钱给我们后，我们一定马上把相机给你，保证永远不会告诉任何人这件事。"

张东升拿起咖啡喝了一口，随后向后躺去，用手捂着嘴巴，眯眼打量着这三个毛都没长全的小鬼。

三十万元！别说他压根没这么多钱，他的钱都是徐静管着，就算他真有这些钱，他也绝不会拿出来跟这三个小鬼做交易。因为一旦三个小鬼乱花钱，被家长或是其他什么人知道了，一问，问出来是他给的，再问为什么给他们这么多钱，罪行马上暴露。

过了半晌，张东升吐口气，道："这样吧，我给你们一人一万元，一万元你们自己花掉或者藏起来，家里人也不容易发现。"

丁浩望着他们俩道："我觉得差不多了吧。"

张东升朝丁浩笑了笑，觉得这个个子最高的小孩反而最好说话。

普普没有理会丁浩，而是直接摇头。"一人十万元，少一分相机就交给警察。"

张东升脸上的表情瞬间一扫而空，眼角收缩起来，虎视眈眈，盯着普普，如果不是在公共场所，他真恨不得立刻把普普杀了。

朱朝阳面对这个杀人犯瘆人的眼神，手也在颤抖。唯独普普表现出丝毫不惧的模样。

张东升冷笑道："既然你们要这样，行吧，你们把相机交给派出所吧，不用卖给我了，我不要，也买不起。"

朱朝阳谨慎道："你买得起，你的车就值几十万元了。"

张东升冷哼道："那不是我的车，别人的。你们不用跟我说了，我只能出到一人一万元，多一分没有，你们爱找谁找谁。"他把头别了过去，不再搭理他们。

丁浩连忙道："一万元就一万元，成交了。普普，你看呢？"

"你闭嘴！"普普骂了丁浩一句，不想理这个不按计划执行的家伙，直接站起身，道，"朝阳哥哥，我们走吧，我们去派出所，也许警察

叔叔会给我们奖励的，说不定也有几万元。"

她拉着朱朝阳就准备走，丁浩在一旁追，着急道："别呀，一共三万元也挺好的啊。"

普普和朱朝阳都不理他。

眼见他们真的要走，张东升只好叫了句："等一下，你们先回来坐下。"

三个人又坐回位子上，普普冷笑着说："你不是说多一分没有吗？我们是少一分不卖，还有什么事吗？"

张东升满面怒容，但面对咄咄逼人的对手，他无可奈何地道："我家这几天还在办丧事，我手里暂时也凑不出这么多钱，等过几天行吗？"

普普道："可以，但要快一些。"

"好，等我家里忙完，把钱筹好，就给你们，你们没银行卡吧？到时我直接取现金给你们。你们住哪儿，我怎么联系你们？"

丁浩道："我们现在住在——"

朱朝阳生怕杀人犯知道自家住址后，后患无穷，连忙制止他，急道："不能告诉他！"

张东升道："那我怎么联系你们？家里电话有吗？"

朱朝阳半点都不敢让他知道家里的信息，便道："你不用联系我们，我们会联系你，你电话多少，我们记下来，过几天打你电话。"

张东升微微迟疑片刻，取过一张便笺纸，写下手机号码交给他们，又道："我家里明天出丧，你们后天可以打我电话。"

朱朝阳点头道："行。"

"不过在这期间，关于相机和我们之间的事，你们一定要保密，对任何人都不能说，包括你们家长。"

"我们肯定不会说。"

"好，那今天就这样，需要我送你们回家吗？"

朱朝阳摇头。"不需要。普普，耗子，我们走。"

他们刚走出几步，丁浩又折返，对男人道："能不能先给我们一些零花钱？"

张东升看着他，问："你要多少？"

"几百元。"

张东升抿抿嘴，无奈地从钱包里掏出六百元递给他。他说了声"谢谢"，很开心地走了。瞧着三个小孩的背影，张东升躺在沙发里，鼓着嘴，手紧紧握成了拳。

三个小鬼头敢来敲诈他？哼！

28

从咖啡馆出来后，朱朝阳带着两人一路狂奔，就近从一条巷子口钻进去，又拐了几个弯，来到一条他也不知道名字的马路上，这才停下来，大口喘着气。

丁浩抱怨道："你跑什么呀？"

朱朝阳道："我怕那人跟踪我们，万一被他知道我们住哪儿，就惨了。"

"知道又会怎么样？"

朱朝阳冷哼一声，看着丁浩，问："你就不怕他杀了我们吗？"

"杀我们？不至于吧。"

普普撇撇嘴，斜视着丁浩。"耗子，你实在太笨了。"

"我又怎么啦！"

"我们说好一人十万元的，那人说一人一万元，你居然就屁颠屁颠答应了。"

丁浩羞愧地挠头。"我这……我这不是看他不肯掏这么多钱嘛，一人一万元也不错了。"

"这明显就是一个讨价还价的过程，而且这是我们三个人商量好的价钱！你这样跑去打工也一定被人骗，本来一千元的活，人家给你一百元你也干了。"

丁浩不满道："这完全不是一类事好吧？我刚刚看他的样子，他说顶多出三万元了，我怎么知道他最后又会同意出三十万元。"

"朝阳哥哥刚才不是说了，他开的车就值几十万元，这是要他命的东西，他怎么可能不付钱？"

朱朝阳也道："耗子，你刚才太急了，说实在的，三万元真不够你们接下来几年的花销，你们至少要找个地方住，要吃饭穿衣服，还要想个办法上学，对吧？"

见两个人都说他，丁浩只好道："好吧好吧，算我错了，下回我都听你们的，我不拿主意了，这总成了吧？"

普普哼了一声，转过头去。

朱朝阳道："好啦，都别生气了。我们得为接下来的事认真筹划一个具体的方案。"

"方案！"丁浩握起拳头，兴奋地说，"听起来很刺激的样子，就像电视里那样？"

朱朝阳很认真地说："对，可是我们不是在拍电视。现在开始我们就不是小孩了，我们要像成年人一样做计划，要想出万无一失的方法，因为我们要和一个杀人犯做交易，这件事很危险，明白吗？"

丁浩道："我早就不是小孩了。"

普普鄙夷地望了他一眼，重复刚才的话题："你太笨了。"

丁浩只好低头闭上嘴。

朱朝阳咳嗽一声，看着他们俩，缓和气氛道："刚刚你们害怕吗？"

丁浩摇摇头。"一开始看到那个人有点紧张，后来也没什么好怕的。"

"咖啡馆里他瞪我们的时候呢？"

"那时有一点点紧张啦，不过他不可能打我们的，我肯定，所以我不怕他，哈哈。"

普普鄙夷地看了他一眼，再次重复刚才的话题："那是因为你太笨了，笨蛋是不懂害怕的。"

"哼！"丁浩咬咬牙。

朱朝阳转向普普。"你呢，你害怕吗？"

原本他们俩都以为普普一定会说"这有什么好怕的"，因为刚刚男人露出凶相时，只有普普毫不畏惧地跟他对视，他们俩都胆怯了。谁知普普此时此刻突然像变了个人，缓缓点点头，目光中流露出小女孩的柔弱。"我怕。"

丁浩奇怪道："可你刚才好像一点都不怕啊！"

普普皱了皱眉，表情恢复了一如既往的冷漠。"你越害怕，别人就越知道你好欺负。只有不怕，别人才不敢对你怎么样。"

朱朝阳不由得赞叹道："普普，你真勇敢！"

普普瞧着远处，幽幽道："以前我爸爸刚被枪毙时，同学笑我打我，我都不敢还手。后来有一次我跟他们拼了，他们再也不敢惹我了。"

丁浩道："朝阳，那你刚才害怕吗？"

朱朝阳笑了笑。"害怕也是有的，不过这件事肯定是要去做的，

害怕也只好克服了。"

普普看着他。"朝阳哥哥，谢谢你。"

朱朝阳微微脸红。"谢我什么？我们是好朋友嘛。"

丁浩拍了下手，道："好吧，那么接下来我们的这个方案，是什么样子的呢？"

朱朝阳道："先回家再慢慢筹划，还有两天时间，我需要好好想出一个既能确保我们的安全，又能拿到钱的办法。不过我们现在回家要小心，千万不要被那个人跟踪盯上了。"

三个人沿着路往前走，找到一个公交站，看了看，没有直达车，只能先坐到主城区，然后再搭上回家的公交车。为避免被杀人犯跟踪，朱朝阳带他们提前一站下了车，然后拐进了胡同，最后穿来穿去，回到自家楼下。

被同情的人

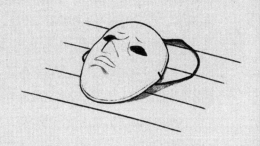

29

因为人是死在外面的，按照当地风俗，丧事不能在家办，又由于尸体摔成那样，按习俗等不及过头七了，要先下葬入土为安。

徐家在小区不远处的一个老年活动中心租了场地，治丧以及明天出殡后亲朋吃酒都在这儿。张东升把从超市买的毛巾、纸杯交给帮忙治丧的人后，刚转过身，就看到了严良。

严良独自坐在靠里的一张空桌上，朝他点头笑了笑，招手示意他过来。张东升本能地心中一惊。在他还是学生时，他就听说过严良曾是省公安厅的刑侦专家，偶尔还会有杭市市局和省公安厅的领导模样的人过来找他聊天。后来认识徐静后，徐静告诉他，这位严叔叔以前做警察时可厉害了，从来没有他破不了的案，甚至得到过公安部的表彰。和严良接触多了，张东升愈发知道严良可不像数学系里许多只知道研究理论，并不懂这些复杂理论研究出来有什么用的老师，严良很喜欢研究数学理论怎样结合生产实践，像学校计算机系的学生，多半会来选修严良的这门数理逻辑，想必严良当年做警察时，也很擅长从数学角度解决问题。

当然，张东升很清楚，严良今天过来可不是为了查他，他是作为亲戚明天送葬的。不过即便严良查他，张东升也有一百个把握，这案子无人能破，因为没有任何办法能证明人不是意外摔下去，而是被他推下去的。除非，那三个小孩的相机落到其他人手里。

张东升马上点点头，走过去，热情地握住严良的手，道："严老师，四年不见，徐静说联系过你，我还以为你这次没空过来呢。"

"放暑假了嘛，你中学空，我大学也空。对了，我来时，他们说你去超市买东西，怎么买了几个小时？"

张东升不慌不忙地撒了个谎："我去找明天的送葬车确认下事宜，又跟花圈店结了下账，耽搁了。"

严良点点头。"这几天你可忙坏了吧？"

张东升叹口气，低下头。"出了这样的事，徐静心情不好，每天一没人就独自哭，只能我这个做丈夫的安排了。"

严良同情地看着这个学生，犹豫了片刻，还是把话说出来："你和徐静的感情是不是出了点问题？"

张东升低下头，手捂着嘴巴，道："她告诉你的？"

严良默然点点头。

"我们……"他抿着嘴，似乎很艰难地说出来，"我们也许会离婚吧。"

严良关切地问："怎么会发展到这个地步？"

"也许……"他叹了口气，从口袋里掏出香烟，他知道严良不抽，所以只拿出一根，自己点上。

"你开始抽烟了？"

张东升苦笑了一下。"平时不太抽，偶尔心烦的时候抽一下。"

严良点点头。"能……方便跟我说一说吗？"

"你是长辈，也是我最敬重的老师，告诉你是应该的。"他吐出一口烟，道，"这一切的根源，大概是因为我来自农村，我跟徐静本来就不是一类人吧。"

"可是你们当初是相爱的。"

张东升笑了笑。"谈恋爱的时候，会忽略对方的很多缺点，等到结婚后，就不一样了。你知道我家里的情况，我爸妈都是山里的农民，都是老实人，没见过世面，不懂城市人的规矩。我跟徐静结婚后，我爸妈过来看我们，可是第一次来了后，徐静就嫌他们不讲卫生，跟我说以后我爸妈再过来时，花钱让他们住宾馆，不要住在家里。而在我爸妈的农村观念里，他们总是觉得一家人就应该住家里，所以我劝徐静忍一下，反正他们过来也只住几天就走，我会把他们的卫生搞好的。可她坚决反对，说他们住家里，她就去住宾馆，跟我吵了一架，没办法，我只好委婉地劝爸妈，以后改住宾馆，他们嘴上没说什么，我知道他们心里肯定不舒服。这几年，他们一次都没再来过，这次办丧事过来，也是安排住的宾馆。这只是一点小事，不算什么，很快就过去了。可是后来我的一些习惯，跟徐静的差距太大了。我从小家里穷，买东西习惯比来比去，挑性价比最高的，徐静完全相反，她只要牌子大质量好的，不在乎价格，她觉得我太小气，不够男人。唉，凡此种种，大概我的形象在她心里的分数越来越低了吧。越往后，她对我越冷淡，甚至……甚至不再让我碰她了。"他搓了下头发，眼眶隐隐泛红。

严良同情地看着他。"那么你现在对她的感情怎么样？"

张东升望着空处，温柔地笑起来。"我依旧很爱她，无论她做了什么，在我心里，她还是四年前那个不顾父母反对，执意要跟我在一起的女孩。"

严良瞬时被他的情绪感染，唏嘘一声，道："你接下来准备怎么办？"

"去年她跟我提过离婚，我不想离，我很希望可以和她好好过下去。我尝试着讨好她，似乎效果有限。我觉得她一时钻了牛角尖，并不清楚什么才是她真正想要的生活，所以我想用时间慢慢调整她的想法。同时我也检讨自己，觉得出现问题，我也有很大一部分责任。坦白说，我和她结婚后，面对她的父母，我内心有自卑在作祟，总感觉他们看不起我，没把我当一家人，所以我也没尽心去做一个好女婿，在这个家庭里，我像个孤零零的局外人。于是我开始让自己真正融入这个家，尽一个女婿的本分。我在中学教书，空闲时间多，就多抽空来陪她爸妈。我这么做其实也有一部分私心，讨好他们，让他们劝劝徐静。他们知道情况后，也一直在做徐静的思想工作，所以我们俩拖到现在还没离婚。可是……唉，爸妈突然出这样的事，我实在……其实都怪我，爸有高血压，可爸平时都说自己不难受，不肯吃药。我也没在意，还带他们去山上，结果拍照时，我正摆弄相机，突然听到爸妈叫起来，我抬头看到爸妈已经掉下去了。后来警察推测爸当时爬了山，一下子坐下去后，高血压发作，拉住妈一起掉下去了。无论怎么说，这都怪我，我觉得我太对不起徐静了。"他把烟熄灭，双手盖着额头，一脸的痛苦模样，让人不忍直视。

严良叹息一声，劝道："你也不要自责了，这种事谁都不希望发生，有人出门就遭遇车祸，完全始料未及，这能怪谁去？"

过了好久，张东升才重新抬起头，道："现在我也想通了，只要徐静快乐，我也无所谓。我只能尽我的本分，在还是她丈夫的时候，做一个好丈夫，至于最后的结果，我只希望她快乐而已。"

严良听了非常感动，连连安慰，又说："你这边也不用这么悲观，我会劝劝徐静的，我的话她还是会听一些的。现在她爸妈这边刚出了

事，她也不会马上就跟你再提离婚，你也多努力努力，让她珍惜这段
来之不易的感情。"

"我会的，谢谢你，严老师！"

张东升脸上依旧是一副沮丧的模样，不过他看着严良的反应，心
底泛起了一丝狡黠的笑意。

PART

10

与狼共舞

30

床下震起一地灰，朱朝阳弯腰爬出床底，又把两个盖满灰尘的大箱子塞回床下。他站起身拍拍手，回头道："现在相机藏在最里面，只有我们三个人知道，我们一定要保密，不能告诉任何人。如果那个男人问起，千万不要被他骗了，好吗？"

普普皱着眉，很认真地点点头，随即用怀疑的目光投向"太笨"的丁浩。

丁浩略显无奈，叫道："我不会被他套出话的，放心吧。好啦好啦，咱们还是商量一下，怎么才能把钱拿到手。"

朱朝阳道："拿到钱是一方面，最重要的是，我们一定要平安地拿到钱。"

"平安地拿到钱？难道……"丁浩皱眉，"难道那个人还会把我们杀了灭口不成？"

朱朝阳很严肃地点点头。"很有可能，你看他今天的表情就知道了，一副要吃人的样子。"

"他是看我们年纪小，故意吓唬我们吧？"

朱朝阳撇撇嘴。"我不知道。"

丁浩转向普普。"你觉得呢?"

普普摇摇头。"我也不知道,反正朝阳哥哥说得有道理,万一他不打算给我们钱,只是想杀我们灭口呢?"

丁浩道:"可是相机在我们手里。"

朱朝阳点了一下头。"对!只要相机没落到他手里,他就不敢把我们怎么样。你瞧他今天的样子,我说先回家把相机放好再回来,他的脸都绿了。后来普普跟他说话时,他明明很生气,还是忍住了。我想就是因为相机还在我们手里。"

"可是最后交易成功的话,我们还是要把相机给他的吧?"

普普想了想,冷笑道:"那也可以不把相机给他。"

"不给他?"丁浩惊讶地望着她,"怎么不给他?"

"只拿钱,不给相机。"

丁浩张着嘴,道:"他又不是傻子,怎么可能只给我们钱,却拿不到相机呢?"

普普微微眯了下眼睛。"我们要求他先给钱,等拿了钱以后,我们不把相机给他,他也对我们没有办法,难道他会去派出所告我们骗他?这样还能继续威胁他,只要相机在我们手里,他就不敢对我们怎么样,如果过几年钱花完了,还能接着跟他要。"

丁浩想了想,犹豫道:"这个办法好倒是挺好,他就成我们永远的钱包了,而且他再生气,也不敢把我们怎么样。可是……我们这么做,不太合道义吧?"

"道义?"普普斜视他一眼,鄙夷道,"不要学电视里的人说话!"

丁浩只能转向朱朝阳。"你觉得呢?"

朱朝阳很果断地摇摇头。"这办法不行。"

"为什么?"普普问。

"电视里放过很多这种事了，拿着别人的把柄威胁，勒索钱财，第一次、第二次别人都照办了，可是几次三番后，把人逼到了极限，他再也受不了，就把对方给杀了。你们想，如果你是那个男人，三个小孩拿着相机，三番五次威胁你，跟你要钱，你会允许这样的事一直发生吗？不会的，所以这么做很可能真的把他逼急了，他会杀了我们。"

丁浩道："那怎么办？"

"只能交易一次，一次过后，我们跟他不要再有任何来往，彻底不认识！"

普普道："可是按你前面说的情况，我们把相机给他后，他会不会还想着杀我们灭口？虽然相机已经给他了，可我们毕竟知道他杀人的事实。"

朱朝阳点点头。"很有可能。"

丁浩眉头皱起来。"那该怎么办，给他也不行，不给他也不行，难道只能交给警察？"

朱朝阳同样摇了摇头，道："当然更不可能交给警察。"

丁浩急躁道："那你说到底该怎么办啊！"

朱朝阳道："我们拿到钱后，就把相机给他，但必须保证我们的安全。我们要在大庭广众之下把相机给他，在外面他不会把我们怎么样的，绝不能让他知道我们住在哪里，这样一来，他找不到我们，时间久了，他见我们没把他杀人的事说出去，自然就会放弃灭口的想法了。"

两人想了片刻，都点点头，觉得朱朝阳的主意稳妥。

朱朝阳继续道："但我们现在对到时具体怎么交易，会发生什么事完全不知道。所以我想，为了确保安全，下一回实际交易时，我们把相机留在家里，要先拿到钱，再到公开场合偷偷把相机给他。此外，我们去交易的时候，只去两个人，这样他知道我们其中一个人留在外面，如果去的两个人出事了，另一个人自然会报警，这样一来，他就不敢对去的两个人怎样了。"

普普点点头，很是赞同。"留一个人在家，只去两个人，这个办法很好。"

丁浩笑出声。"是啊，我就说朝阳最聪明了。嗯……那我们哪两个去，哪个留在家里呢？"

朱朝阳道："我和普普去，你留在家里。"

"为什么是我？你们两个个子小，他万一对你们使坏呢？我个子高大，防御力高，至少可以抵抗一下伤害。"

普普白了他一眼。"如果他真想杀人灭口，你去也是一样，你个子高还是打不过他，别以为你是孤儿院里的打架王就什么都不怕，你根本不是成年人的对手，他比你高一大截，而且他是成年人，力气也比我们大多了，说不定他还有武器。最重要的一点——耗子，你实在太笨了，我怕你被他骗，不能说的话说漏嘴。"

丁浩怪叫着："普普，如果你不是我妹妹，我一定揍死你！"

朱朝阳连忙笑着充当和事佬。"好了，耗子，你就留在家里玩游戏吧，唯一记住一点，如果有人敲门，你一定先看看是谁，不是我们的话，无论如何都不能开门，知道吗？"

"好吧好吧，那我就勉为其难玩玩游戏吧。"听到玩游戏，他的热情瞬间盖过了替他们阻挡危险的想法。

31

早上出殡，中午吃酒，下午跟各路帮忙的人结账和收拾善后。

这几天徐静已经对张东升表现出外人看得见的反感，张东升父母不愿继续留在徐家看人脸色，提前订了火车票连夜返回老家。张东升送走父母后回到家，家里只剩了徐静一人。他走过去，伸手刚要搭上徐静的肩膀，徐静警惕地从沙发中一跃而起，退到一旁。"别碰我！"

张东升手停在半空，这个动作保持了一两秒，随后放下手，低头叹息一声，轻声道："对不起，没照顾好爸妈，真的对不起。"

徐静冷冷地望着他，盯了很久，嘴里冒出几个字："接下来你还想怎样？"

张东升一脸茫然。"什么怎样？"

"你还想做什么！"

张东升皱眉摇摇头。"我不明白你的意思。"

徐静走到远离张东升的一张沙发旁，颓然坐下，目光呆滞地看着面前的空气。"我们离婚吧。"

"离婚？"张东升缓缓地坐下，掏出香烟，点燃一根，深吸了一口，道，"爸妈刚走，你就要离婚吗？"

"离婚吧，新房子给你，你如果嫌不够，你还想要多少钱，你说，我实在不愿意过下去了。"

张东升苦笑着摇摇头。"徐静啊，我们之间什么时候开始变成这样了？我和你结婚是为了钱吗？当初认识你的时候，我并不知道你家有钱，你也没嫌弃我是个穷学生，为什么到今天，会变成这样？"

徐静没有说话。

张东升连连叹息。"也对，生活总是会慢慢改变一个人的。怪我没有本事，虽然是浙大数学系毕业的，却不能像其他同学那样出国留学，当公司高管，每天谈的都是大钱，都是事业运作。我呢，我每天只能跟学生谈中学那些幼稚的数学题。我又是个农村穷学生，爸妈什么钱都没有。你呢，在烟草公司工作，家里五套房。从一开始我们结婚就是个错误，现实的门第差距太大，是我太天真了。"

徐静双手掩面，轻声哭泣起来。

"不要哭了，看见你哭，我就伤心。"他叹口气，"好吧，只要你开心，一切我都无所谓，你去年就想着离婚了，我一直求爸妈劝你，想必是让你反感，现在爸妈走了，这次事故也是我的错，我自觉对不起你。好吧，我同意离婚。房产我不要，我不是你想的那种人，我自己去学校旁边租个房子。如果可以的话，我只有一个条件，你能不能帮我爸妈在他们县城老家买套房？不用大，够住就行，我希望他们能过得好一些。"

徐静泣不成声，抬起通红的眼睛，望着张东升。

张东升低头抽着烟，苦笑一下，兀自道："遇着你，我从来不后悔。"

"我……对不起。"徐静哽咽地说出这四个字。

"不要说对不起，你永远是我的公主。"

"我……"徐静犹豫了一下，道："那套新房子，还是给你吧，你爸妈县城买房的钱，我也会出的。"

瞬时，张东升眼睛微眯了一下，低头掐灭香烟，冷笑着自语一句："原来你还是要离婚。"他抿了下嘴，抬头道："爸妈刚走，现在离婚亲戚要说闲话的，等过几个月行吗？"

徐静想了一下，点点头，然后吞吞吐吐地道："我……我想搬出去住。"

"为什么？"

"没有为什么。"

"最后几个月你都不愿意和我一起生活吗？"

徐静低下头，没有回答。

张东升苦笑一下，道："这就是所谓分居？"

徐静还是没有回答。

张东升叹口气，道："好吧，你想什么时候搬出去住？"

"今……今天开始。"

张东升愣了一下，沉默半晌，叹息一声，道："你不必搬了，这本就是你家，该搬出去的是我。这样吧，等下我收拾一下，我搬去你家新房子住几个月，等我们离婚后，我再搬出去另外找房子，这样你觉得可以吗？"

"我……对不起。"

张东升伸展了一下手臂，站起身，走过徐静身旁时，拍了拍她的肩，徐静神经质地跳起来，躲到一旁。

张东升愣了一下，迟疑道："你就这么怕我吗？"

"没……没有，我……我精神不太好。"

"对不起，是我没照顾好你。"他叹口气，去房间里收拾衣物和日用品，心里想着，徐静必须要早点解决了，她显然是怀疑自己杀了她爸妈。

32

按照约定时间，今天该给那个男人打电话了。

显然不能用自家的电话，朱朝阳家楼下不远处的一个小卖部就有公用电话，可是他没去小卖部，因为小卖部老板认识他，他担心杀人犯查电话查到小卖部，老板要是告诉杀人犯他家的大致住址，那就危险了。

所以他和普普坐公交车来到汽车站附近的一家小店，那里有电话，而且店主不认识他们。拨通电话后，杀人犯的声音传来："喂？"

"是我们。"朱朝阳道。

"你们好啊。"杀人犯这一次和前天比像换了个人，和他们说话的语气里透着欢快，似乎很高兴听到他们的声音。

朱朝阳心中微微警觉，谨慎道："今天在哪里见面？"

"如果你们方便的话，来我家里谈吧。"

朱朝阳警惕地问："为什么去你家里，外面不可以吗？"

杀人犯低声道："小朋友，你们应该知道，这么大一袋钱很显眼，我们不能让别人注意到对吧？今天以后，我们彼此不认识，从没发生过这件事，对吧？"

朱朝阳用手捂住话筒，低声在普普耳边说了杀人犯的话，普普思考了一下，道："朝阳哥哥，你觉得呢？"

朱朝阳轻声道："我们没带东西，不怕他耍诈，而且耗子在家呢。"

"嗯，那就答应他。"

朱朝阳重新拿起话筒，道："喂，叔叔，还在吗？"

"在，你们三个小伙伴商量得怎么样了？"

"就按你说的办。"

"好的，那么把东西带上，你们过来时，不能让其他人知道，行吗？"

"那当然。"

"好的，你们打个车吧，我在盛世豪庭 5 幢 1 单元 301 室，地址记下了吗？"

朱朝阳记忆力极好，默念了一遍就牢记在心。

挂了电话，朱朝阳和普普走出汽车站，在公交车站跟旁人打听了下盛世豪庭的位置，问清了路线，随后坐上公交车。

很快，盛世豪庭小区外出现了背着书包的朱朝阳和普普，带个书包自然是为了装钱的。两个人打量了一圈小区，虽然不懂楼盘，但看建筑外观也知道这里一定是有钱人住的。

进了小区，很快寻到了 5 幢 1 单元，楼下有个门禁，朱朝阳和普普从没进过高档小区，研究了一会儿门禁，抱着试试看的态度，谨慎地按下了 301 的按钮。铃声响过一阵后，杀人犯的声音传来："门开了，请进。"

两个人拉开门，小心地走进去，普普轻轻拉住朱朝阳的衣角，朱朝阳低声安慰道："没关系，不用怕，按商量好的来。"

"嗯。"普普点点头，脸上又摆出了一副无所谓的表情。

他们刚走上三楼，门就开了，张东升脸上带着笑意，友善地跟他们打招呼："你们好。"随即他脸上微微泛出异样，"怎么就你们两个人来，还有那位耗子小朋友呢？"

朱朝阳道："他在外面，我们来也是一样。"

普普平静地说："如果我们两个没回去，他会报警。"

张东升愣了一下，干张了下嘴，随即又换上笑脸。"快进来吧。"

张东升在他们身后关上了门，朱朝阳和普普都本能地愣了一下，感觉那个杀人犯正在他们身后用一种寒冷的眼神打量着他们，他们立在原地，不知所措。

好在张东升马上走到了他们前面，招呼他们："不用脱鞋，随便坐吧。"

朱朝阳这才缓下心神，打量起这套房子，房子里的装修和他家的简陋形成了巨大反差。光洁的瓷砖铺在门口进来的开放式餐厅地上，再过去是铺满木地板的大客厅，他对房子的面积没概念，只知道光餐厅和客厅，就比他家还大了，所有电器、家具都是崭新的，发出亮光，只是似乎少了些什么。

他想了一下，马上知道了，这房子太整洁了，所有桌子上几乎没放着杂物，门口的鞋柜里也只有一双鞋子。

"这房子是你住的？"

"对啊。"

"可是……为什么房子像是没人住过？"

张东升愣了一下，道："我昨天刚搬进来的。"

朱朝阳心中泛起一丝警惕，不过没表现出来。

张东升继续招呼他们："坐吧，别客气了，坐下慢慢说。"

朱朝阳和普普就近在长方形的玻璃大餐桌前坐下。这是一张双层桌，上面一层是钢化玻璃，下面一层是不锈钢，可以放些杂物。桌子上摆了几个空杯子，还有一瓶开过的大瓶装果汁，另一边，桌上放着的几本《数理天地》引起了朱朝阳的注意。

普普看着果汁，道："我口渴。"

张东升拍了下头，道："我真不会招呼客人，大热天的你们来，肯定渴了，我给你们拿可乐。"

普普指着果汁。"不用了，这个就行。"

跟这杀人犯也没什么好客气的，她正伸手主动去拿果汁，张东升却一把抓过了果汁，道："这瓶开了几天了，坏掉了，我给你们拿可乐。"

朱朝阳想起长高秘籍里写不能喝碳酸饮料，便道："我不喝碳酸饮料。"

张东升为难地皱了下眉，道："那你喝白开水行吗？"

"好的。"

张东升拿走了那瓶开过的果汁，过了会儿，拿回一瓶没开过的可乐，给普普倒上，又给朱朝阳倒上白开水。

朱朝阳仔细地看着这个细节，默不作声。

随后，张东升坐到桌子的另一边，道："你们今天过来家里大人知道吗？"

朱朝阳道："你放心，这么大的事，我们不会让其他人知道，只有耗子知道。"

"呵呵，你们比一般孩子懂事，告诉了你们地址，这么快就找到了，真聪明。"他刻意说了些不着边际的客套话，随后不经意地随口提了一句，"那个相机……今天带了吗？"

朱朝阳摇摇头。"没有。"

"没有？"张东升脸上再次透出了惊讶。

普普道："你先把钱给我们，我们再把相机给你。"

朱朝阳补充道："对，先给钱再给相机，我们拿到钱，一定会把这个麻烦的东西给你的。"

张东升苦笑着点点头。"好吧。"

朱朝阳道："那么，今天你钱准备好了？"

张东升露出一个抱歉的微笑。"我现在没有钱给你们。"

朱朝阳质疑道："你开宝马车，又住这样的大房子，怎么会没钱？"

"这些都不是我的。"

"那是谁的？"

"都是我老婆的。"

普普道："你老婆的，自然也是你的。"

张东升脸上浮现出一抹尴尬，微微低着头，咳嗽一声，道："我是上门女婿，财产都不归我管。"

朱朝阳不懂，问了句："什么是上门女婿？"

普普撇撇嘴，不屑地解释："这个我知道，就是生了孩子不能跟男人的姓，要跟女人的姓。"

"还有这样子的啊？"

听到这对话，张东升眼中瞬时闪过一抹寒光，他笑了笑，道："对，就是这个样子，我老婆家很有钱，有房子，有车子，不过这些都不是我管的，所以我现在拿不出这多钱。"

普普冷然看着他，质问："既然你没钱，那你在电话里为什么叫我们把相机拿上？你是想把相机骗走吗？"

张东升愣了一下，连忙道："当然不是，我想相机放在你们那里不安全，相机先给我，我先给你们一万元，剩下的过段时间再给你们。"

普普面无表情地道："相机放我们手里很安全，我们不会让其他人知道。除非，你不想做交易了。"

普普依旧如上回那般咄咄逼人，不过这次张东升倒没表现出生气的样子，只是和善地笑着道："好吧，真拿你们几个没办法。你们放心吧，过些时候我一定想办法弄好钱给你们。"

普普问他："要多久？"

"嗯……"张东升笑了笑，"应该不会超过一个月，你们觉得怎么样？"

普普追问："为什么过一个月你就有钱了？"

张东升摊开手。"我是成年人，总是有办法筹到钱的，对吧，小朋友？"

普普冷哼一声："不要叫我小朋友！"

张东升丝毫没脾气。"好的，同学。"

普普见朱朝阳一直没说话，便问："你觉得怎么样？今天谈不成，我们回家吧？"

朱朝阳盯着桌上几本乱叠着的《数理天地》，上面标着高中版，便问："你孩子读高中了？"

张东升笑了起来。"你看我的样子，有这么老吗？我还没有小孩。"

"那你为什么看《数理天地》，还是最新的？哦，我知道了，你是老师，对吧？"

张东升的眼睛微微收缩了一下，被他猜中身份，只好承认。"对。"

"你是数学老师还是物理老师？"

张东升不情愿地吐露自己的职业："数学。"

"我最喜欢数学了。"

张东升不在意地瞥他一眼，心想三个小鬼一定都是问题少年，学习成绩注定一塌糊涂，还喜欢数学？大概其他科目都不及格，唯独数学靠偷看作弊偶尔混个及格，这才说最喜欢数学吧。这三个白痴！

普普突然道："你是老师，怎么还会杀人？"

这句话一出，房子里顿时一片安静，张东升闭着嘴，什么也没说，朱朝阳也觉得普普这样直接问杀人犯不合适。张东升脸上泛起一片漠然，手指交叉着打量着两人。普普摆出一脸无所谓的样子，无视他的目光，轻松地喝起了可乐。朱朝阳连忙咳嗽一声，说点不着边际的话转移话题。"我最喜欢《数理天地》了，以后我数学上有不懂的地方，能请教你吧？"说着，他就拿过那几本《数理天地》，"咦，下面还有《数学月报》。"他透过钢化玻璃看到双层桌的下层还放着一沓《数学月报》，便伸手把报纸抽了出来。

张东升试图阻止，报纸已经被拿走了，他只好故意咳嗽一声，笑了笑道："当然可以了，中学数学题中，没有我解不开的。"

"哦，这是高中的竞赛题，不过好像有些也是初中的知识啊。"朱朝阳翻看着杂志，却没注意到普普表情的异样。

普普拿起可乐，一边大口喝，一边用手偷偷戳了下朱朝阳。朱朝阳抬眼，发现普普正偷偷地看着桌子。朱朝阳顺着她的目光望过去，突然发现，桌子的下层，赫然摆着一把造型修长、模样别致的匕首，刚刚这把匕首上盖着一沓《数学月报》，把匕首完全遮盖住了，而且匕首把手的一端，正靠近男人的位置。

张东升显然注意到了他们的表情，只是装作兀自不觉的样子。朱朝阳极其迅速地一把从桌子下面把匕首拿了出来，拉着普普站起来，慌张地退到门旁，拉开匕首套，里面刀刃非常锋利。他惊恐地盯着男人，道："你桌下为什么藏刀?!"

张东升连忙起身，一脸无辜的样子做解释："你们肯定误会了，这是水果刀，我老婆的大伯从德国旅游回来送的，用来镇宅，我家这套新房子去年刚装修好。我们随手放在这儿的。"

普普冷然道："那你为什么今天非约我们来你这个新家，你是想着这里是新家，旁边也没人住，更没人知道，方便把我们杀了吧?"

"怎么可能!"张东升急忙辩解，"你们想想，虽然你们是孩子，可你们毕竟有三个人，我只有一个人，怎么保证肯定能杀得了你们?万一你们逃出去，我岂不是马上就被抓了?我花钱向你们买相机，以后就和你们没有瓜葛了，我干吗要冒险杀你们呢?为了省三十万元冒险杀三个人，太不值得了，这笔账我算得清。"

"那为什么你昨天突然搬进这里住?"

张东升叹了口气，坐下来，苦着脸道："我老婆要跟我离婚，闹分居，昨天跟我吵了一架，坚决不肯和我住了。这房子是去年装修好的，一直空到现在。本准备今年住进来的，但后来我俩闹离婚，一直没搬来。否则，我怎么会一个人住到这空落落、什么都没有的新房子来？"他咬了咬牙，眼中微微泛红。

普普将信将疑地望着他。朱朝阳没把匕首放回去，而是小心地放进了自己的书包，只想快点离开，便道："既然你现在没有钱，那我们过段时间再联系你，今天我们先走了，下回你可别耍诈。"

张东升不甘心，但也只好无奈地点点头，站起身道："一个月内我一定会把钱准备好，到时候你们联系我。记住，这件事，绝对不能让其他人知道。"

"知道了。"

朱朝阳正想开门，普普拉住他，轻声道："朝阳哥哥，今天你妈妈要回家了，我和耗子住哪儿？"

"这个……"朱朝阳一下子为难了，耗子和普普一直住在他家里可不行啊。

普普转身道："你之前说的一万元，可以先给我们吗？"

"这……你们很缺钱吗？"

"不需要你管。"

"我怕你们乱花，万一被别人注意到……"

普普道："我们不会乱花。"

"那你们准备用这钱做什么？"

普普觉得告诉他也没什么大碍。"租房子。"

张东升微微一皱眉，随即试探地问："你们没地方住吗？"

"不需要你管。"

"你们租房子，是和大人住，还是就你们自己住？"

"你放心，我们不会跟大人住，也不会让别人知道我们有钱。"

"那么你们为什么不住在家里？你们……你们离家出走了？"

普普摇摇头。"没有。"

"那是……你们没有家？"

普普冷漠道："不需要你管。"

张东升脸上露出同情的神色，道："你们这个年纪，应该好好读书，要有个家才好啊。"

普普哼了下，默不作声。

张东升微笑一下，道："你们是学生，就像是我的学生，我不能忍受你们这么小的年纪在外漂泊无依。我家里还有套小的房子空着，我去收拾一下，下午就腾给你们住，你们觉得怎么样？另外，我再给你们一些生活费，至少能让你们暂时安定下来。"

普普向朱朝阳投去询问的眼神。朱朝阳不置可否，思索了片刻，问："你真的有空房子？"

"对，一间小的单身公寓，刚好那一套是空的，另外几套租出去了，家里租房子的事都是我在处理。"

朱朝阳低声对普普说了句："我觉得可以。"

张东升立刻笑着说："好吧，我带你们俩先去房子那儿收拾一下，你们今天就能搬进来住。"

11

父亲

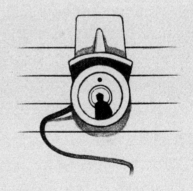

33

陈法医走进办公室，扔下几份文件，对叶军道："市刑技处对朱晶晶做了全面尸检，刚传真了结果，他们没找到精液。判断凶手没射精，或者微量射精，被吞下去后，胃蛋白酶分解，检测不出。朱晶晶嘴巴里的几根阴毛和残留皮肤组织及血液，经过鉴定，拿到了DNA。不过光有DNA，还是锁定不了嫌疑人。"

叶军烦躁地皱起眉，点上一支香烟，道："朱晶晶衣服上能不能提取到指纹一类的线索？"

陈法医摇摇头。"只有皮革这类材料制成的衣服能保存指纹，普通衣服都难以提取，而且朱晶晶坠楼后，被管理人员、救护人员等许多人碰过，那天后来还下了雨，场面很混乱。"

"也就是说，除了DNA很明确外，窗玻璃上的那些指纹中有没有凶手的，也不知道了？"

这次案子需要排查的人员很多，一个个比对DNA需要取样送实验室，很麻烦，而如果只是比对指纹，就轻松多了。可偏偏在公共厕所窗玻璃上采集到的指纹远远不止一个人的。

陈法医道："是的，唯一可靠的就是凶手的DNA是明确的。"

叶军寻思着问："我们一个派出所，设备、技术、人员都有限，从没碰到过这类案子，过去有类似的案例侦破可参考吗？"

陈法医眯着眼思索了片刻，道："我记得大概十年前倒是有一起类似的案子，最后成功破获了，可是……"

"可是什么？"叶军急问。

"可是那回专案组规格高多了，省公安厅直接挂牌，专案组组长是严良。"

"严良？"

"我记得你进修曾经听过他的课？"

叶军点头。"对，以前我到省里进修，听过严老师的课。刚见着他时，觉得他一身书生气，靠着高学历进了省厅，对破案肯定是纸上谈兵。后来才知道严老师有丰富的一线办案经验，公安部都表彰过他。他那门犯罪逻辑学讲得特别好，绝对实用，不像那些什么犯罪心理学，纯属忽悠瞎猜马后炮，后来不知怎么，他突然辞职不干，去浙大教书了。"

"除了带队的是严良外，省厅配了超过百人的专案组团队，人员经验丰富，各方面专家都有，这才把案子破了的。"

叶军抽了口烟，道："那案子是怎么回事？"

陈法医回忆道："当时是两个家庭的女童先后失踪，后来两人尸体在一处停工的工地临时棚里被人发现，两人均被强奸、虐打，再杀害，凶手用了避孕套，没留下体液，同时，凶手还放火把现场证据烧得一干二净。第二天新闻登上全国报纸，省厅为之震惊，即刻成立专案组破案。专案组前后圈出三十多名可疑的嫌疑人，结果被严老师一一推翻，他最后把目标指向了一个和那两家人表面上并无多大仇怨的人。可是那人被抓后，口风严密，坚称自己无辜，案发当晚独自在

家，从未去过案发现场。审讯的警察也倾向于他和案件无关，唯独严老师对他穷追不舍，后来，也是在一干物证专家的共同努力下，通过最先进的微物证技术才驳倒嫌疑人口供，最后给他定罪的。"

叶军寻思着说："那案子比我们这次的似乎更棘手。"

"当然，那次案子凶手的反侦查手段很强，专案组起初人证物证一样都没有。这回好歹有凶手的 DNA 样本，窗户上的指纹也极可能有凶手的。不过那次专案组规格高得多，不是我们这地方上的派出所能比的。"

叶军也认同地点点头，这次案发地人流量太大，要侦查的工作太多，除非运气特别好，否则这案子没有几个月，根本办不下来。

这案子虽是他们镇上的大案，可放到更大范围里，也算不上什么了，不可能配上超额警力去破这一个命案，就算市局和分局会派技术员协助，主要工作还是要靠派出所刑警队。四天的走访调查下来，基本可以肯定一点，当时没有目击者，没人注意到可疑人员。

现在全部工作重心都放在一楼监控里出现过的人，寻出可疑的目标，逐个进行调查。他们相信，凶手应该是成年男性，当然，也有可能是岁数较大的男孩子，毕竟现在未成年男学生犯下强奸案也时有发生。

此外，凶手应该是独自出入的，因为按常理推断，带小孩来少年官玩的家长，不会这么卑鄙变态，背着自己小孩，独自跑到六楼奸杀一名女童。所以，凡是独自出现在监控里的成年男性，包括发育成熟的男学生，都是重点调查目标，要想办法一一找到，比对 DNA 和指纹进行核实。

但这显然不是一朝一夕能做完的工作，监控里出现的人脑袋上又没写着姓名住址，这给侦查工作带来很大的困难。首先要查出每个可疑人员是谁，住在哪里，才好去核查情况，采集DNA和进行指纹比对。这部分工作就算再顺利，也要花上几个月时间，以及出动大量的警力。派出所刑侦中队就那么二三十号人，不可能所有人为了这案子，日常工作都不做。再加上监控画面本来就不太清晰，看不清人的面部特征，如果没人认识里面的人是谁，那又该怎么查？

如果凶手是外来务工人员，已经逃走了，那要从何查起？这是摆在叶军面前的现实问题。

这时，一名刑警敲开门，道："叶哥，朱晶晶她爸朱永平找你，想了解下办案进度。"

叶军打发道："这案子哪儿有这么快，你去安慰他一阵，跟他说我们正在查，有情况会立刻通知家属。"

他刚说完，马上皱了下眉，叫住那刑警。"喂，等一下。"

他转向陈法医。"老陈，我听你前面说，十年前的那个案子，最后抓到的凶手和被害人家有仇？"

"对，表面上看没多大仇怨，实际上是宿仇。说是凶手老婆早年背着他，跟两家男人都上了床，凶手性格老实，知道这事后，也一直没声张。他有个儿子，儿子渐渐长大后，他越看越不像自己的孩子，后来偷偷带儿子做了亲子鉴定，果然不是他的，这下他多年积怨爆发，铁了心报复，所以精心设局，绑架了两家人的女儿，将她们强奸虐杀。"

叶军想了想，道："朱晶晶家里比较有钱，对吧？"

"对，朱永平开冷冻厂的，规模还算可以。"

"生意做大了，容易跟人结仇。你看有没有这样一种可能，凶手未必只是个心理变态，他奸杀朱晶晶，会不会是跟朱晶晶父母有仇？"

陈法医寻思着点点头，道："有这个可能。"

叶军连忙对门口的刑警道："我去跟朱永平聊一下，顺便把咱们手里的这部分监控给他，让他和他老婆在家抽空看看，是否能从里面找出他们认识的人。如果是因为有报仇的成分，而奸杀朱晶晶，那么他们夫妻肯定能认出凶手。"

34

"你觉得刚才那个男人真的要杀我们吗？"公交车上，普普和朱朝阳并排坐着，压低声音悄悄问。

"对，"朱朝阳点点头，用只有他们俩才听得到的声音说，"如果我们三个是一起去的，还带上了相机，他一定会杀了我们，拿走相机。"

"他抢走相机就行了，为什么一定要杀我们？"

"有些秘密是永远不能让别人知道的，否则永远睡不上一个安稳觉。毕竟我们亲眼见到了他杀人。"

"可是他只有一个人，未必杀得了我们三个人吧？"

"他有刀。"朱朝阳不由自主地摸了摸放书包里的那把匕首，道，"他故意把刀放在桌子下面，刀把就在他手旁，还用报纸遮住，真阴险。"

他想了想，又说："不过也有可能他没打算直接用刀杀我们，刀是他的防备选择。"

普普不解地问："什么意思？"

"我想他一开始可能是想下毒。你瞧，我们刚进去，看到桌子上放着一瓶开过的果汁，你想喝，他却把果汁拿走了，说果汁开过几天，坏了，给你换可乐。可是他说他昨天才住进这房子的，房子是新房，一看就是之前没住过的，怎么会冒出来一瓶开了好几天的果汁？如果是昨天开的，饮料又不会坏，当然可以接着喝。我猜是因为我们刚进去的时候，他看到我们只有两个人，你又直截了当告诉他，如果我们没回去，耗子会报警，而且相机也没带，所以他放弃了杀我们的打算。刚刚他带我们看房子时，不是问了好几次，我们看房子拖了时间，耗子会不会担心之类的话，他其实是担心，我们有没有跟耗子约定回去的时间，如果超过时间不回去，耗子会不会直接报警。"

普普思索道："你的意思是，如果我们三个人带着相机一起来，他就会给我们喝饮料，毒死我们，如果没毒死，再用刀杀了我们？"

"毒药喝下去不会三个人同一时间一起死，如果一个人开始肚子痛了，还没中毒的想逃跑，他就会用刀杀人了。"

普普脸上微微变色，看着前方，慢吞吞地说："刚刚好危险。"

朱朝阳点点头。"他一开始在电话里说钱准备好了，叫我们过去交易，实际上呢，他压根没把钱准备好。他就是想把我们三个都骗过去，拿相机跟他交易。我们到了他家，发现这房子根本没人住过，他也承认是新房，昨天刚搬进来的。哪儿有这么巧合，他偏偏昨天刚刚搬进新房？他就是想在这儿杀了人，然后神不知鬼不觉地收拾干净。他住的这个小区很新，似乎没几户人家住进来，他真在里面杀人，外面的人也听不到动静。还有一点，前几天他第一次见到我们，知道我们手里有录像，他很生气，还好几次目露凶光，吓唬我们。今天呢，你几次顶撞他，他也嘻嘻哈哈，什么生气的样子都没有。这大概就是笑里藏刀，大反派都是这样的，明明心里恨你，表面上却装出对你很好的样子。"

普普听完他的分析，由衷佩服地看着他。"朝阳哥哥，你真聪明，他这些阴谋都被你发现了。"

朱朝阳不好意思地挠挠头。"也没有啦，就是他小看了我们嘛，我们比他想象得聪明一点。"

"那还要再跟他交易吗？"

"要的，只要我们还是和今天一样，人、相机都分开，他就不会对我们下手，到时拿了钱，再也不和他私下见面，他也没办法对我们怎么样了。"

普普点点头，随后又皱眉道："可是我和耗子住进他提供的房子里，会不会有危险？"

朱朝阳很肯定地说："不会，只要不让他知道我家在哪里就没事。他不知道我在哪儿，又不知道相机在哪儿，自然不敢对你们使坏。所以最重要的一点，如果他来找你们，千万不能让他套出话，关于我们三个人的情况，半点都不能让他知道。"

普普微笑着点头。"放心吧，我肯定不会说，回去叮嘱好耗子，只要他不被套出话就行，我就怕他太笨了。"

朱朝阳哈哈一笑，又道："不过今天那个男人本来想杀我们的事，不能让耗子知道，否则他不敢住到那个房子里去了，而且说不定他被那人一吓唬，就说漏嘴了。"

"嗯，我明白，我们就跟耗子说那男人还没准备好钱，暂时先给了一些生活费。"

朱朝阳点头。"他给你们生活费，你们可以先买几件衣服，然后买点好吃的，你们也该好好犒劳一下自己了。"

普普感激地看着他。"不如给你也买件衣服吧，我和耗子都在你家住了好几天了。"

朱朝阳摇摇头。"不用，我妈看到我买了新衣服，会问我钱从哪里来的，说不清楚。"

"嗯，这倒也是。"

"还有，我刚刚在你们要住的房子里找到一根线，我把线夹在了衣柜的门上。你们以后开过衣柜，记得把线重新夹上，如果发现线掉了，那么说明男人偷偷进来了，翻过东西，我们也好多个心眼。"

"就像在你妈妈房间门上夹根毛线吗？"

朱朝阳一个激灵，看向普普，她眼里倒没有责怪的眼神。

他低下头，吞吐道："对不起……我一开始——"

普普打断他："我知道的，两个陌生人来你家，换谁都会防备的。耗子这个笨蛋不知道，我是不会告诉他的。"

"嗯……"朱朝阳含混地说，"谢谢你。"

两个人照旧提前一站下了车，往小路上绕了好多弯路才跑回家。朱朝阳故意没用钥匙开门，而是敲门，丁浩果然严格遵守两人的嘱咐，很警惕地在门里问了句"谁"，听到他们的声音，这才欢快地开了门，急匆匆把两个人迎进来。

两个人按照商量好的跟他说了今天的事，丁浩对没拿到钱有些失望，后来知道有了房子住，还拿了男人一千元生活费，顿时心花怒放，跟普普一起收拾了原本就不多的行李，与朱朝阳道别，去往新家。唯一遗憾的是电脑不能搬走，丁浩颇为苦恼。

35

晚上，周春红回到家，烧了几个小菜，和朱朝阳两个人围着小餐桌吃饭，头顶的铁制吊扇呼啦地转动着。朱朝阳从头到尾很少说话，吃完饭就说："妈，我去房间看书了。"

"等下，"周春红叫住他，"你今天怎么不高兴，都没说几句话？"

"嗯……没有呀，好好的啊。"

周春红不解地看了儿子一眼，问道："你的两个小朋友回去了吗？"

"今天刚走。"

"你们这几天玩得好吗？"

"挺好的，我们逛了好多地方。"

"哦，那……你爸这几天有打电话给你吗？"

朱朝阳低下头。"没打过。"

周春红低声叹口气，道："你有时间的话，去看下你爷爷奶奶，听说你爷爷中风更厉害了，估计今年就要去了，他们对你还是好的。省得朱永平说你不看你爷爷奶奶，更有借口不给你钱了。"

"哦，那我明天去一趟吧。我就怕……就怕去的时候又遇到婊子，上次去时，奶奶说婊子等下要过去，让我先回来了。"

周春红气恼地哼一声："你怎么说都是朱家的孙子，朱家就你这一个孙子，一个男丁，你爷爷要是走了，还得要你拍棺材板的。你去朱家是天经地义。婊子生的是女的，怎么也轮不到她说东说西，再说了，她女儿现在都死了，真是老天开眼！"

朱朝阳悄悄把头侧过去。"爸这几天都在弄小婊子的事吧？"

"肯定的！"周春红越想越气，"别人说你爸这几天，每天在厂里陪着婊子哭他们的死小孩，朱永平法宝可真够足的，我认识他这么多年，从来没见他掉一滴眼泪，现在小婊子死了，居然哭得跟天塌了一样，活该！他对你要有对小婊子十分之一好，你日子就好多了。"

朱朝阳低声道："那……那爸爸以后总该多给我们一些钱吧？"

"看他良心了！他就你这么一个儿子，换成别人，疼都来不及，哪儿会像他那样不闻不问。婊子就是他的克星，看见婊子什么魂都丢了，以后会不会多给你钱，估计他还是要看婊子脸色！"

朱朝阳抿抿嘴，试探道："妈，你知道小婊子是怎么死的吗？"

"不是从少年宫楼上掉下来的吗，那天你不也在少年宫吗？"

"嗯……是，我那时不知道是她，听你说才知道的。她是怎么掉下来的？"

"说是被人强——"周春红刚想说"强奸"两个字，想到儿子还小，这话不好听，就改口道，"好像说成年男人弄了她，然后把她推下楼，摔死了，派出所在调查，我今天回来看到楼下小区门口还贴着悬赏通告。"

"成年男人？"朱朝阳一愣，他最担心警察查出他把朱晶晶推下去的线索，怎么莫名其妙变成了成年男人？他急忙问："有人看到那个成年男人吗？"

周春红摇摇头。"没人看到，所以才抓不到。"

"那怎么知道是成年男人？"

周春红犹豫一下，含糊其词道："我听别人在传的说法——小婊子嘴巴里有几根毛，警察分析出来是成年男人的。"

朱朝阳稍稍一想，马上明白过来了，朱晶晶嘴里有几根耗子的阴毛，难怪警察会这么想。他松了一口气，这样的话，毛是耗子的，那么朱晶晶的死就不会怀疑到他头上了。不过他转念一想，心下又一阵不安，绝对不能让警察知道耗子，否则一旦查出朱晶晶嘴里的毛是耗子的，把耗子抓了，马上所有人都会知道他是凶手。无论如何，必须让耗子和普普有个长期稳定的生活环境。

周春红又道："朝阳，以后你不要去少年宫了。"

"为什么？"

"现在好多家长都不敢让孩子去少年宫，那边有变态。"

"我不怕。"

周春红想了想，道："那你也不要一个人跑到冷僻角落，现在社会这么复杂，各种人都有，知道吗？"

"知道了，我都这么大了，不会有事的。"朱朝阳冲着周春红笑了笑，让她放心。

36

第二天一早，叶军刚到派出所没多久，手下一名刑警就告诉他："叶哥，朱晶晶她妈王瑶过来说她知道谁是凶手了，她一定要亲口跟你说。"

叶军眼睛一眯，立即道："快带她进来！"

没一会儿，两眼布满血丝的王瑶走进办公室，直直地盯着叶军，沉声严肃道："叶警官，请你们一定要抓住凶手，绝对不能让他逍遥法外！"

叶军当即正色回应："你放心，这个凶手我们必抓不怠！你知道谁是凶手了？是谁？"

王瑶冷声道："我丈夫跟前妻生的儿子，朱朝阳！"

"朱朝阳？"叶军听到这个名字，第一反应是很熟悉，想了一下，他女儿的一个同班同学也叫这个名字，那个学生一直都是年级第一，也不知道是不是同一个人。他们大致了解过朱永平的家庭情况，他离过婚，不过已经是十多年前的事了，前一段婚姻情况和案子无关，所以他们并不太清楚。

王瑶借他的电脑，重新打开监控视频，拉到了她记下的时间点。

画面中正是少年官的一楼大厅入口处，有不少小孩跑来跑去，从中穿插经过。

一开始，走进来一个小女孩，正是朱晶晶，后面又走过了几拨小学生模样的孩子，过了一分多钟，出现了一男一女两个中学生模样的孩子，男的个子相对高些，女的挺小个的，这两人走出画面后不久，一个穿着普通土黄色短袖 T 恤的小孩，独自走进了画面，他个子不高，站在画面中停顿了一两秒，探头探脑看了一下，随后又往前走，消失在画面外。

王瑶指着这个瘦小的男孩子，道："他就是朱朝阳，我丈夫跟前妻生的小孩，他就是杀害我女儿的凶手！"

叶军和手下警员有些茫然地互相看了一眼，随后抬起头问："他几岁了？"

"十四岁。"

"嗯……你为什么说他是杀你女儿的凶手？"

王瑶严肃地说："所有人看下来，我只认识他。"

叶军抬起身，干咳一声，道："这个……除了这点呢？"

"他心里一定很恨我和晶晶，为了报复，他杀了晶晶。"

对王瑶说的这种情况，不用说透也能想个大概。男人二婚，前妻的孩子和现任妻子之间有矛盾，憎恨现任妻子及小孩，这是太普遍的情况了，哪个小孩不恨其他女人抢了他爸爸？

叶军原本因王瑶说她知道谁是凶手了，对她抱了极大期望，现在听她这么说，似乎纯属主观臆断，因为画面中的朱朝阳明显是个小孩子，跟他们定位的凶手特质天差地别，他的失望之色难免溢于言表。他皱了皱眉，道："除了你说他恨你们这点外，还有其他的吗？"

"难道这还不够吗？"王瑶吃惊地瞪大了眼睛，似乎是质疑警察在徇私枉法，包庇坏人。

叶军坐进了椅子里，略显无奈道："当然不够，办案是要讲证据的，你说的只是你的想象。"

"证据是吧？晶晶刚进少年宫，才过一分多钟他就跟进来了。"王瑶拖动视频往后拉，继续说，"你看，晶晶出事后，才过不到五分钟，他又跑出了少年宫。"

叶军解释道："你女儿出事后，整个少年宫的人很快都知道了，有很多人跑出去看。如果一个人听到外面发生这么大动静，他还无动于衷，继续待在少年宫里，才会可疑，相反，我认为，你女儿出事后，你说的这个朱朝阳很快跑出少年宫，这很正常。"

王瑶反问道："那么前面呢？为什么晶晶刚进少年宫，才过一分多钟，朱朝阳就跟在后面进来了？你们刚才看到了，他进少年宫时，站在大厅停留了一下，贼头贼脑东张西望，肯定是在找晶晶！晶晶刚进少年宫，他就跟进去，难道这也是巧合吗？"

叶军稍稍一顿，觉得她说得也有几分道理，可是监控里看着朱朝阳个头很小，还是个小孩，而他们调查的凶手有强迫朱晶晶口交的行为，这似乎不是一个十四岁小孩会做的事吧？

正在这时，朱永平闯进了办公室，拉住王瑶就说："你怎么还是一个人跑过来了？快回家去。"

王瑶一把甩开他，大声叫嚷道："你就是不想承认你儿子是杀我们女儿的凶手，是不是，是不是?!"

"你在说什么，朝阳怎么可能会是凶手?! 跟我回家去。"他一面劝慰着她，一面连声向警察道歉，"警察同志，对不起对不起，我老婆心情不太好，抱歉抱歉。"

叶军办案多了，完全能理解被害人家属的心情，和派出所里的其他警察跟着一阵安慰。但王瑶显然认准了朱朝阳就是杀她女儿的凶手，坚持叫着："你们一定要抓朱朝阳，他就是凶手！不可能这么巧合，偏偏是他，晶晶进少年宫才一分多钟，他就跟进来了。晶晶刚出事，他就跑出去了。一定是他，一定是他！"

她丝毫不肯放弃，派出所警察只能让她和朱永平先介绍了朱朝阳的大致情况，包括姓名住址，朱永平前一段婚姻情况以及现在和朱朝阳一家的关系。记录好后，说他们会对朱朝阳进行相关调查，安慰了一阵，好不容易才送走王瑶。

办公室总算安静下来，民警们吁了一口气，一人摇头道："这女人，自己女儿死了，怀疑丈夫和前妻生的小孩，可对方明明只是个小孩。"

叶军微微皱眉。"我觉得王瑶的怀疑也有几分道理，你们看，朱晶晶走进少年宫才过一分多钟，朱朝阳就进了，还站在原地张望，似乎是在找什么。"

"可是他还是个小孩，你瞧他的个子，看着大概才一米五，应该还没来得及发育吧。"

叶军道："十三四岁的男孩子，大都已经发育了，性能力是有的。"

"可看他的样子还没发育完全，朱晶晶嘴里的阴毛是发育很完全的阴毛了。"民警拿起登记的信息本，"才十三岁半，现在是求是初中的初二学生，怎么都跟口交这种事联系不起来吧？"

"求是初中……"叶军从他手里接过登记信息本，又看了一遍。

"叶哥，你家叶驰敏不也在求是初中念初二？"

"是。"叶军点点头，道，"这个朱朝阳应该就是我女儿同班的同学，每次年级统考，这朱朝阳一直是第一，我让小叶多向人家学习，她总是很不服气，这死丫头就是没出息。"

"一直考年级第一？成绩这么好，更不可能跟杀人有关联了。早上王瑶说她知道谁是凶手了，我还以为马上能破案了，谁知道就是这么回事。"那人不满地吐口气。

叶军思索片刻，道："不过话说回来，朱朝阳和朱晶晶进少年宫的时间只差了一分多钟，不知道他是不是真的去找朱晶晶，这事还是要调查一下。就算他不是凶手，也要问清楚他去干吗，说不定他那头会有新线索。"

几名刑警想了想，也认同地点点头。

37

自从昨天普普和耗子搬去杀人犯家后，朱朝阳忐忑了一夜。

杀人犯主动提出借房子给他们住，未必是出于好心。可是昨天这个选择也是出于无奈。

普普和耗子两个小孩出去租房子不切合实际，没人会把房子租给小孩的，说不定别人会怀疑他们俩是离家出走的小孩而报警，一旦普普和耗子被警察带走，他们肯定会被送回孤儿院，说不定他杀朱晶晶的真相也会被抖搂出来，那样就天塌了。而他们一直住自己家自然也不可能，妈妈一定会觉得奇怪的。

一夜过去，他们三个没有手机，无法联络，普普和耗子现在怎么样了他也一无所知。

此刻，周春红出去买菜了，朱朝阳正打算出门去找普普和耗子了解情况，没等他动身，门外却传来了敲门声。

朱朝阳小心地趴在门后通过猫眼朝外看了一眼，瞬时吓得缩回头来，外面站了两名穿着短袖制服的警察！

警察！难道是朱晶晶的事？

朱朝阳惊惧不安，几天过去了，他以为朱晶晶的事已经风平浪静，警察却突然来了，是不是查到他了？

他不敢开门，躲在门后，心跳很快。

如果他们问起，他该怎么说？

无论怎么样，必须咬定一句"不知道"。

"怎么没人在？地址是这儿没错啊。"

另一人接口道："大概出去了吧，要不我们下午再来？"

"大热天的空跑一趟，真麻烦。也只能这样了。"

两人转身正要走，背后门却开了。

朱朝阳强行平复心绪，隔着铁栅栏的防盗门，抬头望着他俩。"你们……你们找谁？"

"你是朱朝阳？"其中一名三十多岁、体形壮硕、一脸严肃的警察朝他看去，顺便拿出证件，晃了晃，"我们是派出所的。"

他连忙避开对视，道："警察叔叔，你们……有什么事吗？"

"把门打开，我们有话问你。"

朱朝阳把手放在门锁上，没有直接打开，又谨慎地问了句："你们有什么事吗？"

"调查一些情况。"警察似乎并不打算直接把"命案"两个字说出口，怕吓到小孩。

朱朝阳迟疑着又看了看两人，最后只好打开了门，让他们俩进来。

"你们要喝点水吗？我给你们倒水。"朱朝阳躲避着两人的目光，背过身去倒水。

"不用了，谢谢你。"胖警察的目光始终停留在他身上，依旧用习惯性的严肃语气说，"你妈妈不在家吗？"

"我妈妈出去买菜了，你们找她有什么事吗？"

"哦，那也没关系，我们有些情况要跟你核实一下。"如果审问未成年人，需要监护人在场，不过他们本意只是来了解情况，并没真的怀疑是朱朝阳干的，便接着道，"7月4号，也就是上个星期四早上，你去过少年宫，还记得吗？"

"少年宫……"朱朝阳瞬间愣在原地，倒水的手停在半空，他背对着他们，警察看不到他的表情。

"还记得吧？"

朱朝阳偷偷深吸一口气，果然，警察果然是来调查少年宫的事的，对此他多少有些准备。

当天事情发生后，他考虑了很多。

最好的情况当然是警察永远不会来找他。退一步讲，警察如果来找他，无论如何，他也一定要否认到底，决不能承认是他杀了朱晶晶。因为他一旦承认，他爸就会知道这一切，那简直和死没什么两样。再退一步，即便他矢口否认，最后警察还是查出是他杀害了朱晶晶，到时还有个未成年人保护法在，他不用承担刑事责任。

所以，就算他当着警察的面撒谎失败了，情况也不会更糟糕。

他并不怕警察，因为他未满十四周岁。他只怕别人知道真相，更怕他爸知道真相。

朱朝阳抿抿嘴，回应道："我记起来了，那天我是去了少年宫。"

"你是一个人去的吗？"

"我……是一个人。"朱朝阳回过身，捧着两杯水，小心地把水递给警察。

"谢谢，"警察接过水杯，没有喝，放到一旁桌上，"那么，你一个人去少年宫做什么？"

"我是去看书。"

"哦，一直在看书吗？"

"是的。"朱朝阳回望着他们，表情从一开始的紧张，渐渐变得镇定。

胖警察继续问他："你经常去少年宫吗？"

"一般暑假我要么去新华书店，要么去少年宫看书。"

胖警察眼睛瞥到小房间的墙上贴了很多奖状，此前他们也知道，朱朝阳学习很用功，成绩很好。他点点头，又问："那天你什么时候离开少年宫的？"

"大概吃中饭以前。"

"你离开前，有没有遇到什么事？"

"什么事……"他微微停顿了一下，道，"你们说的是朱晶晶摔死的事？"

"你知道摔死的是朱晶晶？你见到她摔死了？"

朱朝阳摇摇头。"没有，我后来回家听我妈在电话里说的，才知道早上摔死的是朱晶晶。"

"那天你进少年宫时，是不是遇到朱晶晶了？"

朱朝阳摇摇头。"没有啊，我不认识她。"

胖警察眉头微微一皱。"你不认识朱晶晶？"

"我只见过她一两次。"

"这么多年你只见过她一两次？"

朱朝阳眼睑低垂，轻声道："我爸没让我和她见面，她不知道我爸离过婚，也不知道我爸还有我这个小孩。"

"是吗？"胖警察眼神复杂地望着他，心也不由得随着他的语调收缩，不过脸上依旧保持着职业性的严肃，"我们在少年宫的监控里

看到，那天你进去时，就跟在朱晶晶后面，还东张西望着，你那时在干吗？"

朱朝阳心中一惊，以他这个年纪的认知，压根没去想监控这些侦查手段，此刻面对胖警察似乎咄咄逼人的问话，他也只能铁了心否认到底，露出一脸无辜状。"我都不认识她，没有跟着她啊，我就是进去看书，后来听别人说外面摔死人了，我就跑出去看了，那里围了好多人，我也没看到，就回家了，晚上我妈打电话回来，说朱晶晶摔死了，我才知道早上摔死的是她。"

两名警察相互对视一眼，找不出什么漏洞。

胖警察又打量着朱朝阳的两条手臂，因为据陈法医的说法，朱晶晶嘴巴里留下的一片皮肤组织不是生殖器的，化学成分上更接近手上的皮肤，而现在朱朝阳双手完好，没有任何伤口，胖警察对他的怀疑更淡了，便继续问了一些有关当天的情况，朱朝阳从头到尾只说自己就在少年宫里看书，并不清楚外面的情况。

末了，警察要求采集他的指纹和血液。

朱朝阳不解地问："这是做什么？"

警察没有告诉他，只说这是调查步骤需要，朱朝阳只能配合。

调查结束，警察刚准备离开他家，周春红买菜归来，见到警察，问了一番情况，得知警察是来调查朱朝阳的，顿时大叫起来："你们怀疑朱晶晶的死跟我们朝阳有关系？"

胖警察平静地摇摇头。"没有，我们只是例行公事，调查需要。"

周春红琢磨了一下。"调查怎么会调查到我儿子头上？"随即她大叫起来，"是不是朱永平叫你们来调查朝阳的？朱永平这个畜生啊！自己女儿摔死了，还要怀疑到亲生儿子头上，你们说啊，有这样的爹吗！有这么做爹的吗?！"她不禁哭喊出来。

两名警察不好承认，承认了那是透露案情，也不好否认，因为确实是因为王瑶说了疑点，他们才来做例行调查的。只好随口安慰几句，说是他们的工作需要，敷衍了一阵后快速离去。

朱朝阳默默看了一阵子，随后步入自己的小房间，关上了门。警察离去后，周春红望着儿子关上的房门，心想大概是自己刚刚骂朱永平是畜生，无论怎么样，朱永平都是儿子的亲爸，不知儿子此刻心中是怎么想的，她心下又是一阵懊悔，拭了拭眼泪，走进厨房烧菜。

而朱朝阳此刻待在房间里，并不是因为妈妈刚才的一番话而难受，他脑海里思考着一个问题。刚刚警察问他那天是不是一个人去少年宫的，他说是，警察并没有表现出怀疑。后来警察提到了少年宫的监控，既然警察看过监控，难道监控里没有看到普普和耗子？否则警察应该知道他们三个人是一起去的啊。

他努力将上星期四的一切从头到尾回忆出来，想了好久，他才明白过来。那天他们在外面看到朱晶晶后，准备进去揍她。朱朝阳怕被朱晶晶认出来，便让普普和耗子先进去，自己在后面跟着。所以警察看到监控里他是一个人去的。而警察说他在东张西望，那是他跟在后面找人群里的普普和耗子。

所以，现在最重要的是绝对不能让警察知道他还有普普和耗子这两个朋友。原本他打算今天去找普普和耗子，看样子也不能去了，他们俩可千万别主动来找自己，一旦被警察盯上，就穿帮了。

38

下午，朱朝阳去楼下买料酒，刚下楼，就瞧见普普正在旁边一栋单元楼下的石凳子上独自坐着。普普见到他，刚准备跑上来，朱朝阳

连忙将手指放在嘴前，做了个"嘘"的动作，然后偷偷招了下手，独自快步朝弄堂方向走去，普普随后跟上。

进入弄堂后，朱朝阳带着普普一路小跑起来，一连穿过几条小路和弄堂，最后来到一条热闹的大街上，这才扶住一棵绿化树喘气。

"发生什么事了？为什么跑这么快？"普普胸口起伏着，脸微微涨红。

朱朝阳平复了一下心跳，抿抿嘴道："早上警察来找我了。"

"警察来找你？"普普这句声音有点大。

朱朝阳连忙大声咳嗽一下制止她，领着她往前走，低声道："对，小娅子的事。"

普普跟在一旁，同样压低声音："警察知道是你把她推下去的了？"

朱朝阳茫然地摇摇头。"我不知道，我想，他们应该还不知道，要不然一定直接把我抓走了。"

"哦，也就是说，他们现在只是怀疑你？"

"可以这么说。"

普普思索了一下，停下脚步，正色道："朝阳哥哥，我和耗子绝对绝对没和第三个人说过这件事，那个男人也绝对不知道的。"

朱朝阳抿嘴干笑一下。"我知道不是你们说的。"

普普皱眉问："可是除了我们俩外，没人看到那一幕，警察是怎么怀疑到你的？"

"警察说少年宫一楼有个监控摄像头，拍到了小娅子进少年宫后，没多久我就进去了。也许是大娅子看过了监控，她怀疑是我害死了小娅子。"他撇撇嘴，把早上的事简明扼要地说了一遍。

普普吁了口气。"真危险，现在你是不是很害怕？"

朱朝阳苦笑一下，摇摇头，又点点头。"我不怕警察，反正我受

《未成年人保护法》保护。我怕我爸万一知道了这件事，不知道会怎么样。"

"你爸知道了会怎么样？"

"我也不知道，反正，一定没有比那更糟糕的吧。"

普普默默点了点头，叹息着："是啊，如果你爸爸知道你害死了他女儿，那他以后一定更不疼你了。"

朱朝阳鼻子哼了下，吸口气，重新抬起头。"对了，你在楼下——"

没等他说完，普普就打断了他："你听。"

朱朝阳停下脚步，不解地问："听什么？"

"听这首歌。"她指着街对面。

朱朝阳抬眼望去，对面的人行道上坐着一个乞丐，身旁的大音响里正大声播放着筷子兄弟的那首《父亲》。

普普道："知道这首歌吗？"

朱朝阳点点头。"知道啊，音乐课我们老师教过这首歌。"

"是吗？"普普欣喜，仿佛遇到了知音，"我们老师也教过这首歌，我最喜欢这首歌了。"她不禁跟着慢慢哼唱起来。"多想和从前一样，牵你温暖手掌，可是你不在我身旁，托清风捎去安康。"

就哼了这几句，一向冷若冰霜的普普，眼中已然湿红起来，声音也开始哽咽。

她转头瞧了他一眼，使劲吸了下鼻子，努力不让眼泪流出来，用力地笑了笑。"每次听到这首歌，我都……我都有点……那个。"

朱朝阳温和地朝她笑了一下，也轻轻跟着哼唱："我是你的骄傲吗？还在为我而担心吗？你牵挂的孩子啊长大了……"

普普眼睛明亮地看着他。"那么……你是你爸爸的骄傲吗？"

朱朝阳愣了一下，脸上多了一层黯淡，但随即又笑出声。"我肯定不是，不过他的骄傲已经没了，也许以后就是我了。"

普普望着他，诚挚地点点头。"对，以后你一定是他的骄傲。"

"谢谢你。"朱朝阳笑了笑，又道，"就看这次警察会不会抓到我了。"

"你自己觉得呢？"

朱朝阳苦恼地摇头。"说不好，这件事虽然没有其他人看见，可是我对警察撒了个谎，我说那天我是一个人去少年宫的，幸亏那天进大厅时，我让你们俩先进去，我一个人跟在后面，所以监控里我也是一个人进去的，警察不知道还有你们两个。可是如果某一天让警察知道了你们俩是和我一起进去的，就会全曝光了。"

普普很肯定地回答："朝阳哥哥，你放心，我和耗子就算被送回北京，也不会出卖你的。"

朱朝阳摇摇头。"没用的，我们小孩是骗不了他们警察的，如果他们知道你们俩是跟我一块去的，迟早会查清楚。现在最重要的是不能让警察知道我有你们这两个朋友，所以你和耗子一定要想个法子，好好妥当地安顿下来，这就要看能不能敲诈到那个男人的钱了。此外，最近你们不要来找我，我们得想个更安全的见面方式，不要被其他人发现。"

"嗯……什么办法呢？"

朱朝阳想了想，道："这样吧，我每天下午一两点钟，去一趟新华书店，一直待到五点，如果你们有事，就来书店里找我。"

普普点点头。"这个办法好。"

朱朝阳道："此外，我最担心的是今天警察采集了我的指纹和血液。"

普普不解地问："这个是干什么的？"

"电视里犯罪了，警察都是要查指纹的，我也不知道当时有没有留下我的指纹。"

普普思索片刻，摇头道："没有，你当时只是把小婊子推下去了，最多只碰到她衣服，怎么会留下指纹呢？"

朱朝阳低头道："我也不知道衣服上会不会留下指纹。"

"那血液是做什么的？"

"我想大概是检测血液里的脱氧核糖核酸。"

"什么是脱氧核糖核酸？"

"就是DNA，我们生物课上教过的，人的各种身体组织里，包括皮肤，都带有人的遗传信息。可是，我想了好多遍，我没有被小婊子抓伤啊，警察为什么要采集我的DNA？"

普普眯着眼，想了一阵子，突然瞪大了眼睛。

朱朝阳奇怪地问："你怎么了？"

普普缓缓道："你是没有留下，可是……可是耗子留下了。耗子的手被小婊子咬伤了，还咬出血了。"

朱朝阳也瞬时睁大了眼睛，深吸一口气。"那更不能让耗子被人发现了。嗯，无论如何，一定要给你们找个稳妥的地方长期安顿下来，一直到十八周岁能够独立在社会上活动，决不能落到警察手里。希望就全寄托在那个男人的身上了，我们一定要敲诈成功，而且我们一定要装得有底气，绝对不能让他知道我们也有把柄在警察手里，不敢真的告发他。"

"对，我和耗子说过的，我们不能表现出半点心虚，被他看穿。"

朱朝阳点点头，回到最初的话题："对了，你今天怎么会在我家楼下？"

普普瞬间眉头一皱，低声道："我怀疑那男人今天趁我和耗子不在时，把家里翻过了。"

朱朝阳眼角微微一缩。"你怎么知道的？"

"柜门上的那根毛线。"

"毛线掉了？"

"不，毛线没掉，但位置不一样。我明明记得毛线被夹住的地方，有个油漆点，但后来我发现毛线在油漆点上面一厘米的地方了。"

"你们出去过？"

"是的。早上那男人过来，给了我们几百元零花钱，又给了几张肯德基的优惠券，说街斜对面有个肯德基，让我们中午去吃，他还有事，明天再来看我们，又用各种诡计问我们家里的情况，想试探我们，但都被我们挡住了。最后他只能说，有什么需要跟他提就行了，然后就走了。中午我和耗子一起出去吃了肯德基，回来后，我发现毛线的位置移了一厘米，里面的东西我倒看不出是不是被翻过，我问了耗子，他说他从没动过衣柜。我觉得这件事可疑，就过来找你商量。我知道阿姨今天在家，我不好上楼，所以就在楼下等着，看你是不是会出来，等了两小时。"

朱朝阳面有愧色。"害你等这么久，真对不起。"

"不怪你，你也不知道我在楼下嘛。我就在想，那个男人一定是来找相机的，不知道他最后是不是真的会愿意掏钱买回去，还是会继续用其他的阴谋诡计。"

朱朝阳紧紧皱着眉，思索了一阵，道："看起来那男人特别特别细心。你瞧，他明明翻过东西，可是东西都完好无损，看不出翻动的迹象，甚至你塞的毛线也被他发现了，他还把毛线原样塞回去，只不过移了一点点位置，这才被你看出来。"

"嗯……你说接下来该怎么办？"

"我想你们还是不动声色为好，就当什么事都没发生，静观其变。相机不在你们手上，而且你们和我分开住，他百分百不敢对你们怎么样。最后他没办法，只能掏钱买他的平安。"

"嗯，你真厉害，我就照你说的做。"

"嗯，一言为定。我得赶紧回家了，我妈叫我下来买料酒，你也赶紧回去吧。"

39

"老叶，朱朝阳指纹和血液 DNA 我们都采集了，刚从法医那儿拿到结果，DNA 不对，窗玻璃上的指纹也没找到朱朝阳的。本来就不可能嘛。"胖警察把法医开具的两份证明扔到桌子上，撇撇嘴道，"这小孩个子很矮，你家小叶都比他高，我瞧着他嘴上毛都没长出，顶多刚开始发育，完全不可能是凶手。"

叶军瞥了眼证明，弹了弹烟灰。"你们问他话时，他表现怎么样？"

"有点紧张，小孩嘛，见我们两个警察去调查命案，当然是这样的。不过这孩子挺懂礼貌的，我们去时，还主动给我们倒水。家里墙上到处都贴了奖状，不愧是学校里考第一的。"

"是吗？"叶军低头思索，"那么他跑进少年宫时，刚好跟在朱晶晶身后，纯属巧合了？"

胖警察确信道："我瞧着完全是王瑶这女人疑心病太重。说来你肯定不信，朱朝阳家很小，我打量了下顶多六十平米，很老的房子，里面也脏兮兮的，稍微上档次的家具、电器都没有，连空调也没装，今年夏天多热啊，这天气就靠电风扇过活，他爸朱永平怎么着也是身价千万的老板，说出来你敢信？"

叶军冷哼一声："朱永平跟他老婆分别开两辆豪车，每辆车都能换套房了，儿子家居然这样，太过分了吧？"

胖警察点头道："我们后来又去了他的厂子，跟厂里我认识的一个人打听过，说王瑶管着朱永平的账，而且不准他给前妻小孩钱，以前朱永平偷偷摸摸给钱被她查出来，闹了很多次。朱朝阳他妈在景区检票，撑死一千多元一个月，早上听说我们是去调查朱朝阳的，一直揪着我们不放，骂朱永平不是人，怀疑到自己儿子头上。"

叶军低着头想了会儿，琢磨道："照这么说起来，嗯……我们抛开指纹和 DNA 不合，同是朱永平的小孩，朱朝阳和朱晶晶过着截然相反的生活，朱朝阳倒是有杀害朱晶晶的动机，照理说，他应该挺恨朱永平现在的老婆和女儿的，嗯……会不会是他找那种流氓男学生去做这件事的呢？"

胖警察摇摇头。"不可能，听说他在学校很安分，一心只读书，从不和乱七八糟的人来往，况且他几乎不认识朱晶晶。"

"他不认识朱晶晶？"叶军很惊讶，毕竟朱晶晶是朱朝阳同父异母的妹妹。

胖警察点头道："我早上也找过朱永平，他说女儿死了，他老婆接受不了，才会乱怀疑他儿子的。他说一直以来他都是偷偷见儿子的，朱朝阳和朱晶晶上星期才第一次碰面，朱朝阳确实不认识朱晶晶。我跟他厂里人打听到的说法是，上星期他老婆带女儿出去玩了，于是朱永平把儿子叫到厂里来玩，结果他老婆带着女儿提前回去，意外碰了面，据说那回朱永平说他儿子是另一个人的侄子，不承认是他儿子。"

"这是为什么？"

"朱永平夫妻一直瞒着女儿，没让她知道朱永平离过婚，还有个前妻生的小孩，其他人也不知道朱永平脑子怎么想的，反正他一直以来很宠女儿，对儿子关心很少，你说怎么会有这样的爹？"

叶军叹了口气。"这样的爹，朱永平不是第一个，也不会是最后一个。脑子进了水，离婚后和前妻一家老死不相往来的大有人在，还有的甚至连以前的小孩都不认。朱永平偷偷给小孩钱，比起那些人来，还不算最缺心眼的。唉，社会上就是有这些蠢货，苦的还是小孩。朱朝阳也怪可怜的。"

"可不是，现在朱晶晶死了，怀疑到他头上，你说他对他爸怎么想？父母离了婚的小孩，在外学坏的太多了，瞧我们派出所抓的那些小流氓，很多都是父母离婚，没人管教的。像朱朝阳这么争气，学习成绩考全校第一的找都找不出来。早上看着他和他妈那表情，唉，我都后悔去这一趟。"

叶军轻轻点头，他起初对朱朝阳的些许怀疑也烟消云散了，转而成了深深的同情。

40

第二天傍晚，朱朝阳正躺在房间地上看书，突然，楼下传来激烈的争吵声，继而是周春红愤怒的叫骂声。

朱朝阳听到周春红的叫骂声，立马翻身坐起，套上件短袖飞奔下楼。

他刚冲到楼下，就看到了不远处面目狰狞的王瑶，王瑶也在同一时间发现了他。

"是你！啊！"王瑶一眼就认出了他，指着他直冲过来。

"不，不是我，不是我。"朱朝阳见她歇斯底里，一脸疯掉的样子，本能地一阵恐惧，一时间愣住了，不由得露出胆怯心虚的表情，退后几步。

朱朝阳的表情尽落入王瑶眼中，她更确信女儿是被他弄死的，摇着头哭吼着冲过去。"小畜生，你把晶晶害死了，你这小畜生，我弄死你！"

朱朝阳眼见她状似疯癫地狂冲过来，拔腿就要往楼上逃。王瑶直接将手机重重地朝他掷去，"啪"的一下正中他的脸颊，他痛得"啊"一声大叫。

与此同时，周春红把一块刚买回来的猪肉甩到王瑶脸上，顺势没头没脑地往她头上拍巴掌，叫骂着："死婊子，你敢动我儿子，我今天跟你拼了！"

周围人连忙去拉架，两个女人此时都死死抓着对方头发不肯放。可王瑶丧女心痛，成了疯子，力大无穷，猛一甩头，将头发挣脱出来，随即双手朝周春红头上猛烈挥打。周春红体形矮胖，虽然力气肯定比王瑶大，但个子差着对方大半个头，尽管本能地还手，但还是吃了个子上的亏，打不到她，反而被她暴打了很多下。周围人拉都拉不住。

朱朝阳眼见妈妈受辱，刚刚一时的胆怯彻底抛掉，"啊""啊"大叫着冲上去，一把抓着王瑶头发就拼命扯，王瑶穿着高跟鞋朝他乱踹，他不顾疼痛，愤然回击。

终于，三个人都被周围人死死拉住，朱朝阳脸上多了几道鲜红的指甲印，他愤怒地睁着眼，眼角都要裂了。王瑶披头散发，脸上也多了几道抓痕。而周春红最惨，额头上鼓起了一个血包，一小块头皮被扯掉，鲜血直流。

朱朝阳看着他妈的样子，痛心疾首地吼道："妈，你痛不痛？死婊子，死婊子，我跟你拼了！"

周围人死死拉着，嘴里劝着架，朱朝阳也像疯了一样，伸脚乱踢。王瑶冷笑着瞪着朱朝阳。"你过来，啊，你过来，小畜生，我一定弄死你，我肯定要弄死你，你过来！你过来啊！你把我女儿害死了，警察不抓你是不是？我一定弄死你！你瞧我怎么弄死你！"

朱朝阳嘴里回敬着："小婊子死了是不是？死得好，怎么不早点死？怎么你这个婊子还活着？"

三个人哭天喊地地叫骂着，都要上去跟对方拼了，全靠周围人死命拉住，否则一定打得更激烈。这时，一辆"大奔"急速驶来停下，朱永平从车里跳了出来，一把拉过王瑶就往车上拖。"走，回家去，别在外面疯，让人看笑话！"

王瑶用力甩脱他的手。"看笑话？谁敢笑话？我女儿死了谁敢笑话？你儿子杀了我女儿，你知不知道？警察为什么不抓他，还说不是他干的？你给警察送钱了是不是，你想保你儿子是不是？"

"警察都跟你说了多少遍了，不关朱朝阳的事！"

王瑶摇头，如狂魔般冷笑。"不关这小畜生的事？我告诉你，就是这小畜生害死晶晶的！你看到刚才这小畜生的表情了吗？你说他跟踪晶晶进少年官干什么？这小畜生还打我，他把我打成这样了，你去打他啊，你去打他啊！哇……你去打他啊……"

朱永平捋了下王瑶的头发，脸上不由自主地流露出疼惜的神色，回头看了眼儿子和周春红，什么话也没说，还是拉着王瑶要把她拖回去。

朱朝阳大吼道："爸！是婊子先打我的，是婊子先打我、打我妈的，我妈被婊子打出血了！"

朱永平瞬时转过身，脸色铁青，怒道："婊子是你叫的吗？你阿姨是婊子，那我是什么？"

朱朝阳瞬间愣在原地，望着他爸，一句话都没说。满脸鲜血直流的周春红顿时尖叫哭吼起来："朱永平你还是人吗？婊子把你儿子打了，冤枉你儿子杀人，你还要护着婊子，还要骂你儿子，你还是不是人啊！"

周围邻居看到这场面，也不禁嘴里数落起来，朱永平也为刚才骂了儿子感觉后悔，任凭周春红骂着，默不作声。

这时，两辆警车驶来停下。刚刚纠纷开始时，旁边居民打了"110"，叶军在派出所接到消息，听说是王瑶来朱朝阳家闹事，立马决定亲自过来调解。赶到现场后，他劝慰了王瑶一番，谁知，王瑶丝毫不领情，又指着朱朝阳开始骂起来。

周春红眼见儿子今天遭受莫大委屈，再也控制不住，用尽全力一把挣脱旁人，冲上去一脚踢中王瑶，正准备甩她耳光，突然，朱永平一把拽过周春红，一个巴掌拍在了她脸上。

清脆的一声"啪"，极其响亮。

一瞬间，朱朝阳彻底愣在了原地，感觉周围好安静，好静好静，完全听不到一丝声音。他嘴巴缓缓抽动了两下，发出只有他自己听得到的声音："爸……"

警察连忙再次把几人死死拉住，叶军一把揪过朱永平，拖到警车旁，指着他鼻子骂："你当着你儿子的面打前妻，你还是不是人？啊，我问你，你还是不是人？有你这样做爹的吗？上去，到派出所去！"

朱永平紧闭着嘴，默然无语，任凭警察把他推上警车。

随后，叶军回到现场，听着周围人打抱不平的各种话语，他对这次纠纷的经过已了然于心。

听到旁边人讲的公道话，说朱永平刚刚还一味护着老婆，明明是他老婆先动手的，把他儿子打了，他还回过头去斥责儿子，叶军一脸阴郁地回头望了眼警车里的朱永平，又看了看目光呆滞、愣在原地的朱朝阳，深深叹了口气。他回过头厌恶地瞪了王瑶一眼，用不容抵抗的语气大声道："我们跟你说得很清楚。"又把目光扫向周围人，故意在周围邻居面前替朱朝阳证明清白，"我们已经调查过朱朝阳了，你女儿死的那天，他刚好去少年宫看书而已，他放假经常要去少年宫看书，很多人都能做证，我女儿以前去少年宫看书时也经常遇到朱朝阳，他根本跟你女儿的死一点关系都没有！你要是再这么胡搅蛮缠，我们只能把你关起来了。"

王瑶不屑地冷笑道："关，把我关起来吧，没事。"她指着朱朝阳，

"你小心点，我肯定叫一帮人弄死你！"

周围人听她这么一说，立马义愤填膺地大骂起来。

叶军一把抓过她的头发，指着她鼻子骂道："你他妈说什么！你叫半个人试试看！你当我们警察是空气？你家朱永平是什么人，就他妈一个小老板，你他妈横个屁！老子警告你，要不是看你是个女人，你今天这么恐吓一个小孩，老子把你往死里打，你信不信！我今天把话撂在这儿，要是改天朱朝阳少了半根头发，我直接把你抓来揍死！带走！"

叶军在当地被人称为"铁军头"，流氓团伙不知抓了多少个，他以前当过兵，脾气很暴，凡是被他抓进去的流氓，通通吃了不少苦头，出来后都私下叫嚷着要卸叶军的手，不过等他们真的见到叶军时，都跟老鼠一样低头走，根本不敢说半句嚣张的话顶撞他。不过叶军对老百姓一直态度很好，是镇上有名的好警察。

此刻听他这么说，周围人都大声鼓掌叫好。

随后，叶军又跟周春红说了几句，说她最好也去派出所，今晚调解好，免得儿子被吓到了，夜长梦多。总之不用担心，他叶军会做主。朱朝阳还是个小孩，今天是大人的事，他不要去派出所，好好在家待着，休息休息。周春红点点头，摸了下头发，走到儿子跟前，可是朱朝阳依旧一脸痴呆的模样，急得她连叫了好几声，朱朝阳才算回过神来。他担忧地问起母亲的伤势，周春红安慰他几句，叫他留家里自己弄点东西先吃，小孩子不要跟去派出所，朱朝阳满口答应。

周春红也上了警车后，叶军对周围人说了几句，叫大家都散了，随后圈着朱朝阳的肩膀，拉他到一旁，低声说了很多安慰的话，叫他不要担心，王瑶不会真叫人来动他的，给了他自己的手机号，让他有事随时找自己。

警车离去后，朱朝阳缓缓转过身，仰头吸了口气，他现在的心情却出乎意料地平静。他没有去想刚刚的纠纷，没去想周春红的伤势，也没去管自己脸上的肿痛，他突然想到了《未成年人保护法》，他突然想到了杀人。

第一次杀朱晶晶，显然不是他的本意，不过这一回，他是真的想杀人了。他抿抿嘴，抬起脚往家里走，刚走几步，余光瞥到角落里缩着个熟悉的身影，他抬头看，发现普普独自站在远处一个花坛旁，关切地望着他。

他轻微点了下头，嘴角勉强露出一丝笑容。

普普做出口型："明天再说。"

朱朝阳点点头，在普普关切的目光中，继续往家走去。

41

第二天下午，朱朝阳如约来到新华书店，普普已经在一排少儿文学的书架下看书了，她看得很认真，以至他站在她面前好一阵子她都没发觉。

"你在看什么？"朱朝阳弯下腰，朝书封上看去。

普普把书封一亮，道："《鬼磨坊》，很好看的一个德国童话故事，主人公父母双亡，来到一个磨坊里，当了里面的学徒，师父教学徒们魔法，但是每一年，师父都会杀死其中一个学徒去献祭，最后，主人公反抗求生，杀死了师父。"

"听起来挺不错的一个故事。"

"你也拿本看看吧，真的很好看。"

"好啊。"朱朝阳哈哈笑了笑，也在书架上拿了一本《鬼磨坊》，坐到一旁翻起来。

普普瞧了他几眼，关心地问："阿姨怎么样了？"

朱朝阳抿抿嘴，苦笑了一下。"我爸在派出所赔了我妈一千元医药费，就这么了结了。"

"就这么了结了？婊子呢，有没有关起来？"

朱朝阳无奈地摇摇头。"打架这点小事哪儿会关起来啊。听我妈说，警察把婊子教育了一通，说考虑到她女儿刚死，体谅她的心情，说下次再这样，就会把她拘留。反正婊子很嚣张，在派出所还要骂我妈，我爸一直维护婊子，婊子还要我爸保证以后不联系我，我爸居然答应了，哼哼，我妈都快被他们气死了。"

普普瞪大眼睛，道："你爸怎么会这样子？"

朱朝阳冷哼一声："他已经不是我爸了。"

普普叹息一声，朝他点点头，抿抿嘴。

朱朝阳苦笑一下，问："对了，昨天傍晚你怎么会在我家楼下？不是说在这里见面吗？是不是出了什么事？"

"昨天下午我到书店时，你已经走了，后来我想到你家楼下看看，你是不是还会出来，刚好看到了昨天的事。昨天下午那个男人找到我和耗子，跟我们说他要出差几个星期，让我们耐心等他，不要出去乱玩，更不要跟别人透露相机的事，说他出差回来后，大概就能筹到钱了，他又给了我们一些钱，你说他的葫芦里卖的什么药？"

"他要出差几个星期？"朱朝阳微微眯着眼，思索着，"他居然会放着相机这么重要的东西不管，反而出去出差几个星期，那么……除非他现在有更重要的事要做，会是什么呢？他不知道我的身份以及我家住哪儿吧？"

普普很肯定地说："我们守口如瓶，他绝对不知道。"

"那有什么会比录像对他来说更重要呢？"朱朝阳挠了挠头，始终想不明白，过了一阵，只能道，"也许他真的是出差。反正相机在我这儿，他也不知道我是谁，我家在哪儿，所以他绝对不敢轻举妄动，你们两人安心住下去，一定是安全的，不要怕。"

普普点点头。"听你这么说，我和耗子就放心了。对了，我还发觉他很奸诈。"

"怎么奸诈？"

"他知道耗子喜欢玩游戏，带了台旧电脑给耗子玩，耗子高兴死了，现在管他叫叔叔，叫得很亲。"

朱朝阳担忧道："我就怕耗子被他一点点的好处就给收买了，被他套出话。"

"我也反复跟耗子说过，耗子说这点分寸他还是有的，让我们放心，他多余的话是不会说的。"

朱朝阳点点头。"反正你要看牢耗子，叫他看清楚那人的真面目。"

42

自从那个男人出差后，朱朝阳的生活显得很平静。

警察再没找过朱朝阳，"婊子"也没真的找人来对付他们，不过朱永平也没有再给儿子打过半个电话。朱朝阳平日里话语更少了，周春红看在眼里，常常偷偷抹泪，不过朱朝阳一看到她这样，就会反过来安慰她。

每天中午吃完饭，朱朝阳都会按照惯例到新华书店看书，每天都会遇到普普，两个人看看书，聊聊天，听说耗子每天对着电脑，倒也不以为意。他总是看参考书，普普总是看文学故事，他觉得暑假一直这么过下去倒也不错。对未来，对他杀了朱晶晶，对他爸是否还会惦记他这个儿子，对普普和耗子的着落，对相机的处理方式，对开学后的烦恼，他暂时都抛诸脑后不管了。

这个初二的暑假，既是他烦恼最多的一个暑假，也是他感觉最安逸的一个暑假。普普这个朋友带给了他从未有过的快乐和温暖，他不再是孤单一个人了，挺好。

半个月后的一天晚上，朱朝阳独自在家，边吃着面条，边看电视。电视里正在放着宁市新闻频道的内容。这个频道每天采编宁市范围内大大小小的各种事件，大到事故、命案，小到吵架纠纷。

此时，画面中正播放着今天的一起交通事故。

"今早八点高峰时间，新华路一辆红色宝马车突然失控，撞上路边绿化带，造成多车相撞事故。本台记者赶到现场时，交警已封锁现场。据了解，事故宝马车上的女性驾驶员当场死亡，据事后交警部门的调查结果，事故宝马车上的这名年轻女性在行驶过程中，突发性猝死，导致车辆失控……"画面中，红色宝马车架在绿化带上，看起来受损并不严重，不过按新闻里的说法，不是车祸导致女驾驶员死亡，而是女驾驶员猝死导致了车祸。

画面一转，变到了医院场景。

"据悉，女驾驶员父母半个多月前在外旅游时，发生意外去世。亲人说女驾驶员悲伤过度，半个多月来一直精神不济，常靠酒精和安眠药才能入睡，多日的精神虚脱也许是其猝死的原因。死者丈夫近日一直在外地出差，早上接到噩耗赶回来后已经痛不欲生，希望他能坚强地挺下去……"

后面是记者和主持人一长串鼓励的话，朱朝阳已经完全没有心思听下去了，他瞪大了眼睛，死死盯住屏幕。因为画面里，那个被几人搀扶，脸上挂满眼泪，痛不欲生的男人，正是他们的交易目标。

他又杀了他老婆？朱朝阳感到一阵战栗。难怪他说出差，他一定是有更重要的事要做，原来更重要的事，是继续杀人！尽管电视里的记者说死者是精神不济加上近期酒精和安眠药的影响导致猝死，不过朱朝阳丝毫不信，朱朝阳知道，这一定是那个男人干的。

他还在杀人！可记者又说他在外地出差，他是怎么杀了他老婆的？而且他老婆是好端端在开车过程中猝死的。必须了解清楚，否则，如果那男人也用这一招对付他们呢？

43

第二天中午，朱朝阳刚吃过饭就赶到新华书店，等待普普的到来。结果今天普普没来，换成了丁浩。丁浩一见到他，就亲热地圈住他的脖子。"嘿，朝阳，咱们好几个星期没见了吧？"

朱朝阳冷笑一声："你不是一天到晚对着电脑吗？"

丁浩嬉皮笑脸地撇撇嘴，搭着他的肩膀，与朱朝阳一同坐到地上。"我是个有分寸的人，什么时候该玩，什么时候该干正经事，我一清二楚，肯定是普普在你面前说我坏话了。"

朱朝阳无奈道："好吧，其实你不出门，在家玩游戏也好。"

"为什么？"丁浩奇怪地问。

朱朝阳心里想着的自然是警察在朱晶晶身上发现的证据是丁浩的，当然不能让警察知道丁浩这个人。不过为了不让丁浩害怕，他和普普都没把这件事告诉他，此时他连忙换了个话题："今天怎么你过来了，普普呢？"

"嗯……她嘛……"丁浩嘻嘻笑了笑，突然压低声音道，"你猜今天为什么是我过来？你肯定猜不到的。嗯，是这样。"他咳嗽一声，用很郑重的语气说，"普普今天委托我来办一件事。"

朱朝阳不解地问："什么事？"

"嗯……普普……她喜欢你。"说完这句，他就摆出一副深藏笑意的表情看着朱朝阳。

"喀喀……你说……你说普普让你来告诉我，她喜欢我？"

丁浩点点头，又连忙摇摇头。"是，也不是。其实她不是要我直接告诉你她喜欢你，而是让我来试探一下你的心意，看你对她有没有感觉。"

朱朝阳无奈道："你这个叫试探吗？你已经直接告诉我了。"

"啊，是吗？"丁浩脸上透着尴尬，"大概我试探得明显了一点点吧。哦，不过有一点很重要，你可别告诉普普，我直接跟你说了她喜欢你。"

"你到底什么意思啊？"

"其实就是……普普她让我来试探你，看你对她有没有意思。她没有直接说她喜欢你，不过我看她样子就知道了，她肯定喜欢你，所以才让我来试探。我这么说，你听明白了没有？"

朱朝阳沉默了一会儿。"你没有骗我？"

"我骗你干什么呀，你就直接说一句，你想不想做普普的男朋友？"丁浩问得真直接。

"做她男朋友？"朱朝阳瞬间感觉脑子转不过来，原本他今天是来找普普谈那个男人继续杀人的事，结果却冒出了普普喜欢他这件事。

如果说他对普普没好感，那自然是假的。普普长得很甜美，像瓷娃娃一样，非常可爱。朱朝阳虽然才开始发育，不过喜欢女生这种事，不用等发育就会有了。在学校里，他也在心里喜欢过其他女生，可是他个子矮，一向自卑，从来没跟任何人表露过自己的感情。女生总是喜欢高高帅帅的男生，不会喜欢他的。

"快说，你到底喜不喜欢普普？"

"我……"朱朝阳一时不知如何回答，只好反问，"那你喜欢普普吗？"

"我？"丁浩做了个不屑的表情，"她是我的结拜妹妹，我怎么会喜欢她？搞笑。"

"可你们毕竟在一起这么久，又经历过这么多事。"

丁浩哈哈笑着摇头。"我完全把她当妹妹啦，而且呢……喀喀，"他压低声音，仿佛在说一个天大的秘密，"嗯……其实我有喜欢的人。"

"啊？谁？"

丁浩把短袖卷起来，露出左上臂的内侧，上面有个不太明显的刺青。"看到字了吗？"

朱朝阳瞧着他黑乎乎的手臂上的刺青，道："人王？"

"是'全'啦。"丁浩失望地撇撇嘴。

"'全'，这是什么意思？"朱朝阳不解。

丁浩悄悄道："我老家有个女孩，从小就认识的，她叫李全全，我去孤儿院后，她还经常给我写信，所以我用钢笔蘸了蓝墨水在手臂上刻上'全'字。这次从孤儿院逃出来，我也想着跑回老家看她，看她现在长啥样了，又怕被人发现，唉，现在她写信给我我也收不到了，只能过几年了。这事我只告诉了你，你要替我保密，和普普也不要说，我怕她笑我。"

朱朝阳点点头，又问："你喜欢她，她也喜欢你吗？"

丁浩茫然地摇摇头。"我不知道，她信里没说过，我也不敢提，算起来从去年开始我就没收到过她的信了，也许……也许她有喜欢的人了吧。"他的眼神随即黯淡下去，不过转瞬他又笑起来，"好了啦，不说这个了，说吧，你到底喜不喜欢普普？"

朱朝阳低头害羞地问："普普……她为什么会喜欢我？"

"她喜欢聪明的人，她说你最聪明了，好啦好啦，废话不多说，你只要回答我，你喜不喜欢她，我回去好交差。"

"我……这怎么说啊。"朱朝阳脸涨得通红。

丁浩哈哈大笑。"普普真挺好的啦，懂事，人长得也漂亮，长大肯定会是美女。你瞧她对所有人都冷冰冰的，对我也是呼来喝去，只有对你，她才会好好说话，看来你正是她的克星。别看我最近都待在家里没出来，不过我猜都能猜到，她跟你说话，一定是温柔的，对不对？"

"这个……也许是吧。"

"那就好了，现在很简单啦，你就直截了当告诉我，你到底喜不喜欢她。跟我不用遮遮掩掩的，咱们是兄弟，不管你说什么，我都支持你发表自己的意见。"

"我……"朱朝阳低头吞吞吐吐，"如果那样……也是好的，不过我想……也许她不是真的喜欢我，我也不知道她到底怎么想的……"

丁浩捂着嘴大笑，拍拍他肩膀。"好啦，我明白你的意思啦，改日喝你们喜酒啦，就这样啦，我回去啦。"

他站起来就要走，大概是急着回去玩游戏，朱朝阳连忙叫住他："对了，那个男人回来了没？"

"没呢，他说要出差几个星期，回来后会第一时间来找我们的。"

"嗯……哦，好吧，那你先回去吧。"朱朝阳把男人又杀了人的事压了下去，因为他觉得跟丁浩这傻瓜商量没用，还是等普普明天过来再说吧。

今天听了丁浩这么说，他心中也有一股暖洋洋的感觉，需要消化一下。有女生喜欢自己，怎么会这样？

44

丁浩走后，朱朝阳又在书店待了会儿，今天普普不在旁边，还真有点不习惯，他感觉挺无聊的，只好提前回家。

下了公交车，又走了一段路，快到家时，背后突然有人喊他的名字："朱朝阳。"

他本能地转过身，视野中陡然飞来一个装满东西的塑料脸盆，他本能地闪避，脸盆虽然只砸到他的肩膀，可是他随即发现，自己从头到脚，都已经被粪尿淋了个透。

他在原地莫名愣了几秒，等反应过来时，两个年轻的成年男子飞快地冲上路边一辆面包车，面包车司机一脚油门就立刻开走了。他急忙捡起花坛里的一块石头追去，但面包车很快就甩掉他了，他整个人伫立在原地，一动不动。

旁边过路人纷纷围拢过来，嘴里都在说着"哎哟，这个孩子怎么这么可怜，谁弄的呀"，一些好心人拿出纸巾，递给他擦拭。

他两眼噙满泪珠，小心地接过好心人的纸巾，不让手碰到旁人，擦了几下脸，低头匆匆往家走，走出几步，他忍不住"哇"的一声哭了出来，像只落水狗使劲抖了抖身上的粪尿，朝家里飞奔。

刚到楼下，就发现楼道里围着一些邻居，一个大妈刚见着他，就急切地说："哎呀，朝阳啊，你怎么回事，身上怎么弄的？你快给你妈打个电话，让她回来吧，你家出事了。"

朱朝阳一惊，来不及细问，就跑上楼去，从下面的楼道开始，墙上一路用红漆画着叉。到了自家门前，门两侧分别用红漆画着几个歪扭的大字——"杀人偿命，欠债还钱"。

下面聚集的邻居也跟了上来。"朝阳啊，你快让你妈回来看看吧，你妈是不是欠了外面人的钱了？你身上是怎么弄的，怎么都是大便啊？"这些人里，既有关心他们家的，也有担忧以后自己的生活会不会因他家而受到牵连的。

"春红是本分人，不会欠外面人钱的，肯定是朱永平老婆叫人弄的。"一个大叔分析道。

"对，一定是这样的。"

朱朝阳瞬时感觉整个世界天旋地转，找不到方向。

这时，一个阿姨跑了上来，急声说："我刚给春红打了电话，春红说她也被人泼了大便，泼她大便的几个畜生跑掉了。"

"我妈也被人泼大便了？"朱朝阳转身大叫，两眼都喷出火来。

他"啊"一声怪叫，急忙掏出钥匙，打开家门，冲到电话机前，顾不得手脏，拿起话筒就拨了叶军留给他的电话号码。

十分钟后，叶军带人冲上楼，一见这情景，还没听周围邻居把事情经过描述完，就直接一拳打在墙上，怒喝一声："小李，你现在就带人到朱永平厂里抓王瑶！"

随后他转向朱朝阳道："你别怕，今天叔叔给你做主，你去洗个澡，把衣服换了，我带你去你爸厂里抓人，今天这笔账，一定要算个清楚！"

朱朝阳感激地狠狠点头，立刻跑进卫生间里冲澡，换了衣服，上了叶军的警车。

很快，到了朱永平的工厂空地上，几名警察正在和朱永平等人争执着。叶军冲上前，看了一圈四周，冷声质问："王瑶人呢？"

"叶哥，朱永平说王瑶不在，也联系不到她。"一名警察说道。

叶军把眼瞪向朱永平，怒喝道："朱永平，今天王瑶我们一定要带走，你赶紧把人交出来！"

朱永平拿着几条烟递过来，叶军一把甩开。"别他妈来这套！"

朱永平勉强笑着打太极。"叶警官，今天这事我真不知道，您看在我老婆她不懂法，钻了牛角尖——"

"什么叫不懂法！我上回在派出所是不是警告过她！是不是已经跟她说得一清二楚了！"他拉过低着头的朱朝阳，"你瞧你儿子，被人用大便从头浇到尾，还有周春红，也被人浇了大便，他家房子大白天的被人泼了油漆！这是什么行为？黑社会行为！我跟你说，你是个男人就考虑一下你儿子的感受！你儿子被王瑶这么整了，你还在维护王瑶，你对得起自己的良心吗？"

朱永平一脸难堪，但还是强撑着笑脸劝说着。旁边一些朋友是他刚刚打电话叫来的附近工厂的老板，都是镇上有头有脸的人物，是有关系的人，本想着一起帮着他跟警察说情，此刻他们了解了事情前因后果，竟然是王瑶找人泼了他儿子一身大便，还光天化日之下泼油漆，都纷纷摇起头来，劝朱永平把王瑶交出来，总得给自己儿子一个交代吧。

朱永平被那么多人数落，重重叹了口气，坐到旁边的椅子里用手蒙着头，一句话也不说。大概看到丈夫这副模样，本来躲在工厂办公室里的王瑶冲了出来，大声嚷着："你们找我干什么？"

朱永平一见她出来，立刻跑过去把她往回推。"你出来干吗？你回去，你回去！我会处理的。"

叶军朗声叫道:"好得很!你有种出来最好,抓走!"

警察上来抓她,王瑶一把甩开,捋了下头发,理直气壮道:"喂,警察同志,凭什么抓我?"

叶军狠声道:"你泼人大便,泼人家门红漆,这种事干下来了,还问抓你干什么!"

"我什么时候做过这种事了?我一天都在厂里啊。"

叶军指着她鼻子。"我跟你说,你在警察面前装傻充愣,睁眼说瞎话是没用的。"

"好啊,可是警察是要讲证据的对吧?你们不抓这小畜生,说没证据。那现在抓我就有证据了?我女儿死了,你们这么久都没本事抓到人,现在抓我很容易啊?"

"好,很好。"叶军咬着牙,"本来只想当治安案件处理,你要这么说,很好,你指使几个小流氓干事,以为我们抓不到小流氓?等我们抓到那几个小流氓,这案子性质就升级了,你要不怕,就等着!我们走!"

叶军带了人就收队,朱永平愣了一下,连忙跑上前拉住他们,连声求着:"警察同志,我老婆不懂事,不会说话,万万原谅,万万原谅。"他回头狠狠对王瑶骂道:"你做了就做了,还不承认,你找死啊!快过来道歉,我跟你一起去派出所。快过来啊!"

王瑶看着丈夫的模样,不甘心地低头走了过来,瞧见叶军身后的朱朝阳,又忍不住冷声骂了句:"小畜生!"

朱朝阳刚见她出来,就已经气得浑身发抖了,想起妈妈和自己都被泼了大便,此刻还被她骂,再也控制不住,大吼道:"死婊子,臭婊子,我跟你拼了!"

他刚要冲上去,朱永平就一把拉住他,叫道:"大人的事,你不要管。"

"爸，你还要护着她吗？"朱朝阳后退两步，摇了摇头，用一种奇怪的目光看着朱永平。朱永平面有愧色，想了一下，把儿子拉到一旁，低声道："朝阳，这件事是你阿姨做得不对，你阿姨对你一直有成见，所以妹妹出事后，她一直胡思乱想。我跟你保证，以后不会有这种事发生了，你跟你妈说一下，这件事你们不要追究了，我这边也好跟警察去说不要抓你阿姨。"

朱朝阳吃惊地看着朱永平，颤声道："我全身都被泼满了大便。"

朱永平抿抿嘴。"爸爸过几天给你们一万元，你们找人把家里门外的油漆都刷掉，这件事就这么算了。"

朱朝阳的眼泪在眼眶里翻滚。

"就这么算了，啊。"朱永平带着歉意地拍拍朱朝阳的肩膀，他知道，儿子还是很乖的，从不会违逆他的决定。

过了好一会儿，朱朝阳退后一步，用一种奇怪的眼神看着朱永平，点了点头，走到叶军旁边，悄声说了一些话。

叶军皱起了眉，过了会儿，他摇头叹口气，来到朱永平面前，道："泼大便的事，当事人不追究，我们也没什么好说的。但光天化日在公共场所泼油漆，这事情算不了，当事人不追究也没用，王瑶我们还是要带回去。"

朱永平连声道："行，没问题，叶警官，我陪她一起去。"

叶军撇撇嘴，冷声道："你还是先开车送你儿子回家，安慰安慰他吧。"

"这个……"朱永平犹豫地看了王瑶一眼。

周围人都忍不住开始劝说："朱永平你脑子浑了是吧？先送你儿子回家啊。"

朱永平只好道："好吧，朝阳，爸爸送你回家去。"

他想伸手拉儿子，朱朝阳躲开了。"不用了，我自己回去。"他平淡地说完这句话，转身飞快跑走了。

PART

13

试探

45

严良挂了电话后，整个人愣在了椅子上。

徐静死了？

刚刚亲戚给他打电话，说前天早上，徐静开车时猝死，还差点导致了更大的交通事故。张东升原本在公益支教，接到消息后当晚赶回了宁市。在交警开出了事故报告单和医院出具死亡证明后，第二天，即昨天，张东升就把徐静的遗体火化了。

按照当地风俗，通常人死了要停放七天，过了头七再火化下葬。

上一回徐静爸妈死时，是因为情况特殊，人摔烂了，所以第一时间送去火化。可是这一次徐静死了，为什么第二天就火化？

严良眼睛微微眯起，他想起了徐静当时跟他说的话，如果有一天她死于意外，一定是张东升干的。

张东升，真的会是张东升杀了人？

严良手指交叉，心中各种情绪交织着，在椅子上足足坐了半小时。他揉揉眼睛，站起身，走出了办公室，上了汽车。

叶军正低头看卷宗，听到一个人的脚步声来到门口。"叶警官，你好。"

叶军的目光在这个四十多岁，戴着金属框眼镜的男人脸上停留了几秒，表情渐渐从惊讶变成了激动。"严老师！怎么是您，哪阵风把您给吹来了？"

严良浅浅地微笑了一下。"我来你们镇有点事，我翻了通讯录，找到了你，本想着你说不定已经升职调到其他地方了，没想到你还在。"

叶军哈哈大笑。"自从上了您的课，我就再没升过职。哈哈，开个玩笑，我是土生土长的本地人，去其他地方也不习惯，能在这儿干到老我就很满足啦，您坐您坐。对了，您来这儿有什么事，是宁市有什么学术会议吗？"

"其实嘛……"严良咳嗽一声，他给叶军上课那阵子，是省厅抽调他来兼职给骨干刑警培训犯罪逻辑学的，虽然时间不长，但叶军私下请教过他许多问题，两人不算陌生，所以他就省去了各种开场白。严良直接道："其实坦白跟你说，我来这儿是为了一件死人的事。"

"命案？"

"也不能这么说，现在还不能下结论是命案。"

"嗯……那是……可是您不是已经……"叶军部分领会了严良的意图，脸上露出了犹豫之色。他知道严良几年前就已经辞去警察职务，到了大学教书。一个前警察来调查案子，这当然是不合适的，公安体系内部有保密规定，只要涉及刑案，未经司法审判的案情对外一律保密。

严良微微一笑。"我来之前跟省厅的高栋通过电话，他说他待会儿会让人发一份传真函过来，我想应该快到了吧。"

叶军一愣，他当然知道严良口中的高栋是谁，高栋是省公安厅副厅长，专管全省刑侦工作。严良过去是省厅刑侦专家组成员，也在刑侦总队工作过，高栋未当副厅长前，当过一年的刑侦总队队长，和严良有过短暂共事。虽然严良几年前已辞去警察职务，不过他在省厅工

作这么久，不用想也知道他会有很多朋友。

叶军拿起电话拨了个号码，果然，没一会儿一名警员送来一份传真函。"叶哥，分局转发了一份省厅的传真函。"

他接过来一看，上面打印着几行字："严良老师需要调取几份资料，如不涉及敏感信息及机要资料，请宁市江东分局予以配合。"下面还盖着省公安厅的章。

此外，警员还说："刚刚高副厅长还特意打电话给马局，说如果我们派出所在某些案子方面有什么侦查困难，可以问问严老师的意见。"

叶军稍一思索，立刻欣喜道："严老师，是高副厅长请您来帮我们查少年宫那个案子的？"

严良不解地问："什么少年宫的案子？"

叶军立刻把朱晶晶在少年宫坠楼的案子描述了一遍，还说起十年前的奸杀女童案就是严良破的，严良来了问题就容易解决了。

严良想了想，苦笑道："我只是请老高帮我开封介绍信，调查的也不是敏感案子，他倒真会做生意，还乘机塞我一个案子。"

叶军这才明白，原来严良根本不是为了朱晶晶的案子来的。这案子一发生就是大案，报到了省厅，高副厅长想必也关注到了此案案发至今毫无进展，于是趁着严良来查资料，高副厅长顺便让他帮忙破案。严良当年可是号称无案不破的，而且破过同类命案，甚至当年的情况更复杂，如果他来帮忙，那破案的把握就大多了。

叶军把话挑明了，希望严良介入。严良压根不想再接触破案的事，这次是徐家三口死了，他怀疑是自己学生张东升干的，这才跑到了宁市，此刻见叶军一脸热忱的样子，他只好打太极，说他已经不是警察了，只不过是来调几份资料，关于少年宫的案子，遇害者是未成年人，属于机要事项，不能透露给他这个外人，否则违反规定。

见他态度很坚持，叶军脸上忍不住透出了失望之色，只好意兴阑珊地回应，要查什么资料，现在调给他。严良说了句抱歉，实在爱莫能助，他不干警察好多年，早不懂破案了，随后咳嗽一声，又道："前天早上新华路上有起车祸，女车主开车过程中猝死，这件事你知道吗？"

"不知道，交通方面归交警管，怎么了？"

"能否帮我联系一下交警？我想要当时的出警记录、事故报告、新华路上该时段的监控，以及医院给出的检查报告。"

"您要这些东西做什么？"叶军想了想，沉声道，"难道您怀疑这不是交通意外，而是命案？"

严良不置可否地回答："我现在也不能确定，没法下任何结论。出事的是我侄女，所以，我想对这件事有个较全面的了解。"

46

严良和叶军坐在电脑前看一段监控。

画面中停了很多车，因为是早高峰，路面拥堵。严良的注意力放在了中间一辆红色宝马车上，这时，绿灯亮了，路口的车辆开始缓缓向前移动，宝马车也跟着前进，但车子从起步开始就出现了明显的不对劲，左右晃动，没开出多远，车子就彻底失去了控制，径直冲上绿化带。

叶军道："根据交警的记录，因为早高峰交警本就在前面路口执勤，所以事故发生后不到五分钟，交警就赶到了现场，发现车主昏迷并口吐白沫，情急之下砸开车窗把人拖出来送去医院，送到医院时车主就已经没有了生命体征，失去了抢救价值。交警在车内找到了安眠药，从车主丈夫和亲友口中了解到，车主前段时间死了双亲，精神一直不济，天天需要靠酒精和安眠药入睡，所以判断车主死亡原因是长期神经衰弱加上药物的刺激。"

严良抬了下眉毛。"不过似乎没有对徐静做过进一步的尸检，解剖、理化分析，这些都没有。"

"这是普通的意外猝死，不是刑事命案，不需要做这些工作吧。"

严良点点头。"我知道，按规定，这么处理就够了。"

"您怀疑这次事故另有隐情？"

严良不承认也不否认。

"但当时车上只有徐静一个人，没有其他人。"

严良笑了笑。"谋杀的方法有很多种。"

叶军想了一下，依旧是一脸不解。"严老师，从我的角度看来，这样的事故很普通，开车猝死的并不只有您侄女一个，当然，她是年轻人，但现在社会压力大，年轻人猝死也常有听闻。您是觉得这里面哪里有问题？"

"整起事故看起来，嗯……确实看不出问题，不过……"严良停顿了一下，"你能不能帮我调查一个人？"

"谁？"

严良抿抿嘴，不情愿地说出口："徐静的老公张东升。"

"您是怀疑他杀了他老婆？"

严良咳嗽一声，凑过来道："这件事还请你替我保密，我对这个结论一点把握都没有，也许怀疑是错的，我和他们有亲戚关系，如果我的怀疑是错的，那会很难堪。"

叶军理解地点头。"明白，您需要我调查他的哪些情况？"

"最主要的一件事，他这半个月来，是不是真的在支教，没有回过宁市。"

<h1 style="text-align:center">47</h1>

早上十点，张东升回到新家，只感觉全身都要瘫痪了。这几天每天晚上他都要守夜，只有趁着白天的工夫，回家小憩一下。不过他的心情很好。

徐静是在上班途中开车时死的，这是他计划中最理想的情况了。而前天徐静尸体火化后，他彻底放下了心。现在整个徐家，包括五套房子和不少的存款资产，都是他一个人的了。

徐静的背叛，和那个男人的苟合，这一切现在看来都不算什么了。他原本很爱徐静，觉得和她结婚是最幸福的事，可是现在这些幸福感荡然无存，他心中早已没了徐静这个人。

也许有人会对他有所怀疑吧，或者背后说他一个上门女婿命真好，继承了徐家的所有财产。不过这也无所谓了，因为这只是两起非常正常的意外事件，不管谁怀疑他，甚至调查他都没用，包括严良老师。

因为他深知，除非他自己说出来，否则没有任何证据能表明，这两起事件不是意外，而是谋杀。当然，还是有一个证据，而且是最致命的证据，就是那三个小鬼手里那个该死的相机录像。

怎么对付三个小鬼让张东升颇为苦恼，他最近想了很久，始终想不出稳妥的办法。原因就在于三个小鬼太狡猾，警惕性很高，三个人从不一起跟他私底下碰面，每次都另外留一个人。如果三个人一起私底下和他碰面，他就可以把他们三个直接控制住，然后逼问出相机在哪里，最后杀了他们，取走相机，再毁尸灭迹。那样所有事情就天衣无缝了。但每次只有两个人，他虽然可以控制两个，逼问出另一个现在在哪儿，可他总不能光天化日之下去外面把另一个干掉吧。一旦行动失败，他和三个小鬼的关系顷刻破裂，他们肯定顾不上要钱，而是直接报警。

看来对付三个小鬼的事还得从长计议，等办完丧事再干，到时讨好一下他们三个，消除他们的警惕心，再来实行。他伸了个懒腰，正准备去睡觉，可视门铃响了，他看着对讲机屏幕，楼下站着三个小鬼中的朱朝阳，这次就他一个人。

小鬼肯定又是来要钱的。他正犹豫着是否让他进来，朱朝阳开口说话了："叔叔，我知道你在楼上，你的车还停在下面呢。"

张东升冷笑一声，只好按下按钮，发出友善的声音："同学，请进吧。"

等朱朝阳进了门，张东升热情地招呼着："要喝点什么吗？可乐？哦，我记得你不喝碳酸饮料，那就果汁吧。"

朱朝阳接过他递来的果汁，从容地喝了半杯，道："谢谢。"

"嗯，好久不见了，你们过得怎么样？是不是缺钱了？我先给你们一些零花钱，至于三十万元，我暂时还没筹到，再给我一些时间好吗？"

朱朝阳淡定地拉了张椅子自顾自坐下，道："没关系，我今天来不是问你要钱的。"

"不是要钱？"张东升略显惊讶，"那你是？"

"我想知道你太太是怎么死的。"

张东升顿时眉头一皱，随即苦笑一下，坐到了他对面，打量着他。"你怎么知道我太太过世了？"

朱朝阳平静地说："我从电视新闻上看到的，也看到你了。"

"哦，原来是这样。"张东升摆出一张苦脸，"医生说我太太最近神经衰弱，所以开车时猝死了，唉，我也不知道该说什么好。"

"你应该很开心才对。"

张东升顿时瞪起眼，冷声道："你会说话吗？"

朱朝阳笑了笑，脸上毫无畏惧。"上回那两个人是你的岳父岳母，现在你太太也死了，你说你是上门女婿，这些车、房子都不是你的，现在都是你的了吧，你不是应该高兴吗？"

张东升鼻子重重哼了下，抿嘴道："没错，我岳父岳母确实是我杀死的，你们也看见了。不过我太太和他们不一样，我很爱我太太，她是猝死，并不是被我杀的，对她的死，我很痛苦。岳父岳母和妻子是不一样的，以后你长大结了婚，自然会理解我的感受。"

朱朝阳点点头，换了个话题："你最近真的是在出差吗？"

"没错，我在丽水的山区公益支教，我太太出事当天，我接到电话才赶回来的。"

朱朝阳皱眉问："真的是这样？"

"当然是。那么，你问这个干什么？"

"我想知道一个杀人办法，你在山区支教时，是怎么让一个隔这么远的人死的，而且是开车过程中猝死，就像一起意外一样。"

张东升咬了咬牙。"我跟你说了，我太太是猝死的，和上一回不同。我确实人在山区，和我同行的支教老师都可以证明。如果你怀疑是我杀了我太太，我半个月前就不在宁市了，中间从没回来过，怎么杀人？"

朱朝阳依旧很镇定地看着他。"这正是我要问你的杀人办法，提防你也用这一招来对付我们，我必须问清楚。"

张东升泄气道："我已经强调很多遍了，我太太是猝死的，是意外，完全不关我的事，不管你信不信！"

他气恼地点起一支烟，抽起来。尽管他杀岳父岳母的事被三个小鬼看到了，可他不想让三个小鬼知道他更多的秘密，所以决不打算承认第二起命案。

这时，可视门铃又响了，张东升起身一看，屏幕里居然出现了严良。

按道理严良应该是出殡那天才会来，可他今天就到了，而且是来这个新家找他。严良应该并不知道他新家的地址，此刻却能找到这里，会不会在怀疑他和徐静的死有关？

他顿时紧张起来，如果此刻只有他一个人在家，他丝毫不紧张，因为即便严良怀疑他，也不会有半点证据的。可是现在他家还有个朱朝阳，这小鬼可是手握他犯罪的直接证据，万一一个不小心说漏嘴，哪怕只有一点点说漏嘴，以严良的敏感度和智力，说不定就会顺藤摸瓜了。

他想装作人不在，不开门，可下一秒就打消了这个念头。因为连这小鬼都看到车停在楼下，知道他人在家，严良不可能不知道，这样只会加重他的嫌疑。

他连忙转头低声对朱朝阳道："我有个朋友要上楼，待会儿你不要说话，行吗？"

朱朝阳盯着他急迫的眼神，笑了下，却摇摇头："我不答应，除非你告诉我你怎么杀死你太太的，否则我说不定会说错话。"

张东升急道："真是猝死的，是意外！"

朱朝阳固执地道："你不说实话，也不用想着我会配合。"

门铃继续响着，还传来了严良的声音："东升，开门。"

张东升回头看了眼屏幕，恼怒道："好，人是我杀的，我承认了，行了吧，你能做到吧？"

"你怎么杀的？"

张东升咬了咬牙。"用毒药，以后再跟你细说！"

朱朝阳爽快地回他："好，我答应你。"

张东升连忙按下应答按钮，冲着对讲机道："严老师，门开了，请上来吧。"

朱朝阳笑着问："要不我到里面找个地方躲起来？"

张东升思索一秒，忙摇头。"不行，万一没躲好被发现，更解释不清。你就说你是我学生，来拿参考书回去看的，行吗？"他随手拿起桌上的几本《数理天地》塞给他。

"没问题。"朱朝阳脸上掠过一抹得意的窃喜。

张东升皱了皱眉，心想小鬼今天的这副表情怎么跟那个讨厌的普普这么像，半个月前这小鬼似乎不是这种性格的。

48

"你就叫我张老师，我是高中数学老师，你是我暑假私下辅导的学生，今天是过来拿参考书的，等下你说你先走了，知道吗？"趁严良上楼梯的空隙，张东升仓促地嘱咐几句，朱朝阳露出一张讨厌的笑脸。

这时，门被敲响了，张东升皱眉望着朱朝阳，伸手指了指脑袋，低声再嘱咐一遍："一定要记住。"

"放心吧。"朱朝阳肯定地点点头。

"来了。"张东升打开门后，换上了一张身心俱疲的脸，将严良迎

进屋里，"严老师，您怎么到这儿来了？"

"亲戚说你守夜一晚上，撑不住了，跑来新房休息，我来时，他们说你刚走，我想你可能还没睡，就过来看看你。咦——这位是……"他看到张东升新家出现的这个陌生小孩，微微感到惊讶。

"这是我暑假私下辅导的学生，我刚跟他说了家里这几天办丧事，让他先拿书回去自己看。"

朱朝阳随即道："张老师，您忙吧，不要太难过了，我先走了。"

"好吧，过几天我再联系你，你暑假不要偷懒，多学习。"

"嗯。"

朱朝阳刚准备离开，严良的目光在他身上停留一两秒后，叫住了他："你上几年级了？"

朱朝阳停下脚步。"我下半年高二了。"

"你是高中生？"严良忍不住惊讶，因为朱朝阳个子小，他第一眼以为这小孩是小学高年级学生，是张东升暑假私下收费辅导的学生，虽说教师是不允许假期开辅导班的，不过这种私底下带几个学生赚些钱是很多老师都会做的事，收费挺高，而且学生家长乐意，严良倒不会说什么。可他瞥见这小孩手里拿着高中版的《数理天地》，心下微微奇怪，于是随口问了句。

听到朱朝阳这个回答，张东升眼神闪烁了一下，随即平复如初，心想这小鬼倒也会随机应变，如果手拿高中版《数理天地》，回答念初中，就露馅了，刚刚匆忙之间，倒忽略了提醒他这一点。

他正准备送朱朝阳出门，随后打起精神来应付严良，可接下来严良的动作却把他吓了一大跳。严良稍稍俯下身，从朱朝阳手中拿过一本《数理天地》，玻璃镜片后的一双细长眼睛微微眯起，打量着朱朝阳，同时翻了几页，很快看到了其中一篇关于微分方程的文章，严良的目光在那道方程上停留了片刻，突然笑了："这题会解吗？"

张东升的目光随之扫去，刚触到微分方程，他就硬生生咽下了一口唾沫，这是高一的知识，而且《数理天地》上的题都是竞赛题，这白痴小鬼才念初中，连微积分都没接触过，肯定看都看不懂。

这下糟糕了，一句回答不好，就要引起严良的怀疑。严良怀疑自己，自己倒是有充分的把握应付，因为他不会有证据的。可万一严良怀疑这小鬼，从小鬼身上展开调查，这……张东升都不敢想下去了。

正当他担忧小鬼的回答会不会露馅时，朱朝阳却露出了笑意，脸上跳跃出一副自信的表情，从容不迫地说道："此题无解。"

张东升心中暗骂一句，这白痴，看不懂题目还装什么大头蒜啊。

谁知严良哈哈一笑，把《数理天地》还给了朱朝阳，道："它打印错了，上面的'22'应该是'2'。东升，你辅导的学生很厉害，短短半分钟就看出了方程的错误。"

"哦，是吗？"张东升淡淡地笑了笑，掩盖住心中的惊讶，此刻他来不及去想这白痴小孩怎么会看出这道微分方程无解，在他的印象里，三个小鬼肯定都是学习一塌糊涂的问题少年，他根本想不到朱朝阳早在初二上半学期就学完了初中数学，他一向做的都是竞赛题，今年已经自学了高中数学，他的志向是下半年初三在全国数学竞赛拿一等奖。

朱朝阳笑着说："叔叔更厉害，随便看一眼，就发现这道方程打印错了。"

张东升心里大骂："瞎猫碰上死耗子，你赶紧滚就是了，还要互相吹捧一番，真当自己是知识分子啊！"不过这话却明显让严良很受用，严良朝朱朝阳笑着挤了下眼睛，他几十年沉浸在数学里，对数学的敏感度当然不是一般人能比的，看几眼方程自然就感觉不对劲，稍

一想就知道题是打印错了。不过他听到一个小孩夸自己，这滋味还是妙不可言。

好在朱朝阳说完这句，就老老实实滚蛋了，张东升松了一口气，现在需要打起十二分精神来应付突然到访新家的严良了。

49

站在一个亲戚的角度寒暄安慰了几句后，严良叹了口气："徐静也遭了不幸，你心里现在一定很不好受吧？"

张东升抽了下鼻子，慢慢地掏出香烟，点上，目光呆滞地望着前面，默默无言。

严良打量了他一会儿，站起身，走到了客厅中间。"这本是你和徐静共同装修的新房吧？"

张东升默然点点头。

"唉，现在变成你一个人的了。"

听到这句不轻不重的话，瞬时，张东升握着香烟的右手小指动了下，不过严良看不到他的小指。

严良苦笑了一下。"我能参观一下吗？"

张东升心中愈发确信严良对自己有了怀疑，旧的家里这些天都是亲戚，张东升自然不会留证据在旧房子里，严良想必是想在这新家寻到一些东西吧，不过随便他，他不会找到的。幸好此前张东升就预料到严良可能会这么做，所以没让朱朝阳躲起来，否则被发现屋子里躲了个小孩，严良肯定会怀疑到这小鬼身上。

张东升就这么坐在客厅里，一句话不说地抽着烟，严良则似是漫不经心地在每个房间里都走了一圈，房子很空，家具都还不全，日常

210

杂物不多，不过严良其实很细致地打量了每个角落，就剩把衣柜拉开来看了。

看了一圈后，严良回到客厅，脸上没流露出任何情绪，只是道："看来你在新家也住了一段时间了，你一个人住的？"

张东升点点头。"徐静爸妈过世没多久，她又跟我提离婚，这次我答应她了，不过我说现在就离，恐怕会被人说闲话，让她再等几个月。她说她不想住家里了，想搬出去住，我想还是她住着吧，我搬出来。"

"分居？"严良咂咂嘴，"看样子那时你们的婚姻已经到了无法挽回的地步了。"

"其实我这么做也是别有用意。"

"嗯？"严良侧过头，微微惊讶地看着他。

"我想让她一个人安静一段时间，或许她能从牛角尖里钻出来。我独自搬到这儿住了没多久，就去丽水的山区参加暑期支教，在山上，我每天都拍照片给她发过去，希望她会回心转意。其实她后来已经有一些回心转意了，您瞧她回我的信息。"他脸上挂着淡淡的笑意，同时还带着一抹忧愁，把手机点开递给严良，吐了口烟，"可是，没想到突然会这样……"

严良从他手中接过手机，微信上，张东升和徐静之间的聊天里，有很多张照片和对话。

严良征求意见："我可以听听吗？"

"没问题。"

严良点开了其中的一些对话，从内容上看，张东升似乎故意想表现出热恋中的状态，极力讨好着徐静，逗她笑，说着山上支教的趣事。有时徐静也会很好奇，甚至带着笑声回应，比上回他见到徐静时她对张东升的态度好多了。

此外，严良特别注意到，张东升每天都会给徐静传照片发信息，两个人之间的交流，早上、下午、晚上都有，如果是这样……严良眼睛微微一眯，只要在移动公司确认了张东升的手机这些天都在丽水山区，并未离开过，那么他就有了很坚固的不在场证明。甚至，照片中还有许多张东升跟其他志愿者老师的合影，找那些人一核对，如果确认无误，那么更能百分之百证明徐静死前的很多天，张东升都在丽水山区，从未回过宁市。

从丽水山区到宁市，开车最快速度也要六七小时，来回就是十多小时，张东升想乘机短时间赶个来回是不可能的。

难道……徐静的死，真的是意外吗？

严良抿抿嘴，道："可惜，我想你们原本是有机会复合的，谁也想不到会发生这样的意外。不过……你有没有考虑过，这或许不是意外？"

张东升惊讶道："那是什么？"

"这么年轻，猝死的概率是很小的。你知道，我以前从事过警察行业，对有些情况比较有经验，你有没有想过，或许是徐静与你有复合的可能，导致另一个人产生不满，从而……"

"您是说徐静的……情人？"

严良点点头。"你知道他是谁吗？"

"我只知道是她单位的，我没见过，我也不知道具体是谁。"

"其实如果徐静的尸体还在，或许可以做进一步的尸检，判断出她到底是不是真的猝死。交警部门的尸检是很粗糙的，他们只针对交通事故，测些酒精什么的，刑警队里才有真正的法医。交警只是测了她非酒驾，又根据心脏的一些特征，做出了猝死的结论。交警当天就把尸体还给你了，不过你第二天就拿去火化了，还没过头七，是不是……太急了？”说话间，严良的目光冷冷地落在张东升的眼睛上。

谁知张东升丝毫没有紧张，似乎对这个问题早有防备，他突然咬住了牙，手指关节捏得发白，最后把香烟狠狠压灭在烟灰缸里。

严良收敛了下目光。“怎么了？”

张东升吐出一口气。“严老师，您是不是怀疑徐静是我害死的？”

“嗯……怎么会呢？”

张东升摇摇头。“我不是笨蛋，我听得出您的想法，不光是您，也许其他人私底下也会这么想。徐静爸妈死了，徐静也死了，徐家这么多套房子，最后都落到我一个上门女婿头上，对吧？”

“嗯……”严良没想到他会直接戳穿了说，顿时有些不知所措。

“徐静出事第二天，我就不顾别人说什么要停尸治丧，急着先去火化了再治丧，显得更可疑了，对吧？”

“嗯……”

“其他人这么想，我也不想解释，因为这件事，我实在是不想说的。不过，我实在不希望您对我有所误会。没错，我确实急着要把徐静火化，因为……那是因为出事那天我赶回宁市，我在家里发现了一个避孕套的包装。可……可我和徐静很久没有过夫妻生活了。”

张东升红着眼，直直地看着严良，仿佛他正在把一个男人的满腔屈辱和悲愤都强行压进心里。“我早就想到，徐静一定和那个人发生过性关系，可我根本没想到，我在山区支教，想着办法讨好她，我天天拍照片，跟她说话，讨她欢喜，她也明明表现出开心的样子，可是呢，她却直接把人带回了家。我不想看到她，真的，那一刻我真不想再看到徐静了，我无法看着她躺在棺材里，我宁可她是一盒骨灰。您明白吗？”

严良手指交叉着，看着激动的张东升，默默无言，过了半晌，站起身，道："你好好休息，这几天你也忙坏了，如果你需要帮忙，随时联系我。"

走到屋外，严良摘下眼镜擦了擦，他觉得他看不清张东升这个人。

徐静在此前曾说过，如果她出了意外，一定是张东升干的。

可从逻辑上说，徐静死前半个多月，张东升都有不在场证明，而且他的回答没有任何问题，甚至他的神态举止，也完全正常。

真的怀疑错了吗？严良陷入了思索。

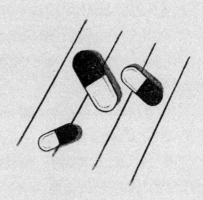

50

下午在新华书店，朱朝阳一见到普普，就激动地说："总算见到你了。"

普普脸微微一红，悄悄把头别过去。"不是每天都见得到吗？"

朱朝阳正色道："我有很重要的事跟你说。"

普普头更低，脸更红了。"嗯……你说。"

"那个男人——他姓张，他把他老婆杀了。"

"什么？"普普抬起头，瞪大了眼睛，她预期中的话没出现，却突然听到这么一句。

"对，他把他老婆杀了。"朱朝阳似乎并没注意到她脸上一闪而过的失望之色，认真地重复了一遍。

"嗯……你是怎么知道的？"转眼间，普普眉头一皱，"是不是他被抓了？那我和耗子要赶紧逃了，不过你呢——"

朱朝阳摇摇头。"不，他没被警察抓，是我问出来的。"他把在电视上看到那个男人，以及早上的事说了一遍。

听完，普普惊讶地张口："你一个人去他家问他这事，很危险。"

朱朝阳不屑地撇撇嘴。"一点都不危险，现在没人能抓到他，只有我们有他的罪证，他拿到相机前，是不会对我们任何一个人怎么样的。"

普普点点头，同时又担忧地望着他。"可是我还是觉得挺危险的。"

朱朝阳冷哼一声，道："放心吧，我有数。他杀了他岳父岳母，又杀了他老婆，上回他说自己是上门女婿，钱不是他的，现在他岳父岳母和老婆都死了，根据继承法，这一切都归他了，相信他很快就有钱来买相机了。"

"你认为他最后真的会花三十万元买吗？"

"当然会，不过……"朱朝阳犹豫了一下，道，"他说这几天他家里办丧事，很忙。我过几天还要再去找他，你能不能陪我一起去？"

"当然了，你是为了我和耗子，我当然应该陪你一起去。"

"不不，过几天我要找他的这件事……嗯，不是为了你和耗子。"

普普不解地问："那是什么事？"

朱朝阳支吾着说："我还没想好，不过我希望你到时候能帮我说话。"

"我肯定会帮着你。"

"嗯，那就说定了，我们一起过去，到时候不管我说什么，你都要站在我这边，支持我，好吗？"

普普想了想，果断答应："没问题，我会一直站在你这边。"说完，她又难为情地低下头，连忙扯开话题，"你爸最近和你关系怎么样？"

朱朝阳冷哼一声："我爸已经死了。"

普普大惊。"啊，什么时候的事？你爸怎么会突然死了？"

朱朝阳撇撇嘴。"我是说，他在我心里已经死了，我和我妈都被婊子派人泼了大便，家门口也被泼了红油漆。我报警了，警察要抓婊子，他却自始至终维护着婊子。在他心里，只有婊子是重要的，我和他完全是两家人，他只爱着婊子一家。"

他把晶晶妈找人泼大便泼油漆的事说了一遍。

普普握拳义愤填膺地说："怎么有这样的人，还泼你大便，实在太可恶了，应该把婊子推进化粪池，活活淹死她才解气。"

"对，我也恨不得是这样。"朱朝阳嘴角冒出一抹冷笑。

"最后婊子怎么样，警察关了她多久？"

朱朝阳咬咬牙。"才关了一天，交了罚金。"

"才一天？"普普狠狠道，"警察肯定被婊子收买了。警察从来都不是好人，我爸就是这么说的！"

朱朝阳无奈道："这事也不能全怪警察，本来要关婊子好多天的，但是我爸要我别追究婊子的责任了。"

"这……她泼了你大便啊！这样的事，你爸怎么能叫你算了呢！"

"他的心里只有婊子一家，他不光说让我算了，还说给我一万元弥补我和我妈。"

普普点点头。"他给你钱本来就是应该的，嗯，一万元，挺多的，不过他本该给你更多。"

朱朝阳看着她，过了一会儿，冷笑一声，摇了摇头，用一种奇怪的语调说："他不说钱，他还是我爸。他给我钱，从那一刻起，我爸已经死了。"

普普不解地问："他不给你钱才不是你爸呢！为什么给你钱，反而不是你爸了？"

朱朝阳看了看她，笑了笑，用大人一般的目光瞧着她。"等你再过几年就明白了。"

<h2 style="text-align:center">51</h2>

在严良的请求下，叶军手下的警员对几个事项进行了调查，很快

就有了结果。

"徐静死前的半个月里，张东升确实一直都在丽水的山上进行支教。这一点，移动运营商数据可以证实，他从未离开过当地，并且我们问了与他在一起支教的老师，也证实了这一点。"叶军将这个结果告知了严良。

严良立在原地，默不作声地思考着。

叶军给出结论："所以，张东升不可能是凶手。"

严良不置可否，他知道有几种方法能够不在场杀人，不过他没有把那些可能说出来，因为徐静的尸体已经被火化，根本就查不出结果。也许是张东升杀的，也许真是意外，恐怕真相永远无法探究了。

叶军继续道："如果非说徐静的死不是意外，比起张东升，徐静的情人更有嫌疑。她情人姓付，和她同单位，是她上司，比她大三岁，已婚，夫妻感情不好，所以去年开始和徐静凑到了一起。这家伙是小白脸，长相不错，也有钱，听说做事干练，风度翩翩，和多名女性都保持着不正当男女关系。他承认在这段时间内去过徐静家里，他一开始说单纯是去安慰对方，后来在我们的质问下才承认，他在徐静家中与她发生过性关系，用过避孕套。"

严良点点头。"张东升在家中发现了拆过的避孕套包装，于是恼羞成怒，当即要火化徐静的尸体，这也说得过去。"

叶军道："此外，我们从其他人那儿了解到，姓付的和徐静近期有过多次争吵，我们询问了姓付的，他承认确有其事。因为他看到徐静和张东升发暧昧的微信而吃醋。但他坚决否认他会害徐静，他说他们俩都准备今年年底前各自离婚，明年结婚，不会因为这点小事闹得太大。"

严良看着他。"你觉得呢？"

"我们找不出反驳的依据，这次本来定性的是意外事件，所以也不能对他采取强制审问的措施。他说徐静在父母过世后跟他说过，如果某天她突然死了，肯定是张东升干的。不过在这件事上，他并不相信真是张东升干的，因为徐静出事的前几天里，他们俩一直在一起，张东升确实没回过家。徐静最近常喝酒，偶尔也吃安眠药，所以他也觉得，徐静是自然猝死。当然，在这件事上，他希望警方能替他保密，他不想让人知道徐静死的前一天和他在一起过，那样名声上过不去。"

严良思索良久，点点头，对叶军表示了感谢。

他也不知道现在该如何处理了。和张东升摊牌？更加深入地调查他？

徐静的尸体已经被火化，那几种不在场就能杀人的方法，都需要进一步的尸检，而现在已经不可能了，查不出结果。只要张东升自己不招，没人能奈何得了他。严良对继续调查张东升，不抱任何希望。他有过多年的从警经历，深知不是所有案子都能寻出真相的。很多的真相，永远都无法被人知道。更何况，如果徐静真的是自然猝死，压根不关张东升的事，那自己这样怀疑他，以后还如何和他相处？

严良只能心里默默希望，不是张东升干的，这是意外，和他这个学生没有任何关系。

52

接下来几天，朱朝阳和普普照旧每天下午会在新华书店碰面，朱朝阳只字不提普普喜欢他的事，普普心中一阵失落，不过她看得出最近朱朝阳总是心事重重，很少说话，有时见他看着奥数竞赛题，半小时后还是停留在那一页。

直到一个星期后的一天，那天碰面时，朱朝阳仿佛换了一个人，因为他眉头是完全舒展的。他们一个下午都在看书聊天，唤回了久违的快乐。

分别时，朱朝阳告诉她："那个男人家里的丧事应该办完了，是时候去找他。明天早上八点，你和我在书店门口碰头，我们一起过去。到时候不管我跟他提什么要求，你都要站在我这边，好吗？"

普普奇怪地看着他，问他到底是什么事，他说明天就知道了，不肯吐露更多。最后，普普还是点头答应了。

第二天早上，两人碰面后，一起来到盛世豪庭，小区依旧很空旷，没见到几个人，地面车位零星停了几辆车，那辆红色的宝马车正在一角孤零零地停放着，表明那个男人正在家里。

朱朝阳已经是第三次来了，熟门熟路，按了门铃，上了楼，见到那男人时，对方还穿着睡衣。张东升的目光在朱朝阳脸上停留了几秒，又看了眼普普，笑了笑。"坐吧，需要喝点什么吗？普普，你喝可乐？朝阳，你喝橙汁？"

朱朝阳点点头。"谢谢叔叔。"

张东升给两人倒了饮料，自己坐到他们对面，抽出一支烟。"我能抽烟吗？"

朱朝阳表示无所谓。"这是你家，你随便。"

"呵呵。"张东升点着烟，语气尽显轻松，"你们是来拿钱的吧？我的财产继承手续还没办好，恐怕一时间拿不出这么多钱，不如——"

朱朝阳打断他："叔叔，我们不是来拿钱的。"

普普看了他一眼，心中琢磨不透，不拿钱还能来干什么？

朱朝阳继续道："你上回告诉我用毒药杀人，能说得具体一

些吗？"

张东升抿抿嘴，苦笑了一下，道："上次你非得打破砂锅问到底，我只能随便想个理由骗你，其实，我老婆真的是意外猝死的。"

朱朝阳像个成年人一样端坐着摇摇头，丝毫不信地说："你不用骗我们了，我们知道你的底牌，你老婆绝对是你杀的。要不然你上次也不会那么慌张地要我走，我想，上回那位叔叔可能知道点内幕？"

张东升眼睛微微眯了下，依旧一口咬定："确实是猝死的，不骗你。"

"叔叔，你太没有诚信了，你那天明明告诉我会跟我说具体怎么毒死人的，今天又赖账了。你这样，我真担心你跟我们买相机时会耍诈。"

张东升皱着眉，眼神复杂地打量着朱朝阳，他觉得这小孩无论眼神，还是行为举止，甚至连说话的方式都和前阵子完全不一样了，甚至让他感觉到了一丝寒意，没错，就是寒意，他和普普的冷冰冰不同，普普这小女孩虽然极度让他讨厌，不过他接触了一阵子后，觉得她更多像是在掩饰自己儿童的一面，似乎是一种防御动作。可今天的朱朝阳，却表现出一种不顾一切的进攻欲。

他咳嗽一声，道："我老婆的事情和你们无关，你们放心，等我处理好财产后，一定会把钱给你们。我和你们说句真心话，你们也许看到我杀人，觉得我很坏，我很歹毒。其实我有不得已的苦衷。我是这个家庭的上门女婿，或许你们还不太懂这其中的滋味，那么我跟你们简单说说，我爸妈来到这个家看我，看媳妇，看亲家时，他们都不让我爸妈住在家里，我爸妈一大把年纪，把我从小带到大，看到儿子结婚后，他们连进家门都难，你说他们心里怎么想？"

他把目光投向了普普，普普抿抿嘴。"他们不让你爸妈住在家里？"

张东升唏嘘一声："我出身农村，他们是城里人，嫌我爸妈脏。"

普普点点头。"我也是农村的。"随后她又摇摇头，说，"可是就算这样你也不能杀了他们。"

张东升冷笑一声："我老婆有外遇，她要跟我离婚，我是上门女婿，离婚了一分钱都拿不到。而且，她还把其他男人带到家里。你瞧我，没小孩，对吧？我结婚四年，我老婆不愿生小孩。她现在要跟其他男人生，你说，我这么做，是不是逼不得已？"

瞬时，张东升的话触动了普普的心弦，她咬咬牙，冷声道："你老婆确实该死！"

张东升原本只是装委屈可怜，博他们的同情，降低他们的防备心理，把自己的遭遇渲染一遍后，没想到普普会表现出和他同仇敌忾的态度，倒是让他有些吃惊。

他稍一思索，接着道："我没有小孩，是个老师，看着你们，就像看着自己的小孩，看着自己的学生。虽然你们没跟我说过具体情况，但我看得出，你们的家庭肯定也出过一些状况，我不希望看到你们三个未成年的孩子过早接触这些，你们应该在学校好好读书，那样未来和现在是完全不一样的。人最宝贵的，是对未来有所期盼。我的人生已经这样了，无法改变，可是你们可以。我愿意以后一直帮助你们，直到你们大学毕业，能够掌握自己的未来。"

他打量着两人。普普低下头，眼神变得黯淡。朱朝阳也是若有所思。他觉得这一步走得很对，毕竟只是小孩，还是很容易取得他们的信任的。正当他暗自得意时，朱朝阳重新抬起头，变回了刚刚的表情。"叔叔，今天我们来不是听你说教的，我必须知道，你是怎么把你老婆毒死的。"

张东升皱着眉道："这个和你真没关系。"

"不，有关系，今天我必须知道。"

"你知道了有什么用？你觉得我会用同样的办法对付你们？这不可能，你放心吧。我还不至于为了省三十万元，继续去杀人。"

"这不关我们之间交易的事，我只是一定要知道你的办法。"

"你想干什么，你也想杀人？"张东升不屑地冷笑一声。

谁知朱朝阳突然冒出一句："没错，我也要杀人！"

瞬时，普普瞪大了眼睛，吃惊地看着朱朝阳。

张东升也是紧皱着眉头打量他，从表情上看得出，这小鬼根本不是在开玩笑。

"喀喀，"张东升咳嗽两声，"你……你想杀谁？我知道你们这个年纪，打架被欺负什么的，经常会有，也很容易一时冲动，我跟你说，这些事等你长大了回头去看，其实都是小事……"

朱朝阳打断他："不是这些小事，总之你今天必须告诉我！"他的语气突然变得咄咄逼人，"你一定要告诉我，否则我会做出任何事！"

张东升脸上的表情停滞了，手指夹着烟停留在空中，过了好一会儿，他把目光投向了比起此刻的朱朝阳稍微不那么讨厌的普普。"他……发生什么事了？"

普普看着朱朝阳，也小心地问："你……你想做什么？"

朱朝阳回头看了她一眼，问："你会支持我的，对吗？"

"哦……"普普犹豫了一下，还是点点头，"嗯。叔叔，请你告诉我们吧。"

张东升抿了抿嘴，掐灭香烟，站起身，踱了一会儿步，又坐回位子上，双手交叉，关切地问："告诉我，发生了什么事，你想做什么？"

朱朝阳深吸一口气。"我要杀两个成年人，我要下毒，我要知道你是怎么做到的。"

普普惊讶地问："你想杀谁？杀婊子吗？怎么是两个人？"

朱朝阳没有理她，而是继续很直接地看着张东升。

"这……"张东升咬了咬嘴唇，皱眉道，"那两个人是你什么人？"

"这个不需要你管，总之，我不会拖累你，只要你帮助我，我决不会拖累你。"

张东升摇了摇头。"你年纪小，太异想天开了，下毒并不是你想的那么简单，会被警察查出来的。而且你要靠近对方，往对方食物里下，否则他怎么吃进毒药？"

"可是你出差去了，你是怎么毒死你老婆的？警察不是也没有发现吗？"

张东升撇撇嘴。"很复杂，我也是运气好，否则警察恐怕还要调查。"

朱朝阳道："反正我们已经知道你杀了人，你告诉我具体怎么干的，也没什么大不了的。"他加重了语气，"总之，今天你一定要告诉我。普普，你会帮我的。"

普普轻轻地咬着牙齿，犹豫了一会儿，最后也看向张东升。"叔叔，你一定要告诉他，否则，你知道的。"

张东升的表情只剩下冰冷，他打量着对面的两个小孩，此刻，普普眼中似乎带着恳求，而朱朝阳的眼中，完全只剩下了咄咄逼人。如果现在丁浩也在场，他恐怕直接要把三个人控制住，再逼问相机藏哪儿去了，最后把三个人都杀了，可是他们每次来，都商量好另一个留在外面，他实在没把握下手。干了两起神不知鬼不觉，甚至警方都没调查过他的命案，如今却被这三个小鬼把握住命运，他觉得真是一种莫大的讽刺。

他深吸一口气，想着小鬼已经知道了他两次杀人，对怎么杀徐静的，也没什么好隐瞒的，只好道："我老婆每天早上都会吃一种胶原蛋白的美容胶囊，我把毒药藏在她的胶囊里，然后去出差了，半个月后，她吃到了那颗毒胶囊就死了，那时我在外地，所以警察没怀疑我。"

朱朝阳道："是什么毒药？"

张东升皱皱眉。"氰化钾，你大概不知道。"

朱朝阳点点头，初中阶段确实没接触到这类化合物。他接着问："毒药你是怎么弄到的？"

张东升很不情愿地回答："自己合成的。"

"你不是数学老师吗？"

"我数理化都不太差。"

"这毒药吃下去多久能死？"

张东升叹着气，看着如此"好学"的一个学生，无奈地撇撇嘴。"几分钟。"

朱朝阳思索了一会儿，道："不对，你在撒谎。"

"我没有骗你，到现在我还有什么好骗你的呢？"

"你老婆在家吃了胶囊，照你说几分钟就死了，怎么会死在路上的？"

"这个嘛……"张东升只能把杀徐静的所有秘密都说了出来，"其实我把毒药藏在了一个更小的胶囊里，把更小的胶囊再放到胶囊里。胶囊外面的那层膜会在胃中分解，没几分钟，但两层胶囊膜就不同了，时间会比较久，所以她出门后在车上猝死了。"

朱朝阳满意地点头。"你在出差，你老婆却在车上猝死了，难怪警察不查你。不过如果你老婆不是早上吃的胶囊呢？那你怎么办？"

"她通常都是早上吃的，不过就算晚上吃了死在家里，我在出差，也是嫌疑最小的，只要我第一时间赶回来，火化了她的尸体，就再也不会有人知道了。当然了，她早上出门前吃了胶囊，在开车过程中猝死，是最好的结果，因为那是交警负责调查的，交警不够专业，所以我说运气也很重要。如果你想用毒药杀人，对方吃了东西很快死了，毫无疑问警察会认为是中毒而死的，能不怀疑靠近他们食物的你吗？所以，你不要想了，用毒药杀人，根本不是你想的那么简单。"

朱朝阳思索片刻，皱起了眉头，原来这男人杀老婆并不是那么容易的。而他呢，连靠近那两个人的机会都没有，怎么下毒呢？

过了片刻，他重新抬起头。"这毒药只有吃下去才能毒死人吗？"

"呃……当然了。"

"如果是鼻子吸进去呢？"

"那要在密闭环境下，整个空气里都是毒药，上哪儿搞这么多毒药？"

"注射呢？"

"哦……"张东升皱眉看着他，无奈道，"理论上也可以，不过，你想干吗？"

"注射是不是比吃下去死得更快？"

张东升盯着他问："嗯……你怎么知道？"

"我们学过人体循环系统。"

"你到底想干吗？"

"你把毒药给我，我自己想办法。"

张东升顿时一惊，这点他无论如何都不可能答应，瞧这小鬼的架势，是真的准备杀人，如果把毒药给他，这么个小鬼杀人不被警察抓到才怪，警察抓了他，百分之百会套出自己。他连连摇头道："毒药我没有了，扔掉了，这种东西我怎么会放着等警察来查？"

"没有了你可以再合成，你说你懂合成毒药。"

"原料我也没有了。"

朱朝阳坚定地摇头。"你骗人，你一定会有办法的。总之，我不管，你要帮我这个忙。或者你帮我杀了那两个人。"

"什么，要我帮你杀人？"张东升差点叫了起来，"你到底想杀谁？"

朱朝阳咬着牙，过了片刻，吐出几个字："我爸和他的女人！"

瞬时，身旁一直忐忑不安的普普终于脸色大变。"什么?! 还有个要杀的是你爸爸？"

张东升舌头伸在外面，也呆住了。

53

过了半晌，张东升才从惊讶中反应过来，眼神复杂地看着他。"你爸外面有女人，我能理解，你心里肯定很恨。不过，这是大人的事，你不该去管的。你长大了就会明白这个道理，现在的一时冲动会毁了你的一生。这个想法，你永远烂在肚子里，不能让其他任何人知道。"

普普也连忙劝说："你爸虽然对你不好，但他怎么说都是你爸爸，你就原谅他吧。"

朱朝阳气恼地看了普普一眼。"你答应过今天无论如何，都会站在我这边的。"

"是，可是……"普普皱着眉，第一次露出怯懦的表情，"朝阳哥哥，如果你那么做，以后一定会后悔的。"

朱朝阳激动地吼道："我不会后悔的，我决不会后悔！"

张东升望着他，心里想着这小鬼怕是疯了吧。

普普继续劝着："你妈妈肯定也不想看到你这样，她不会同意的。"

"我永远不会告诉她。"

"可是如果你被抓了呢？"

朱朝阳看向张东升。"叔叔这么厉害，他帮我去杀人，一定不会留下证据的。"

张东升冷冷地摇摇头。"我不会帮你做这种事的，无论你怎么说，哪怕你现在就拿相机去派出所，我也不会帮你杀你爸爸。我跟你说，我并不是怕事，我是为你考虑，弑父这种事一旦做出来，必将后悔终生。不管是你自己亲自动手，还是找别人帮你杀了你爸，这都不是帮你，是害你，害你一辈子。我必须郑重告诉你，你今天说过的话，我和普普都不会告诉第四个人，你自己必须全部忘掉，否则，那是心灵上极大的负担，一辈子的心理障碍，你懂吗？"

朱朝阳看着一脸严肃的张东升，又看了看坚决反对的普普，冷哼了一声，站起来，直接开门就走。

"喂，你等等。"张东升叫他，他丝毫不理会，冲下楼去。

普普正要追，张东升连忙拉住她，道："你一定要稳住他，绝对不能让他做傻事。"

"我知道。"

她正要跑出去追赶，张东升依旧拉着她，犹豫了一下，道："他会不会把相机……"

普普反应过来，道："不会的，最后我们还要和你换钱，他心情不好，我去劝劝他，我一定会劝好他的，你放心。"

"好，你快去吧。"

张东升放开了普普，心中一阵忐忑，就怕朱朝阳一时冲动，直接把相机交给派出所，但细想应该也不会，直接交给派出所害死他对朱朝阳自己也没好处，而且他们也拿不到钱了，不过这个年纪的小孩会不会冲动之下不管利害得失呢，也不好说。

他走到窗户边，看着普普追上了朱朝阳，两人站着说了很久，直到朱朝阳脸上重新露出了笑容，他才安下心来。

看来，这三个小鬼真得早点解决了，万一这几个冲动的白痴之后犯了什么事，落到警察手里，那么他也得跟着完蛋。

不过这三个人实在太有心眼了，永远不会一起来，而且相机不知道被他们藏到哪儿了，套不出话，真是相当麻烦，比他杀徐静一家要麻烦得多。

PART

15

好朋友

54

朱朝阳冲下楼后，一口气跑出了几十米，扶着一棵树大口喘气。

头顶盛夏的骄阳带来一阵阵的热浪，他感觉快要窒息了，身体仿佛要炸开。他狠狠地一拳打在树上，头缓缓地靠在了树干上。

"对不起。"一个轻轻的声音传到他耳朵里。

朱朝阳回过头，看到普普正低头抿着嘴向他道歉。他深吸了一口气，狠狠地吐出几个字："你为什么不帮我？"

普普看了他一眼，又把头低下。"我觉得你不应该那样想。"

"你答应过我，今天你一定会站在我这边说话！"

"那是因为我根本没想到你会说你要杀了你爸爸。如果你要报复婊子，我同意，可是，他毕竟是你爸爸。"

朱朝阳冷声道："他已经不是我爸了。"

普普抬起头，直直地看着他的眼睛。"不管你怎么想，他永远都是你爸爸。如果你真杀了他，你会后悔一辈子，这辈子都不会原谅自己的！"

"不可能，他死了，我会很开心，我这辈子都会很开心。"

普普咬了咬牙，突然大声道："那是因为你根本没真正失去过爸爸！"

朱朝阳一愣，看着普普，她眼眶很红，不过没有眼泪，他突然有种想去圈住她肩膀的冲动。

普普吸了口气，语气又转为平淡。"你觉得耗子怎么样？"

"什么怎么样？"

"他是不是每天嘻嘻哈哈的样子？"

"对啊。"

"那你知不知道他晚上经常做噩梦，大叫着醒过来，然后又缩在被子里一声不响，虽然他从没说过，但我早就知道了，他那是在哭。"

朱朝阳的脸色变了一下。

普普极为认真地看着他，过了半晌，叹了口气，用一种复杂的语气说："你比我们好多了，你为什么还想着要变成第三个我们这样的人呢？"

"我……"朱朝阳突然感觉喉咙肿大得发不出声。

"那一回小婊子的事，根本不是出自你的本意，是意外。可是现在，如果你真打算这么做，那就不一样了。如果你被抓住，你妈妈就剩自己一个人了。"

朱朝阳咽了下唾沫，还想坚持。"可是婊子那样对我和我妈，我爸还那样维护她。"

"你爸是个自私的人，可他还是你爸。"

"哼。"

普普撇撇嘴。"其实你和你妈的遭遇，就当和小婊子的事扯平了。你没有被警察抓走，只不过受了大婊子的报复。大婊子也被警察抓过了，她以后不会再来找你麻烦了。不管你爸以后怎么样，即便他再也不来关心你了，你和你妈照样能够生活下去啊，为什么非要报复呢？你成绩这么好，以后肯定能上很好的大学，找到很好的工作，赚好多好多钱，比你爸赚得更多，到他老了，看到你的厉害，他会后悔以前没好好对你。这样不是最好的结果吗？”

朱朝阳低下头，默默地思索了片刻，长长地叹了口气，朝普普勉强笑了下。“谢谢你。”

普普抿着嘴微笑。“你想明白了？”

“我再想想吧。”他苦笑了一下，道，“你一直站在太阳底下热不热？为什么不过来？”

普普做了个鬼脸。“谁让你刚才的表情像是要吃人的样子。”

“可是你谁都不怕的呀，你就怕我吗？”

普普的脸红了下，什么话也没说。

“好啦，我们回去吧。”

55

“什么，朝阳找张叔叔，要杀了他爸和大婊子？”丁浩这一次总算知道这是正经事，关掉了游戏，转过身认真地听着普普讲早上的事。

“对，”普普点点头，“大概是婊子几次三番弄他，他实在气死了。”

“可是，无论怎么说，他也不能有杀了他爸的想法啊。”

“是的，我也这么觉得。”

“你劝过他没有？”

“劝了，暂时劝住了，不过我看他可能还没彻底回过神来。”

“嗯……”丁浩皱眉想了想，道，“我们下午一起去找他谈谈。”

普普鄙夷地瞧着他。“你今天总算能不玩游戏了吗？”

丁浩辩解道：“我就偶尔玩一下嘛，兄弟出事了，我这不就打算赶去了嘛。”

普普冷冷地说："我觉得你应该对那个男人提高一些警惕，现在交易还没完成，你不要一口一个'张叔叔'叫得这么亲密，好像他真的是你叔叔一样。"

丁浩撇撇嘴。"我觉得他没有我们想的那么坏，他送了我电脑，给你买了书。他毕竟是老师，还是蛮关心我们的。"

普普白了他一眼。"他这是收买人心。"

"应该没必要吧？他也没有说让我们把相机便宜点卖给他啊。"

"总之你小心点，朝阳说那个男人其实很阴险。"

丁浩摇摇头。"不至于。"

普普郑重道："反正你注意，我们和朝阳的所有事，绝对不能透露给他，否则他就知道我们不敢把相机交给警察，到时候主动权全在他手上了。"

丁浩挥挥手。"放心吧，这点分寸我有，毕竟我是你大哥，阅历上你和我是不可同日而语的啦，哈哈。"

普普无奈地撇撇嘴。

两人收拾了一会儿，正准备出门吃饭，外面传来了敲门声。

普普趴到猫眼上看了看，发现是那个男人，她思索了一下，打开门，让他进来。

张东升一只手拎着一个全家桶，另一只手拎着几瓶可乐，把东西往桌上一放，道："你们还没吃饭吧？我给你们买了点吃的，顺便带了几瓶冰可乐，解解暑。"

丁浩立刻两眼放光。"哇，哈哈，谢谢叔叔。"

张东升朝他笑了笑，又把目光投向了普普，普普似乎对他带的东西无动于衷，自顾自地在桌旁站着，就像前几次他来时一样。

丁浩这小鬼还是蛮好哄的，张东升知道他喜欢玩游戏，给他带了

电脑后，丁浩就一直喊他叔叔。只不过这个小鬼好像也挺聪明，吃他的喝他的玩他的，可当他试探三个小鬼背景情况时，丁浩就开始装傻充愣了。

普普呢，似乎油盐不进，张东升每次买东西过来时，她顶多说句谢谢，此外几乎不说话，警惕性很高。

原本一开始他把房子给两人住，一方面是担心他们自己在外面找房子住，万一出了什么事，譬如房东看两个小孩租房，报告给警察，就难处理了；另一方面他当时想在房子里装监控录音设备，来了解这三个小鬼的底细。不过正因为看到普普警惕性这么高，甚至有一次他趁他们外出，偷偷进来找相机，发现柜子上塞了根毛线，看得出这几个小鬼心眼很多，所以他只能作罢。

"普普，你也来吃，别客气。"张东升看着丁浩狼吞虎咽的样子，笑了笑，招呼普普。

丁浩也道："对，普普，你也吃点，面包还是容易消化的。"

普普面无表情地看着张东升。"叔叔，你来是因为朝阳哥哥的事吗？"

张东升愣了一下，被普普一句话就戳穿了想法，只好承认："嗯……朝阳家是不是出了什么事？"

"没什么。"

"可是他都想着把他爸杀了。"

"他只是一时冲动，已经好了。"

张东升无奈地笑了笑。"嗯，那就好，你们再好好给他做做思想工作吧，如果他还是有困惑，让他来找我，我毕竟是老师，懂得开导人。"

"我知道了。"

见普普一副和从前一样守口如瓶的样子，张东升心中气恼，不过脸上还是挂着笑容，又给了他们几百元生活费，就离开了。

56

下午，普普和丁浩一起去新华书店见朱朝阳。

一见面，丁浩就亲热地圈住朱朝阳的脖子，带他到一个角落里，拍拍他的肩膀，道："好兄弟，普普把事情都跟我说了，我说你也太冲动了吧，怎么会冒出来这么可怕的想法呢。再怎么样，你还有个家，你还有妈妈，绝对不能再这样想了啊。"

普普也道："对，你爸妈虽然离婚了，但他们都还在，你没有体会过他们都死了的那种感觉。"

丁浩接口道："我觉得普普说得挺对，大婊子找人泼了你大便，算是和你推小婊子的事扯平了，你就忍她一回又如何，如果她再敢来，你再报警，那样警察肯定要关她一阵子了。至于你爸，他要维护大婊子就随他去吧，你不还有妈妈吗？按我说，你爸护着大婊子是一时的，他早晚会向着你这边。你看啊，你毕竟是他儿子对不对，他就只有你一个儿子了。以前他不关心你，那是因为他怕大婊子，而且他还有个小婊子，他偏心，只疼小婊子。现在呢，就剩你一个了，他早晚会回心转意来关心你的。我估计等过了这一阵，他会再偷偷联系你，再给你钱，一定比以前多。"

朱朝阳哼了声："他最近也没给我打过电话。"

普普道："那是因为他不好意思打给你，连续出了这么多事，他打电话给你，该跟你说什么呢？你就等着，过一段时间看看，过阵子，他肯定会趁大婊子不知道，偷偷联系你，给你钱的。"

丁浩道："对了，你绝对不能让其他人知道你有那种想法，万一传到你爸耳朵里，那他才会真的再不联系你了呢。"

朱朝阳深深吸了口气。

普普认真地看着他，抿嘴道："你怪我没站在你这边，其实，我一直站在你这边。"

朱朝阳抬起头，和她对视了几秒，又看了眼丁浩，心中涌起一阵暖意。他在学校没有什么朋友，幸好，现在有这两个朋友了。

朱朝阳叹口气，默默地点点头，低声说了句："谢谢你们。"

丁浩哈哈一笑。"有什么好谢的，咱们是好兄弟，对吧。"

"嗯，好兄弟。"他用力地点点头。

三个人一起笑了起来。

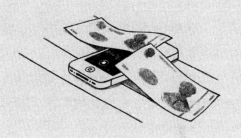

57

三个人在书店待到了下午四点才出来，在外面吃了东西后就分别回家了。

前阵子王瑶接连闹事，周春红也请了好几天假在家看着儿子，这几天回去补班了。

朱朝阳回到家中，孤零零一个人，突然又感到一阵失落。他真希望能够每时每刻都和两个好朋友在一起。

孤独的时候只有奥数竞赛题陪伴他，拿起习题集，看到封面有他常写的一行字——"吃得苦中苦，方为人上人"，他笑了笑，翻开书本，认真地投入数学的世界。

看了没一会儿，电话响了，朱朝阳接起电话，一个既熟悉又陌生的声音传来："朝阳，你妈在家吗？"

朱朝阳听到爸爸的声音，愣了一下，随后平淡地回应："不在，在单位。"

"嗯，那你现在下来吧，爸爸在楼下等你，跟你说点话。"

"哦。"他应了一声，他不知道他爸来找他谈什么，收敛了一番情绪后，下楼去。

楼下不远处，朱永平正一脸严肃地站着，他的奔驰车远远地停在马路对面。

看到儿子，朱永平招招手。

朱朝阳到他面前三米的地方停下了脚步，没有再上前。

朱永平看着儿子面无表情的模样，皱了皱眉，走上前想伸手去圈儿子的肩膀，但手伸到一半，又停住了，父子之间似乎多了一层无形的陌生和尴尬。

朱永平咳嗽一声。"嗯，你这几天还好吧？"

朱朝阳点点头。"还好。"

朱永平叹口气，停顿了片刻，道："你阿姨前阵子做的事，吓到你了吧？"

朱朝阳默不作声。

"其实主要是你妹妹的事，你阿姨一直脑子转不回来，以后不会了，你不要恨她啊。"

朱朝阳还是默不作声。

朱永平低下声音，道："以前爸爸对你关心不够，爸爸向你道歉，你不要怪爸爸。爸爸不是不关心你，身处两个家庭，有时候也是比较难做，等你长大以后就能理解了。上次你阿姨那么疯，你奶奶也跟她吵过了，嗯……以后有什么事，你跟奶奶说，你奶奶会打电话给我的。我听方建平说，你们再过几天要补课了？"

朱朝阳抿抿嘴，回答道："下学期初三，学校担心一个暑假过去学生把知识都忘光了，所以 8 月 12 号开始补课两星期。"

"嗯，初三了，要抓紧。"朱永平朝马路对面的奔驰车看了一眼，又回过身，圈住儿子的肩膀，伸手从口袋里拿出一沓钱，塞到他手里，"这里是五千元，给你的下学期报名费，以后你和你妈如果缺钱了，就跟你奶奶说，爸爸会把钱给你奶奶的。"

朱朝阳点点头，朱永平的一番话，在他心中泛起层层涟漪。

大概真的像耗子和普普说的，他爸过段时间会关心他的。

瞬时，他开始后悔，自己怎么会有弑父这么可怕的想法。顷刻间，他所有的报复念头都消散了。

朱永平又道："你爷爷看样子就是这几个月了，算命的算过他过不了今年，你趁着暑假有空，再去看看他。"

朱朝阳顺从地点点头。"我这几天就过去。"

这时，朱永平的手机响了，他把手从儿子的肩膀上放下来，背过身走出几步，接起手机，听了几句，挂断了，随后摆弄了一番手机，走回来笑了笑。"广告电话真多。"

随后，他又开始皱着眉，打量了几眼儿子，道："儿子，爸爸有件事想问你，如果问错了，你不要怪爸爸。"

朱朝阳点点头。"嗯。"

"嗯……"朱永平犹豫了片刻，颇为艰难地把话说了出来，"那一天在少年宫，你是不是在跟着你妹妹？"

朱朝阳眼睛突然睁大，望着朱永平，尖声道："没有！爸，你也不相信我吗？"

朱永平连忙道："不不，你说没有就是没有。我本来以为，如果你跟着你妹妹，或许能给警察提供一些线索，早点抓到害你妹妹的凶手。"

朱朝阳摇摇头。"我真的不知道。"

"嗯……"朱永平又迟疑了片刻，支支吾吾道，"那天……你阿姨来这里找你们的那天，你阿姨说……她说你一见到她就逃，她说你很心虚，喀喀，嗯……那是为什么？"

朱朝阳极其坚定地看着爸爸。"我没有逃，我没有心虚。我经常去少年宫看书，我同学可以做证，警察叔叔也调查过，他们也是知道的，警察也说我是被冤枉的！"

朱永平连声道："嗯嗯，爸爸就是随便问问，你别往心里去。你妹妹毕竟也是爸爸的女儿，爸爸很想抓到凶手，你不要多想，知道吗？"

朱朝阳面无表情地点点头。

朱永平目光在儿子身上停留了片刻，拍拍他的肩膀，道："好吧，你上去吧，爸爸也走了。"

说完，朱永平转身离去，朱朝阳站在原地，痴痴地望着他。

可是，朱永平刚转身走出没几步，马路对面奔驰车后座的车门就开了，王瑶急匆匆跑了出来，拦住朱永平就问："小畜生招了没有？"

朱永平立刻压低声音道："回去再说！"

"到底招了没有？"

"回去再说！"

王瑶一把从朱永平手里夺过手机，朱永平想去抢夺，王瑶背对着他护住手机，点了几下，手机里传出了声音："'儿子，爸爸有件事想问你，如果问错了，你不要怪爸爸。''嗯。''嗯……那一天在少年宫——'"

这时，朱永平用力一把把王瑶拽过来，抢过手机，看都不看就狠狠地朝远处扔出去。

"啪"，手机在地上跳跃了几下，撞到马路牙子上。

王瑶大怒，喝道："你疯了！"她冲过去要捡手机，朱永平硬生生把她拉住，大怒道："不关朝阳的事，这件事你不要再折腾了！"

朱朝阳站在原地，痴痴地看着面前这一幕。

　　王瑶尖叫起来。"这小畜生是不是还没招？他是不是不承认？你刚才以为我没看见，你还偷偷塞给他钱了是不是？"她回过头，狠狠地盯着朱朝阳。"你说话啊，你承认啊，你不是很喜欢钱吗？只要你承认了，你要钱，多少我都给你啊，小畜生。"

　　她肩膀整个被朱永平箍着，奋力挣扎着，手从包里抓出一把钞票，狠狠地往朱朝阳脸上打过去。"给你，钱给你，你承认啊，你承认啊！要么是你杀的，要么是你指使人干的，对不对，对不对！我一定找人天天跟踪你，查出你的罪证，查出你的同伙。就算你不承认，我也会找人弄死你，弄死你！"她歇斯底里地大叫，引得周围的路人都过来围观。

　　一把钞票"啪"的一声打在了朱朝阳脸上，他感觉脸很痛，可是他没动，就这么静静地立在原地看着。

　　此时，朱永平一把将王瑶拽过来，朝她甩了一个耳光，怒喝道："你还要折腾多久！我已经受够了！走！回去！你给我滚回去！"

　　他把王瑶整个抱住往车的方向拖，王瑶呜呜地哭着，嘴里依旧叫骂着："小畜生，你别得意，我早晚收拾你！"

　　朱朝阳站在原地，默默地看着朱永平拉走王瑶的身影，直到他们上车了，车开走了，朱永平始终没再看他一眼。

　　周围人很快起了一阵骚动，有的人已经开始捡飘飞出去的钱了。

　　朱朝阳突然大声怒吼："别捡，是我的钱！"他疯狂地捡起地上的钱，然后疯狂地往家里跑。刚刚出来时，天还是亮的，此时，天已然黑了。

　　朱朝阳走到楼下时，停了一下，抬头看了眼天空，这恐怕是最糟糕的一个暑假了。

　　整个天幕都灰蒙蒙的。

58

"普普，我看完了。"朱朝阳翻到了书的最后一页，合上，那书的扉页上写着"鬼磨坊"。

"怎么样，你觉得好看吗？"普普期待地问。

朱朝阳微笑着点头。"嗯，你推荐的这个故事很有意思，我第一次看故事书，一下子就入迷了。"

普普的目光空虚地望着远处。"如果世界上真有鬼磨坊这样的地方，就好了。"

"可是鬼磨坊里的人，每年都会被他们的师父杀掉一个。"

普普平淡地笑着说："他们在外面时，也可能会死掉。至少在磨坊里，在每年的那一天来临前，生活都是很轻松，很自由自在的。"她又苦笑一下，抿抿嘴，"可是这是德国的童话故事。"似乎如果是中国的童话故事，那么世上就真的会有这样一座让她向往的"鬼磨坊"了。

朱朝阳叹口气。"是啊，生活总是不能自由自在的，总是有很多麻烦的事。"

两人叹息一声，纷纷摇头，又同一时刻看向了对方，同时笑了出来。但朱朝阳笑了一下后，眉头紧跟着就锁了起来。

"怎么了？"普普关切地问。

朱朝阳低下头，沉默了片刻，低声说了句："这次恐怕真是遇上大麻烦了。"

"又出了什么问题吗？"

"我爸也怀疑小婊子是我杀的。"

"什么？"

"昨天我爸来我家楼下找我，我下去后，他先是虚情假意地跟我说了对不起，还假模假式地给我钱。后来他接到个电话，他听了几句，什么话也没说，就挂断了，然后跟我说是广告电话。接着，他突然问起小婊子的事，问我那天去少年宫，到底是不是在跟踪小婊子。"

"你怎么说的？"

"我说没有。"

"他相信了吗？"

"我想他没有信，因为他又接着问我，大婊子那天来我家找我时，为什么我一看到她转头就逃，问我是不是心虚。"

普普紧张地问："你怎么回答的？"

"我说没有，不关我的事，警察也调查过了不关我的事。"

"你爸这下总该信了吧？"

朱朝阳摇摇头。"我想他还是怀疑的。那个时候他跟我又说了几句，掉头走了，这时对面马路上，大婊子冲了出来，问他我招了没有，还抢走了他的手机。"

普普不解地问："大婊子为什么要抢走你爸的手机？"

朱朝阳面色暗淡地低下头。"当时我也奇怪，可马上就知道了，大婊子点开了手机，里面出现了我爸和我谈话的录音。"

普普眉头一皱，几秒钟后，缓缓睁大了眼睛，恍然大悟。"你爸想套你话，还录音了？"

"是的，那个时候的电话，一定是婊子打的，提醒他要录音，只要我心虚了，只要我说出来了，他们就有了证据，就会叫警察把我抓走了。"

普普咬着牙。"你爸竟然想让警察把你抓走？"

朱朝阳叹口气。"这还不是最糟糕的，他们临走时，婊子说要么人是我杀的，要么就是我指使别人干的，跟我脱不了干系，她一定会天天跟踪我，调查清楚，一定会抓到我的罪证，找出我的同伙，一定要弄死我。"

普普冷声道："死婊子实在太可恶了！"

"一开始警察拿了我的指纹和血液，后来就没再找过我了，他们肯定是排除了我的嫌疑，警察找到的证据，我猜是耗子的。"

普普点点头。

"警察不知道我有你们这两个朋友，可是如果被婊子知道了，她有钱，她会派人查的，她还会派人跟踪我，如果她知道了还有你们，那么我们三个就彻底完蛋了。"

普普愣了一下，随后脸上渐渐失去了所有色彩，似是抹上了一层昏暗，她低下头，轻声道："你的意思是……让我和耗子离开这里，不再和你联系？嗯……那样……那样其他人永远都不会知道了。"

"不是的，"朱朝阳很坚定地摇摇头，"你们俩是我最最要好的朋友，我只有你们两个朋友，无论发生什么，我们都是最好的朋友，我不能失去你们，不能让你们离开，如果你们离开了，我又只有一个人了，没有半个朋友，我找谁说话去？那样的日子我再也不要过了。所以，无论如何，你们都要留在这里，好吗？"

普普看着他不容拒绝的表情，过了很久，才缓慢点点头，又皱眉道："我也希望能够一直这样，和你一起看书，可是，如果某一天被婊子发现了我和耗子，那么你……"

"所以，现在必须做点什么改变这一切了。"

"嗯……能做什么？"

朱朝阳笑了一下，轻描淡写地吐出几个字："让我爸和婊子都消失吧。"

"什么?!"普普看着朱朝阳此刻的表情,感到一阵不寒而栗,她觉得面前的朱朝阳仿佛很陌生,仿佛自己从没见过。上一回朱朝阳说要杀了他爸时,不是这个表情,更多是一股愤怒的冲动,可是今天——似乎不一样了。

"你觉得怎么样?"朱朝阳的声音很平静,但让普普有一种害怕的感觉。

普普使劲地摇摇头。"不行,朝阳哥哥,无论你爸做了什么,你可以恨他、怪他,甚至下定决心长大以后报复他,可是,你不能想着杀了他,绝对不可以!"

朱朝阳看着她,淡淡地微笑着说:"我知道你是为我好,怕我以后回想起来,心里承受不了。不过,你不理解我。"

普普倔强地说:"我理解。"

朱朝阳吸了口气,苦笑一下,突然换了个话题:"对了,认识你这么久,我居然不知道你真名叫什么。"

普普见他突然问了个不相干的问题,有些不解地看他一眼,还是回答了:"我叫夏月普。"

"嗯,怎么写的?"

"夏天的夏,月亮的月,普通的普。"

"夏月普,"朱朝阳点点头,笑道,"很好听的名字啊,谁给你取的?"

普普略微得意地笑着。"我爸爸想出来的,他说我出生的那天,刚好是夏天,晚上十点多,那天月光普照,我爸又姓夏,所以我就叫夏月普。"

"嗯,那我以后叫你月普,再也不叫你普普了。"

"哦,为什么?"

"'普普'不是你的名字，而是侮辱性的绰号，你已经不在孤儿院了，应该永远和这个绰号告别。我会告诉耗子，我们以后再也不能叫你普普，必须叫你月普。"

瞬时，普普脸上的表情发生了微妙的变化，她眼眶中多了一些湿润，她使劲眨了眨眼，笑了出来。"是耗子告诉你我绰号的事？"

朱朝阳点头承认，又说："以后我一定带你去最好的医院，找最好的医生，治好这个病。从现在开始，你吃饭不要再躲躲藏藏了，吃完你也不要一个人走了，我一点也不觉得那有什么，你自己也不要再介意了，好不好？"

普普停顿住了，过了几秒，紧紧抿着嘴笑了起来，她把头侧向一边，抬起头使劲眨眨眼，又用手抹了几下脸，重新转回头，看着他。"好，我叫夏月普，不叫普普了。"

"月普，你爸的祭日是这个月吗？"

"对。"

"是这个月什么时候？"

"月底的时候。"

朱朝阳想了想，道："我 12 日开始要补课了，要上半个月的课，到时可能出来的时间不多。相机里有那个男人的视频，所以照片不能去打印店打出来。嗯……不如我现在带你去照相馆拍照片吧，多拍几张，你一定要笑，你爸肯定想看到你高兴的样子。"

普普抿嘴笑道："好。"

59

傍晚，周春红从景区回来，带着一脸怒气回到家，见到儿子，她

强忍住怒火，关切地问："朝阳，昨天朱永平是不是来找过你了？"

朱朝阳面无表情地点点头。"找过我了。"

"他来找你做什么？婊子也跟来了？"

"你听邻居说的吧？"

周春红咬着牙点头。

朱朝阳便把昨天朱永平和王瑶做的事一五一十、毫无隐瞒地说了一遍。

听完，周春红更是大怒。"朱永平这个畜生，连自己儿子都会怀疑！还想出录音这种招数！警察都说了不关你的事，他居然……居然跑过来录音！"她双眼通红，大口喘着气。

朱朝阳连忙给她倒了杯水，扶她坐下，拍着她的肩膀，一脸平静地劝慰道："妈，你也别气了，没什么大不了的。"

周春红抬起头，她从儿子的表情中，读到了一种从未见过的成熟，但还带着一丝古怪的陌生感，让她隐约有点不舒服。

但这个表情在他脸上只出现了那么一瞬间，随后朱朝阳道："妈，我会好好读书，不会让你失望，你不要为我担心，也不要替我生气了。"

周春红咽喉一阵抖动，不过她没有哭出来，深吸了口气，欣慰地看着儿子。"你自己别多想就好。"

"我不会多想的，妈，你放心吧。"朱朝阳冲她笑了一下，跑回房间拿出一沓钱，道，"爸昨天给了我五千元，婊子的有三千六百元，你收好。本来应该有四千多元的，那时她扔在地上，有好几百元被旁边的路人捡走了。"

周春红接过钱，用力捏皱，痛惜地看着儿子。"朱永平的钱，你拿是天经地义的。可是婊子扔到地上的钱，你不该捡！"

"我不捡走的话，肯定会被其他人捡走的。"

"这些钱就算让火烧了，你也不能捡！"

"为什么？"

周春红看着儿子，毕竟儿子才念初中，还不懂人情世故，也不能怪他，她叹了口气。"这是婊子扔在地上的钱，是侮辱你的钱，你捡了，就是你低她一等了。"

朱朝阳无所谓地笑了笑。"妈，这就是你不聪明了。钱上又没写婊子的名字，落在你面前，你不捡，这是跟自己过不去。"他突然冷笑一下，"别说这些钱，就算他们整个厂子给我也是应该的，给我多少钱，我都会心安理得地拿来，这是应该的！"

周春红叹息一声，道："我听人说朱永平还要和婊子再生个小孩，唉，要是生出个男孩，恐怕以后朱永平的资产就更没你的份了。"

朱朝阳不屑道："我马上上初三了，四年后读大学，再过几年就能工作赚钱，我也不担心。以后我不会主动跟他联系了，也不会去爷爷奶奶家了。"

周春红眼神复杂地看着负气的儿子，语调柔下来，劝道："朱永平虽然对你不好，可是你爷爷奶奶对你还是好的，你快开始补课了，听说你爷爷上星期又去医院抢救了一回，怕是时间不多了，你这几天最好还是去看一趟。你去过了，别人只会骂朱永平配不上做爹，不会说你不懂事。"

朱朝阳想了想，点点头顺从地同意了。

60

第二天下午，普普在书店见到朱朝阳后，马上凑过去低声道：

"耗子来了，他说要和你再谈谈。"

朱朝阳向四周看了看，问："他人呢？"

"你昨天说婊子和你爸都开始怀疑你了，绝对不能让他们知道耗子的存在，所以我让耗子在最里面的那个书架旁等我们。"

"耗子知不知道他在小婊子身上留下了证据？"

普普点点头。"我昨天告诉他了。"

"他害怕吗？"

"他应该有点怕的。"

朱朝阳点点头。"原本我们商量着不告诉他，怕他心里害怕。不过事到如今，应该让他知道情况的严重性，这样才能让他提高警惕。走吧，我们去找他。"

两人像做贼一样小心地打量四周，然后装作若无其事的样子走到了最里面一排书架旁。

丁浩正在看漫画书，见两人来，立刻放下书，摆出一副严肃的表情，走上前悄声道："朝阳，有件事我必须和你谈谈。"

"你说。"朱朝阳淡定地看着他。

"昨天普普告诉我，你还是想着那件事。"

朱朝阳轻松地摇摇头。"不是想着，上一回是想着，这一次是下定决心去做。"

"你考虑过这样做的后果吗？"

"没有什么后果，未满十四周岁是不用承担刑事责任的。"

"不，我不是说这个，"丁浩想了想，努力组织劝说的语言，"你……你要杀了你爸，这样做的结果是，你心里永远都会背着这件事了。"

朱朝阳平静地摇头。"我不会。"

"你肯定会！"丁浩把目光投向普普，"普普，你说是吧？"

朱朝阳突然打断他："耗子，以后不要叫她普普了。"

丁浩不解地问："那叫她什么？"

"叫她夏月普。"

"夏月普是她的名字呀，这和普普有什么区别吗？都叫了好几年了。"

"有区别！'普普'是在孤儿院别人给她起的侮辱性绰号，你们已经离开孤儿院了，再也不会回去了，所以，要忘记这个名字，彻底和孤儿院说再见。"

普普的脸色变了变，也对丁浩说："耗子，我以后就叫夏月普了。"

丁浩无奈地撇撇嘴。"好吧，可我以后还是可能会叫错的，我都叫习惯了。"

朱朝阳道："我会提醒你的。"

丁浩瞧着他们俩，突然嘿嘿笑出了声。"你们俩现在关系不一般啊。"

普普脸上泛出一抹红晕，抿抿嘴，瞪着他。"白痴，别岔开话题，你不是来找朝阳谈事的吗？"

丁浩一脸无辜道："可刚刚明明是朝阳岔开话题，说到你名字上去了，你怎么反倒怪起我了？"

"我……"普普撇撇嘴，"反正你是最笨的一个。"

"好吧好吧，"丁浩酸酸地道，"我最笨，行了吧，朝阳永远最聪明，这下你满意了吧？"

朱朝阳连忙劝着："好啦，耗子，你一点都不笨，而且你心地特别好，今天你过来，就是想劝我放弃这个想法，对吗？"

"对，你真的不能一错再错，没有人会杀自己爸爸的，这和你不小心推下朱晶晶完全不同。"

朱朝阳叹了口气，道："其实我也不光是为了我自己。月普，你知道《鬼磨坊》的最后，克拉巴德为什么要杀了他的师父吗？他的师父对他还是不错的，让他当继承人，愿意把一切都留给他。"

"嗯……如果他不杀了他师父，他师父虽然不会杀他，但会杀了其他几个徒弟和他心爱的姑娘。"

朱朝阳道："为了兄弟和心爱的姑娘，他必须这么做，他必须杀了师父，他没有其他的选择。"

丁浩看着两人说着他完全听不懂的东西，不解地问："朝阳，别岔开话题行吗？我是认真地在和你说。"

朱朝阳叹了口气。"我知道，但现在的情况是，婊子和我爸都对我产生了怀疑，他们说这件事和我脱不了干系，不是我干的就是我找别人干的。如果婊子找人调查我，一直查下去，迟早有一天会知道我有你们这两个朋友。到时不光我会被抓走，还会拖累你们两个。她叫夏月普，再也不是孤儿院的普普了。你也不想再见到死胖子院长对吧？如果这些事都暴露了，你们再回到孤儿院，那结果会怎么样，想想都好可怕。"

普普脸上抽动了一下。

丁浩也烦恼地皱起双眉。"可是那样一来，你……如果你杀你爸爸，你会……"

朱朝阳打断他："我不会怎么样，我心里不会感到半分难过。我已经没有爸爸了。我只有一个妈妈和你们这两个朋友，你们是我最重要的朋友，也是绝无仅有的朋友。"

他又接着道："并且我想好了，如果婊子和我爸都消失了，那么按照继承法，他们夫妻的财产先平分，一半归婊子娘家，一半归我和我爷爷奶奶三人。我爷爷奶奶只有我一个孙子，除我爸以外没有其他子女，最后这些钱都是我的。我有钱了之后会想办法给你们钱，让你们有个安定的生活，再也不用为钱担心。那个男人帮了我后，也有了我的把柄，到时候他的三十万元就算不给也没关系了。你喜欢打游戏就尽管打，以后等我大学毕业了，能独立支配财产了，我开公司，请你当副经理，这样多好。"

丁浩扑哧笑了出来。"普普，不，月普是老板娘吗？"

普普一听用力扭他手臂，他急忙讨饶。

朱朝阳也是害羞地笑了笑，避开不谈，道："这么说，你是同意了？"

丁浩停下了笑，眉头再次皱起，道："我总觉得这件事太大了，不可能实现的。"他把目光投向了普普。"你怎么看？"

普普面无表情地停顿了一会儿，淡淡地说："如果被婊子查出了我们俩，朝阳完蛋了，我们也完蛋了，我们要被送回孤儿院，我死也不会回去的。"

听普普的意思她明显已经站在了朱朝阳一边，丁浩纠结了很久，道："我想只让婊子消失就行了，你爸毕竟是你爸。"

朱朝阳摇摇头。"如果婊子出事了，我爸百分之百要怀疑我，只能两个人一起出事。"

"可是如果两个人一起出事了，警察也会怀疑到你吧？"

朱朝阳又摇了摇头，道："不会，他们出事的那天我在学校上课，警察不会认为是我干的，而且我一个小孩，警察也不会认为我能雇凶杀人。"

丁浩想了想，不解地问："你在学校上课？那谁去干？"

"那个男人，要那个男人去干，我们三个小孩，根本没办法杀死两个成年人，那个男人已经杀了三个人了，警察完全没抓他，他一定有很多别人不知道的杀人办法，他肯定有办法把事情做到让别人完全看不出的。"

"可是……可是我们用相机勒索他，他没办法只能给钱，现在用相机威胁让他杀人，他会答应吗？"

朱朝阳冷声道："不答应也要答应。"

"如果他说他没有能力办到呢？"

"我已经替他想好了办法。下个星期三是小婊子的生日，我今天早上去我奶奶家，听她说我爸和婊子会在那天去上坟。现在是大夏天，他们上坟一定是趁一大早天气凉快的时候去，这季节大清早根本没人上坟，到时候叫男人在墓地下手，一定会成功。下星期开始我们学校要补课了，那时候我正在上课，他们俩出事了，根本不关我的事。"

"这……"丁浩瞧着朱朝阳说着计划的模样，眉宇间透着一股让他都感觉害怕的冷酷。

朱朝阳看了他们俩一眼，道："只剩下最后一件事，我们必须说服那个男人，必须威胁他。那个男人肯定是不愿帮忙杀人的，到时候你们一定要态度强硬地站在我这边，不能让他感觉到能劝服我。而且我们一定要非常强硬，逼迫他必须帮忙，威胁他如果不同意，我们三十万元不要了也要把相机交给警察！"

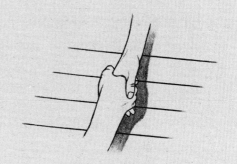

61

接下来的几天，朱朝阳和普普依旧如过去一样，每天在书店碰面，彼此谈着过去、现在和将来的事。日子似乎很平静，两人经常笑，不过在这份平静背后，他们偶尔也会流露出一些焦虑。

普普问朱朝阳什么时候去找那个男人，他表示越晚越好，越晚给那个男人思考对策的时间就越少，到时候用最强硬的态度，迫使他别无选择。

这叫破釜沉舟。

到了星期日，明天朱朝阳就要去学校补课了，这是最后的一天。

他和普普约定了一早在盛世豪庭小区门口碰头，随后一同按响了那个男人的门铃。

张东升见到两人，照旧摆出了一副亲切的笑脸，但他发现今天这两个小鬼一脸凝重，他微微感觉出两人情绪不对，试探性地问了句："怎么了？你们好像不高兴？"

"没有不高兴，"朱朝阳面无表情地说，"今天我们是来和你做倒数第二次交易的。"

"倒数第二次？"张东升疑惑道。

"对，最后一次是把相机还给你，这一次是需要你帮我们去做一件事。"

"哦，什么事？"

"杀两个人。"

当这句话平淡无奇地从朱朝阳嘴里说出来时，张东升头发都竖起来了。

"你……你还抱着那个想法？"张东升吃惊道，随后连忙摆出了一副语重心长的样子，"朝阳，叔叔必须好好跟你谈谈了，你这个想法是极其不应该有的，不管——"

朱朝阳打断他的话："叔叔，今天我不是来听你说教的，这件事我已经想得很清楚了，没有转圜的余地，你，必须，帮我，杀两个人。"

张东升咬住牙齿，重重地吸了口气，他把目光投向了普普，用责怪的语气说："你们不是劝好他了吗？又发生了什么事！"

普普站在原地，不动声色地停顿片刻，道："叔叔，这件事你必须帮他。"

"什么?!"张东升挑起眉毛，"你居然也赞同他杀他爸？你知不知道你这是害了他！"

普普瞬间低下了头。

朱朝阳立刻道："叔叔，你不用再想着鼓动他们说服我了，这件事我们三个人已经商量定了，不会更改。所以，你必须做。"

张东升怒道："不用说了，你一个小孩要教唆我杀人，这种事我不可能干！"

"你已经杀了三个人了，再多杀两个也一样。"朱朝阳脸上透出一抹残忍的冷漠。

　　张东升顿时狠狠握住拳头，双眼像充满火焰一样径直投向朱朝阳。

　　朱朝阳的目光很直接地迎向了他，他异常冷静地道："你要么今天把我们俩直接杀死在这里，但耗子不在房子里，他在外面，你杀死我们再赶过去杀他是不可能的，就算你觉得你把我们俩抓住，就能逼问出耗子在哪儿也没用，我们已经告诉过他，如果不是我们去找他，而是你，那就意味着我们被你抓了，他不会跟你走的，他只会找警察，告诉警察所有事情！"

　　张东升看了他一会儿，嘘了口气，皱眉道："我不会再杀人，我家里的事我是迫不得已，我以后再也不会杀人，不会害你们，也不会帮你们害人。"

　　"如果你不愿意帮我杀人，那么三十万元你留着吧，我们不要了！我今天就把相机交给警察。反正你不帮我杀了那两个人，我也快活不成了。"

　　"嗯？"张东升眼睛微微一眯，道，"你也快活不成了，什么意思？"

　　"我告诉你吧，我为什么必须杀了他们。我爸和他老婆有个小孩，一个多月前，那小孩在少年宫被人推下去摔死了，结果我那天刚好在少年宫看书，婊子说人是我杀的，警察找了我，他们证明这事情跟我一点关系都没有，可是婊子不信，她好几次找上门打我和我妈，甚至雇了人泼了我和我妈大便，还有家门口也被他们泼了油漆。她放话，一定会找人弄死我，会三天两头找我麻烦。你说，如果他们不死，我还能活吗？"

　　张东升摸了摸下巴，这是他第一次知道朱朝阳家的情况，他思考了一会儿，道："这事情警察不管吗？"

　　"管，警察来了好几次了，可是她雇人泼我大便，警察又不能把她拉去坐牢。所以她一而再，再而三地来弄我。"

"那你爸呢？"

朱朝阳冷哼一声："他只护着婊子，甚至我被泼大便，警察去调查，他还是护着婊子，把她藏起来了，还叫我跟警察去说算了。"

"嗯……这件事确实是你爸不对，但不对归不对，你总不该为这个原因想着杀了他。你要知道，社会上离婚的情况很多，许多人离婚后，对前妻和以前的小孩不闻不问，彻底断绝关系的也大有人在，甚至当仇人看的也有。你爸不过是对他的新家庭更偏心、护短，但你也不应该有那种想法。"

朱朝阳冷声道："那你告诉我，除了杀了他们俩，还有什么办法能让我以后的日子不受他们骚扰？如果那婊子铁了心要弄死我呢？"

"她不过是吓唬吓唬你，不可能的。"

"他们很有钱，我妈很穷，没钱，根本斗不过他们。如果有人三天两头走在你背后，朝你泼大便，这是不是比死还难受？"

"嗯……我觉得这事还是找警察，一次性解决比较好。"

"我跟你说过了，这件事警察管不了，雇人泼大便，我又没证据证明是她干的，就算查出是她指使人干的，最多关两天就出来了，又不会坐牢。"

"嗯……或者你可以找你爸爸好好谈一谈，毕竟，他老婆总是听他的吧，他老婆认为那小孩是被你推下去的，你爸不会信的，让你爸好好说服她。"

"哈哈。"朱朝阳笑了起来，"我爸也信是我杀了他小孩。"

张东升一愣，眼神复杂地望着朱朝阳。

"所以，叔叔，这件事对我来说，比钱更重要。你可以不给我钱，只要你杀了他们，我同样会把相机给你，把所有我们经历过的事，忘

得一干二净。否则，我今天一定会把相机交给警察。你可以考虑一下，但最后期限是今天中午前。"

张东升嘴角抽动了一下。"你这还是一时冲动。"

"不，这件事我想了好几个星期了，不是一时冲动。我知道你不想做，但你别无选择。"朱朝阳露出了咄咄逼人的眼神。

张东升咬牙冷笑道："好啊，你不用威胁我，我不会干的。你大可以把相机交给警察，让我被警察抓走，我也会跟警察说，你想杀了你爸和他老婆，到时，你家里人会怎么看你？"

朱朝阳笑了起来。"非常好，我也希望你这么说，我嘴上说杀人，是犯罪吗？哼，就算我真的杀了人，我不满十四周岁，能怎么样？让警察告诉我爸，我想杀了他和他老婆，正好让他们害怕，他们以后就不敢再来找我麻烦了。反正我现在的处境已经是这样了，没办法更糟糕了。不过你现在生活得很好，可一旦相机落入警察手里，你就活不好了！"

张东升鼻子哼了声："好吧，那你去吧，我就在这儿等警察来。"

朱朝阳咬咬牙。"很好，我也说到做到。"

他转身就走，开了门，走到了外面。

张东升紧紧咬住牙齿，面无表情地看着他。

普普冷冷道："叔叔，他真的会去的，我知道他。"

张东升听到朱朝阳下楼梯的脚步声了，似乎越走越快。

张东升皱眉站起身，走到门口，咳嗽一声，道："那个……你先回来吧。"

62

张东升喊他回来，可朱朝阳的脚步声非但没停，反而更快地向下离去。

张东升又叫了两声，此时朱朝阳已经开了一楼的铁门，走了出去。

张东升恼怒地咒骂一句，只好奔了下去，在楼下几十米远的地方追上了朱朝阳，把他扳过身，一脸烦躁地看着他。"回去再谈谈怎么样？"

"没什么好谈的，你劝不了我，我已经想了几个星期了。"

"我和你再沟通一下。"

"不需要。"

张东升怒道："那我们再商量一下总可以吧？"

"你同意了？"

"你听我说——"

"那就算了。"

"好好，"张东升极度不情愿地道，"这不是一句话就能办成功的事，我们再合计合计怎么做，你觉得呢？"

朱朝阳面无表情地点点头，跟着他重新上了楼。

坐在椅子上，张东升抽出一支烟点上，道："你要我杀了他们，他们是谁我都不认识，怎么杀？你不要以为杀人很容易，我老婆和我岳父岳母，是我同一个屋檐下生活的亲人，平时接触很多，相对容易办到。我和你爸及他老婆，我们彼此是陌生人，他们肯定对我有警惕心，怎么可能给我下手的机会。再者说，杀人总不能在光天化日之下进行吧，我又怎么能和他们俩有私下接触的机会？"

朱朝阳冷声道："原来你担心的是这个，这好办，平时机会不多，这次机会来了。三天后，也就是下个星期三，他们会去给他们的小孩上坟。上坟的地方我知道，是东郊大河公墓，那里位置很偏，旁边都是山，大夏天的，坟地上不会有其他人，这季节上坟，一定是大清早去，在坟地上神不知鬼不觉，这是最好的机会。"

张东升冷冷地看着朱朝阳，他本来是想表示不是他不愿帮忙杀人，而是能力限制，办不到。他根本没想到朱朝阳不但有杀人的想法，甚至连在哪儿杀人都替他想好了。

他皱着眉道："可我对他们俩来说是陌生人，他们俩去上坟，看到我一个陌生男人走过去，能不起戒心吗？我又不会武术，更不是什么特种兵，我一个人就算拿上刀啊什么的，也杀不了两个人啊。"

朱朝阳冷笑道："你不是会下毒吗？"

张东升摇摇头。"我怎么让他们吃下毒药？"

"有办法。"

"什么办法？"

普普突然接口道："我可以帮你让他们吃下去。"

"你？"张东升吃惊地看着她，"你也要去帮着他杀了他爸？"

普普点点头："对。"

"你这是害了他，他迟早会后悔，会恨你。"

朱朝阳连忙道："不可能！她是我朋友，是我最好的朋友，我永远不会后悔，更不会怪她，一切都是我想出来的。"

普普动容地看着朱朝阳。

张东升望着他们俩，流露出震惊的表情，难以想象朱朝阳到底是用了什么法子说服普普帮他杀他爸，更想不到，这俩小鬼不光想好了在哪儿杀人，更是连怎么杀人都想好了。似乎是设计了好久，今天吃定自己了，不给自己任何理由拒绝。张东升顿时感觉到一种冰冷的战栗。

他咬牙道："他们出事前这阵子，一直在折腾你，你说如果他们俩死了，警察能不怀疑你吗？"

朱朝阳摇摇头："不会怀疑我的，因为下个星期三我在读书，我们学校要补课。"

"什么？你自己不去，只叫我去？"

朱朝阳点点头。"对，如果我去，就像你说的，警察会怀疑我。可警察根本不知道我和你的关系，完全不知道你。"

"可警察会知道你有这两位朋友。"

"我和他们俩的关系，谁都不知道！"

"警察肯定会来调查你，到时候你会吐出来。"

"怎么应付我都想好了，决不会吐出来！"

"你一个孩子，警察很容易发现你回答的漏洞。"

"不是只有你一个人会在警察面前演戏，我也会！我那天在上课，只要一口咬定不知道，警察凭什么怀疑我！"

张东升咬着牙齿说不出话了。

朱朝阳道："叔叔，如果你帮我做成这件事，我们有你的秘密，你也有我的秘密，那样我们之间就可以完全信赖，我们也不会再拿着相机威胁你了。"

张东升冷哼一声，道："这件事我和普普两个人也做不了。"

"为什么？"

"普普力气太小，到时如果突发意外呢？我应付不过来。还有杀了人之后要处理尸体，普普哪儿有力气抬？除非你们能说服丁浩也一起去，他个子高大，能抬得动人。"

张东升早就看出来了，三个人中，朱朝阳和普普最歹毒，反而是丁浩这个个子最高大的善良点，上一回他就强烈反对朱朝阳杀他爸，现在要他去帮忙杀朱朝阳爸爸，他肯定不会答应，也不敢答应。只要他说不去，那么张东升也有理由拒绝杀人，说是因为丁浩不愿意去，他和普普两个人办不成。

普普点头道："好，就如你说的，耗子还有我，都跟着你一起去。"

"嗯？耗子也同意一起去杀人？"

普普很肯定地答复他："他一定会去的。"

朱朝阳道："叔叔，你不用再找其他借口了，三天后，成功了，我会把相机给你，如果你不肯做，那么我一定会把相机交给警察。希望这是我最后一次威胁你。"

张东升的香烟已经燃尽了，可他似乎毫无察觉，他用手指捏着烟头，停在半空，眉头皱起，一动不动。

足足一刻钟没说话。

朱朝阳和普普也同样沉默地望着他。

他一直在犹豫，是不是该现在就动手把两个小鬼直接弄死，再去找丁浩，并拿回相机？

但他考虑再三，放弃了，朱朝阳这个小鬼今天显然是有备而来，一开始就直接说了今天弄死他们也没用，他没有任何把握杀了他们后能再杀死丁浩并拿到相机。

朱朝阳这个小鬼说他现在的处境已经无法更糟糕了。而自己杀了徐静一家后，现在彻底换了一种生活。如果不按这小鬼的话做，那么自己好不容易争取来的生活马上会烟消云散，而自己被抓到肯定是死刑。

相反，如果真帮朱朝阳杀了那两个人，那么他肯定能彻底取得小鬼们的信任了。彼此都有把柄，也不怕他们再拿相机威胁自己。彻底了却这些事是迟早的。

当然，这么做也有风险，如果他爸及其老婆一同被害的案子曝光，尽管那天朱朝阳在上课，没有犯罪时间，警察也会去向这个"利益相关人"询问调查的，张东升对这么个小鬼在警察面前能演戏过关，没有半点信心。他演砸了的话，必然会把所有事都吐出来。

所以，如果真要去做，必须不能让他爸及其老婆被害的命案曝光，也就是说，毁尸灭迹，旁人看来他们只是失踪了，不是被害。对失踪案，警察向来不重视，自然不会去调查朱朝阳了。

而且，听朱朝阳说，他爸及其老婆是去大河公墓上坟，那样下手似乎挺轻松的。杀了人后，往山上的空墓穴里一埋，被人发现命案也是几个月甚至几年后的事了，到时候三个小鬼肯定也被自己处理干净了，这起案子更不可能怀疑到自己。

权衡再三，张东升最后点点头，暂且同意下来。

离开那个男人家后，朱朝阳愁眉不展道："现在还有个问题。"

普普问："什么？"

"那男人要耗子也一起去，该怎么说服耗子。"

"他会同意的。"

朱朝阳摇摇头。"他不会同意的，他胆子其实很小。"

普普目光直直地看着前方。"这一次，他不同意也得同意，这关系到我们三个人的未来。"

63

"什么?!"丁浩瞪大眼睛，"我也要一起去杀人？"

"笨蛋！"普普一把拉过他，低声斥道，"你在公园里这么大声说出来，是不是想让全人类都听见啊！"

丁浩惶恐地扫视一圈，他们在儿童公园的一个偏僻角落，没有人朝他们看。他转回身，摇了摇头。"我不去，要去你们自己去。"

普普怒道:"这个计划你不是已经同意了吗?"

"我是勉强同意了,但只是说让张叔叔去杀人,我可没答应我也要去。"

"你就是决定不会帮忙了?"

丁浩倔强道:"对,这件事打死我也不干。"

"好,很好!"普普盯着他,"你这个自私鬼,好吧,你不去就不去,我也跟你这个自私鬼绝交!"

丁浩瞪眼瞧着她,一脸的委屈和愤怒。"我以前在孤儿院怎么帮你的?我帮你打架打了几回?王雷骂你放屁精,是不是我把他牙齿打得掉下来的,我还被关了整整两天禁闭,这些你都忘了吗?还说我是自私鬼……"

"哼,你不是自私鬼,就是胆小鬼。"

丁浩脸涨得通红。"这……不是打架,这……这是……这是杀人。"

朱朝阳连忙制止两人争吵,低头叹息道:"对不起,都是我不好,这是我的主意,害得你们吵架,都是我不好。"

普普和丁浩谁都没说话。

朱朝阳诚恳地看着丁浩,又道:"耗子,这次是我求你,你能不能帮我?"

丁浩对朱朝阳倒是发不出脾气,只是摇了摇头。"这个……我真帮不了,我没做过。"

"你害怕就直接说,胆小鬼!"普普叫道。

"哼。"丁浩把头别过去,不理她。

"好了,月普,别说他了。"朱朝阳劝道,"耗子,这次事情因我而起,如果不是我当初推下了小婊子,根本不会有这么多事。但事到如今已经别无他法了,如果不除掉他们,警察早晚会查出我们三个,到时我要进少教所，你们要被送回孤儿院，你想想，这是不是最糟糕的情况？"

丁浩紧闭着嘴，默不作声。

普普冷声道："我这辈子都不会回去了，要回你回吧。那个恶心的死胖子我受够了！"

"耗子，你怕不怕回孤儿院？我是你兄弟，月普是你结拜妹妹，如果……如果可以的话，你能否再好好想想？"

普普道："你不满十四周岁，就算杀人了也没关系，大不了进少教所，那儿总比孤儿院好吧？"

朱朝阳道："那男人不是说要你帮他一起杀人，他说比如后面抬尸体什么的，需要你这样一个帮手。"

丁浩握着拳头，低着头，一动不动。

普普道："你到底要怎么样才会答应？我都一起去了，你是男的，怎么比我这女的还胆小？"

丁浩吃惊地抬起头。"你也去？"

普普理所当然道："对，小孩最容易伪装，别人对我不会有警惕心。"

"你去做什么？"

"你到时候看着就行了，反正我要做的事比你要做的事难得多。"

朱朝阳道："耗子，你想想，这件事不去做，我们三个都会完蛋。去做的话，如果失败了，暴露了，最倒霉的是那个男人，我们是小孩，不会被枪毙，最多就是进少教所，比你们的孤儿院总要好。如果做成了，那我就有钱了，我会照顾你们，等我们长大了，一起办公司，等你到时候找了老婆，我们四个人一起打麻将。"

丁浩思索了一会儿，突然白了他一眼。"照你这么说，月普好像已经是你老婆的样子了。"

普普猛地朝他踹出一脚，他连忙躲开。

朱朝阳道："这么说，你是答应了？"

"反正我说好了，具体的那个杀——"丁浩似乎不敢直接把"杀人"两个字说出口，"那个杀……我不干，我绝对不干！我就负责最后帮帮忙，抬一下。"

朱朝阳激动地抱住他。"好，那就说定了，只要过了这一关，那我们三个以后就完全大吉大利了！"

普普瞅着丁浩，撇嘴笑了笑。"算你还有点良心。"

64

下午，普普和丁浩回到楼下，就见旁边停着那个男人的红色宝马车。

与此同时，车门开了，张东升走下车，看了他们一眼，平静地道："我等你们很久了，走吧，上楼说。"

进了门，张东升这一回并没说一些家常话，而是直截了当地切入主题："朝阳的事完全不可行，弑父是天理难容的，想都不能想，更别提去做。我知道你们俩肯定也是反对他的，他这是一时冲动，少年人热血冲头的一时冲动，你们要好好劝他，一定要把他劝回来。"

普普道："叔叔，这件事我们俩也是赞成的。"

张东升望着他们。"你们俩怎么会赞成他弑父的？你们是不是他朋友？你们知不知道这么做只会害了他？"

丁浩道："张叔，其实他也不光是为了——"

普普连忙重掐他的背，制止他，瞪了他一眼，冷声道："闭嘴！"

张东升稍稍一思索，试探地问："其实这件事另有隐情，他还有其他目的，对吗？"

丁浩自觉失言，低下头，默不作声。

普普停顿片刻，道："没错，他还有一个原因，为了钱。"

"为了钱？"

"没错，你觉得朝阳家有钱吗？"

"嗯……看他穿的衣服，好像……不是特别有钱吧。"

普普道："他爸妈离婚了，他跟了他妈妈，他妈妈很穷，没有钱。可是他爸爸超级有钱，比你还有钱得多。"

张东升苦笑了一下。"我根本不算有钱，当初就因为我老婆的这辆车，你们以为我是有钱人，想要三十万元吧？如果我真有那么多钱，早拿给你们了。"

普普道："他爸的小孩一个多月前摔死了，现在他爸和他爸的老婆如果也死了，那么朝阳就是继承人了。"

张东升愣了一下，他根本没想到现在的小孩会有这么深的想法。到了他这个年纪，他才想到谋财害命，继承遗产，区区十几岁的小孩就会这么想了？

普普补充了一句："这是向你学习。"

张东升咬了下牙齿。

普普继续道："除非你能拿出上千万元的钱给他，否则他既有仇恨，要自保，又有钱的原因，你怎么可能劝说得动他？"

"可是这么做真的不对。"

"你也这么做了。"

"我可没有弑父，我老婆一家和我，本质上没有血缘关系。"

"他爸已经不是他爸了，相比你的情况，他和他爸的关系比你能想象的更糟糕。"

张东升烦恼地闭上了眼睛。

普普道："如果你帮了这个忙，事成后我们可以不要你的钱，直接把相机给你。可是，如果你不愿意帮忙，就算你今天说服了我们俩也没用，朝阳不听我们的，他有自己的主意。他会做出任何事的。如果他自己贸然行动被警察抓了，再供出你的事，你也不愿意吧？"

张东升沉默了好久，随后把目光投向了丁浩。"耗子，对付两个人我办不到，我需要你一起做，你敢吗？"

丁浩低着头，"嗯"了声。

张东升苦笑着自语道："一旦去做了，你就会和我一样，再也不是清白的了。"

丁浩脸上出现了犹豫的神色。

普普立刻道："耗子，我也一起去的。"

丁浩点点头，望向张东升，道："张叔，放心吧，我决定了。"

直到此时此刻，张东升觉得这件事再无挽回的可能了，他苦涩地看着他们俩，只好道："好吧。"

PART

18

行动

65

星期三这天是朱晶晶的生日，朱永平反复劝说王瑶，今天给孩子上坟，就让事情到此为止吧，不管警察以后能不能抓到凶手，都不要再提了，日子总是要过下去的，他也已经戒了烟，备孕半年，明年重新要个孩子。他才满四十岁，王瑶也只有三十多岁，都算年轻，重新要个孩子一点都不困难。

一个多月来，丈夫的反复耐心劝说，各种包容，各种顺从，王瑶心中自然也是感动的。

他们俩相识在周春红怀孕期间，那会儿朱永平正开始做生意，借了不少钱买了一些地皮，又用地皮跟银行贷款造冷冻厂。朱永平做生意时，看着很阔绰，但相识一阵后，王瑶知道他这是打肿脸充胖子，其实他是个借了很多钱的"负翁"。

王瑶长得很漂亮，追求她的人很多，朱永平对她一见钟情，疯狂展开攻势。她最后选择朱永平倒不是为了他的钱，那时他的钱都是借银行的，钱包都是空的，甚至她得知他已经结婚有小孩时，一度要分手。不过朱永平保证尽快离婚，他用尽各种花招要和她结婚。

后来，朱永平果真同前妻在朱朝阳两岁时离了婚，没多久就和她结了婚。结婚后，正值中国房地产持续十几年的大涨，朱永平一开始借钱买下的地皮和厂房价格节节攀升，他能从银行贷更多的钱，生意规模也更大了，到现在，身家已上千万了。

不过朱永平这些年对王瑶始终一心一意，一切都宠着让着她，别人说一物降一物，朱永平虽然对前妻一家不上心，王瑶却似乎是他命中注定的克星。

也许，这就是爱情吧。

朱晶晶出事已经一个多月，时间的冲刷加上丈夫的安慰，王瑶心中也开始逐渐平静下来。虽然她深信朱晶晶的死跟朱朝阳脱不了干系，不过她苦于没有证据，警察也抓不到朱朝阳的把柄，好在朱永平倒是在她的要求下，多次发誓，保证不再和前妻一家往来了，她暂时把这份仇恨压在心底，想着朱朝阳彻底没了爹，算是一种变相的报复。

今天天上一朵云彩都没有，看来又将是个燥热的天气。

早上六点多，赶在太阳彻底出来前，朱永平和王瑶就到了大河公墓给小孩上坟。

大河公墓是这几年新开的一片墓地，每个地方的公墓，大都位置偏僻，周围无人居住，大河公墓也不例外。

车子一路驶来，只有快到公墓的路上遇到过几个老农在地里干活，到了公墓后，整片墓地上，一眼望去，一个人都没有。

下了车，王瑶提了个篮子，朝上走，走着走着，眼泪就忍不住要流出来。朱永平咳嗽一声，劝道："别哭了，看一眼，早点回去吧。"

王瑶强忍着泪水点点头。

两人来到朱晶晶的坟前，王瑶痴痴地站着，长久注视着女儿的坟，一动不动。朱永平轻叹一声，俯下身收拾纸钱。

这时，朱永平看到十几米外，两片坟区中间的路上，走上来一男

一女两个小孩。男孩的个子接近成年人了，女孩还是个小学生的模样，他们俩低着头，手里拎着装纸钱的篮子，来到了与自己相隔几十米的一座墓前。

朱永平并没有太在意，继续把折着的纸元宝一个个拉开来。

过了几分钟，朱永平还在拉纸元宝，这时，刚才那个小女孩朝他们跑了过来，脸上带着求助的表情。"叔叔，我们不知道怎么回事，火点不起来，您能帮我们一下吗？"

"哦，你们没带打火机吧？"朱永平从口袋里摸出一个打火机，交给对方，谁都不会对一个小女孩产生怀疑的。

"不是，我们有打火机，可是火一点就灭了，点不起来。"她噘着嘴说。

"你们肯定是点在上面了，点火要点在中间，这样才能着。"他抬手在空气中做了个示范。

小女孩烦恼地说："我们试了好多遍，就是不行，叔叔，能不能麻烦您帮我们点一下？我哥太笨了，根本弄不来。"

朱永平看着对方一脸天真的表情，想起了朱晶晶，笑了笑，道："好吧，我去帮你们点。王瑶，你来弄下纸钱吧，我过去一下。"

朱永平跟在小女孩后面，问："你们也是来上坟的？"

"对啊，是我妈妈的坟，我妈妈今天生日。"

瞧着这么小的孩子就死了妈，而且也是在生日这天来上坟，朱永平不禁对她产生了同情，道："怎么就你和你哥来，你爸爸没一起来吗？"

小女孩低头轻声说："我爸……他上个月出车祸，也……也死了。"

朱永平腮帮子抽动了下，忍不住问："那你和你哥哥现在跟谁一起生活？"

小女孩抿了抿嘴。"没有人，我们就自己生活。"

"自己生活？你们有亲戚吗？"

小女孩低声道："我爸还欠了人钱，亲戚不要我们，家里东西都被人搬走了。"

"嗯……那你们以后怎么办？"

小女孩失落地摇摇头。"不知道，我会做糯米果，做了一些，想去卖卖看。叔叔，要不您尝尝我做的糯米果？"

她回身，从兜里掏出一颗用保鲜膜包着的糯米果。朱永平有点不知所措，本能地心想小孩子该不会是来骗钱的吧，毕竟社会上骗子太多了，不过骗子大热天的到这没人来的坟地？女孩似乎看出他的顾虑，道："叔叔，您吃吃看嘛，不要钱的，我就怕我做的不好吃，卖不出去。您吃吃看，太甜还是不够甜。"

朱永平感觉自己怀疑对方是个小骗子，是个很卑鄙的想法。他微笑了一下，接过糯米果，剥开放嘴里，嚼了几口咽下去。"嗯，你做得真好吃，甜度刚刚好。"

"哈哈，那我就放心啦，肯定能卖得出去。"小女孩乐观地笑了起来。

朱永平来到那座墓前，看到墓碑上写着一个女人的名字，贴着一个中年女人的照片。一旁站着那个小女孩的哥哥，看样子哥哥大了好几岁，不过他脸上看不到任何乐观开朗的神色，只是低着头，默默地看着墓发呆。

因为不认识他们，朱永平也不知该安慰什么，便蹲下身，帮他们整理纸钱，点起火来。几分钟后，朱永平点好火，站起身，他突然感觉一阵眩晕。他以为是蹲久了，站起来脑子缺氧，强自在腿上用了下力，但十几秒过后，他感觉腿部一阵抽搐，他依旧强忍着，没有表露出来。

又过了几秒，他突然感觉自己真的要摔倒了，心中想着该不是得了高血压什么的吧，便觉得眼前一阵发黑，连忙道："扶我一下。"说完就要倒下去了，旁边的大男孩赶紧扶着他坐下。小女孩看了眼，连忙朝王瑶奔去，叫道："阿姨，叔叔生病了，晕倒了。"

"啊？"王瑶刚刚还瞥见朱永平在帮他们弄纸钱，说着话，一眨眼没见，朱永平突然晕倒了。她急忙跑了过去，坐在地上的朱永平大口喘着气，整张脸变得通红。

"永平，永平！你怎么了，哪里不舒服？哎呀。"

她突然感觉脖子一阵刺痛，本能地回过头，看到那个小女孩已经跑出了几米远，手里握着一根针管，针管已经空了，小女孩冷漠地看着他们。

"你干什么？你做了什么？"王瑶还没彻底反应过来。

那个大点的男孩也跑了过去，缩在了小女孩的身后，不敢朝他们看。王瑶倒下去的速度比朱永平快得多，因为她是被直接注射了药物。王瑶刚发作，躲在后面树林里的张东升就跑了出来，看着这一幕，他摇了摇头，随后毫不犹豫地道："耗子，你抬女人，我抬男人，我们得赶紧把人弄到后面的空穴里埋起来。"

他们后面二十几米远的地方是一些挖好的空穴，给以后的墓葬用。张东升和丁浩拉着两人的尸体，很快到了空穴旁，那里还放着两把折叠铲，显然是张东升带来准备着的。

张东升把两具尸体推进一左一右两个空穴里，穴不大，不到一米长，半米宽，是准备以后放骨灰盒的。

他一边把两具尸体折叠着分别往两个穴里塞下去，一边吩咐丁浩："把他们的手表、项链、戒指，还有钱全部拿出来。"

"嗯……为什么，还给朝阳？"丁浩不解地问。

"伪造抢劫，别废话，快动手，被人发现了我们都完蛋。"

丁浩飞速把他们身上所有东西都拿下来后，张东升拿出一把匕首，又把两人的衣服裤子割破，连内衣裤都不剩，全部掏出来，扔到他带来的一个蛇皮袋里。

"这是干什么？"丁浩问。

"埋这儿过几个月就算被人发现，尸体也烂光了，身上什么物品都没有，警察要查两人是谁都很难。好了，这里没你们的事了，你们先到林子里躲起来，我还有些事要处理。"

普普道："我帮你。"

张东升果断道："不，你们不能看，会吓到你们的。"

这一次，普普倒没有坚持，跟丁浩一起跑到了树林里。他们看到张东升用匕首朝两个穴里弄了几下，随后飞快地盖上土。

两个穴都不大，而且土都是挖好的，就堆在穴外，是松的土，张东升毫不费力就把土填了进去。五分钟后，张东升拿着蛇皮袋跑回了树林，道："刚才没人来过吧？"

刚刚张东升盖土时，自然也时刻警惕地观察着周围，但公墓里价格高的那些墓都有高高的墓碑，两座墓间都种着一人高的柏树，视线被遮挡，他看不到公墓下方的情况。而普普和耗子站在树林里，地势更高，相比他能看得更远。

丁浩今天整个人像丢了魂似的，双眼茫然。普普则依旧很冷静地回答他："没有，一个人都没来过。"

张东升看了眼手表，道："六点四十了，你们先在这儿等我，我到他车里拿点东西，造成抢劫的假象，待会儿我们从树林后照原路出去。"

张东升又看了眼丁浩，拍拍他。"好了，事情结束了，别想了。"

丁浩低着头勉强应了一声。

普普道："叔叔，他们俩的东西，你要还给朝阳吗？"

"当然不，这些东西我要销毁。"

"可是，我刚刚看到有好多钱，还有手表项链，应该挺贵的。"

张东升笑了笑。"他爸确实挺有钱的，这些东西比你们要的三十万元还贵。"

普普露出了微微吃惊的表情。

张东升道："不过你们不要贪这些东西了，现金我过段时间会给你们，手表项链什么的，不用去惦记了，我不会给你们，更不会自己要，而是等过了这一阵，彻底销毁。总之，这件事后，我帮了你们，你们也该把相机给我，我们扯平了。从此以后，我们三个——加上朝阳是四个，谁都不能再谈以前的事，半句都不能谈，想都不能想，好吗？"他特意盯着丁浩，坚定地道："一切都过去了，放心大胆地生活，做一个干干净净的人。"

丁浩注视着他，狠狠点头。"好，我一定不去想了！"

普普也点点头。"我也不会的。"

"好，我们都需要一个彻底干净的生活，如果你们能做到，说明你们成熟了。这次事后，我不会直接把三十万元交给你们，是怕你们乱花，但我承诺可以照顾你们的生活，负责你们需要的花费，直到你们以后长大工作，怎么样？"

两人对视一眼，同时感激地看着张东升，道："谢谢叔叔！"

66

"喂，喂，"方丽娜轻叫两声，又伸手碰了碰同桌，"喂。"

"啊，怎么了？"朱朝阳这才回过神来。

她悄悄凑过来。"刚才下课你出去那会儿，是不是又被老陆叫去训话了？"

"嗯？没有啊，我没去过办公室，我就上了个厕所。怎么，老陆又有事要找我？"

方丽娜摇摇头。"没有，我猜的，我以为你被她叫去训话了呢，要不你怎么半小时就看着这一页，笔都没动过呢？"

朱朝阳尴尬地笑了一声，不知怎么回答。

"嗯……"方丽娜又思索了会儿，低声道，"你是不是有心事？是不是你爸爸的事？"

"啊，我爸……"朱朝阳顿时紧张地看着她。

方丽娜同情地看着他。"暑假你家里的事，我爸都跟我说了，放心，我不会告诉任何人的，嗯……王阿姨，确实对你太过分了。"

朱朝阳勉强笑了下。"我习惯了。"

"你可千万别想不开啊。"

"不会的啦。"朱朝阳嘴角动了下，把头转向书本，动笔去解题目。

夜自修一结束，朱朝阳就连忙骑上自行车，以最快的速度往家里冲，到了家楼下，他左顾右盼却没见到任何人，心中一阵害怕。

这时，一声轻微的咳嗽传来。他转过头，这才注意到不远处一栋建筑的阴暗角落里缩着普普，她几乎和黑暗融为一体。他急忙停好车，看了眼四周，随后飞快朝普普奔去，带她穿过几条小路，到了一个靠墙的隐蔽处，确定没有人后，着急地问："怎么样了？"

普普抿着嘴，看了他片刻，道："一切都结束了。"

朱朝阳立在原地，脸上的表情变化丰富，看不出是喜是忧还是悲，过了好久，他大口喘着气，似乎情绪在剧烈波动。"都死了吗？"

"死了，埋掉了，以后再也没有人知道了。"

朱朝阳抬起头，望着天上的繁星，出神了几分钟，重新看向普普。"告诉我，是怎么做的？"

普普将早上的事原原本本复述了一遍。末了，朱朝阳长叹一口气："终于结束了。"

普普道："叔叔问我们什么时候把相机给他。"

突然听到普普也管那个男人叫"叔叔"了，朱朝阳微微惊讶了一下，略感不安，问："你也叫他叔叔了？"

普普想了想，不以为意道："我觉得他不是太坏。"

朱朝阳谨慎道："我觉得还是要防着他一些。"

"嗯，放心吧，现在我们和他扯平了，他不会对我们怎么样了。"

朱朝阳思索了一下，点点头。"但愿如此吧。"

"那么你打算什么时候把相机给他呢？"

朱朝阳考虑了一会儿，说："等过几个星期吧，完全风平浪静了，我就过去把相机给他，还要谢谢他这次的帮助。其实，我最需要谢的是你，真的，月普，我很感激你。"

面对他明亮的眼神，普普脸色微红地低下头。"没什么的。"

"耗子呢，他害怕吗？"

"早上我瞧他挺紧张的，还怕他弄出岔子呢，好在最后没什么，他现在又在家里玩游戏了。"

朱朝阳咯咯笑着："只要有游戏玩，他就什么都无所谓了。"

普普道："是啊，要是回孤儿院哪儿能玩游戏，所以他也根本别无选择。"

"好啦，现在，我们都开始全新的生活，以后我们再也不要提过去的事啦，包括孤儿院，让它们通通见鬼去吧。"

普普脸上露出温和、由衷的笑容。"对，都见鬼去吧。"

"对了，你说他们俩埋在坟后面的空穴里？"

"是啊。"

朱朝阳想了想，道："嗯……我想再去看一眼，算是最后一眼。"

普普思索了会儿，缓缓点点头，同情地看着他。"嗯，不管怎么说，他都是你爸爸，也许你过些天心里会越来越不好受的。也许……也许会恨我……毕竟……毕竟最后是我做的……"她的声音逐渐小得像蚊子。

"不可能的！"朱朝阳极其坚决地摇头，认真地看着她，并抓住了她的肩膀，"你永远不要这样想，你是我最重要的人，我永远不会恨你。我也永远不会后悔，不会不好受的，你放心吧！我知道，你不想这么做的，你是在帮助我，做了你不想做的事，我很感动。与其说是你做的，不如说是我杀了他们，但归根结底，还是他们自作自受。我只不过去看最后一眼。你不要告诉耗子和那个男人，让他们担心，我知道他们都不想再提及这件事了。我这个星期日休息，一个人去看最后一眼，算是彻底做个了断。"

"嗯。"普普重重地点点头。

与普普分手后，朱朝阳独自缓缓走向回家的路，他嘴角有淡淡的微笑，可眼睛里又含着泪。

他走到楼下，抬头望着黑色的天空，用只有他自己听得到的声音唱起一首歌："我是你的骄傲吗……"

67

星期六晚上，周春红看到儿子房间的门关着，门底缝隙透出光亮，知道儿子还在学习。

　　儿子学习极其用功，每次都是年级第一，所有任课老师都对他赞誉有加，尤其是数学老师，说朝阳现在的能力很强，不光初中数学早就学完了，高中奥数题都开始做了，如果发挥正常，拿下初三的全国数学竞赛一等奖不是问题。如果他拿了全国一等奖，高中肯定能保送全市最好的效实中学。

　　每每想到她这么一个文化程度不高、收入有限，还离了婚的普通妇女，能培养出这样一个优秀的儿子，她心中就充满了欣慰和自豪。别人都觉得朱朝阳是个宝，偏偏亲爹朱永平不上心，只在意他现在的家庭，想到这儿，她忍不住冷哼一声，心中迸发出要给儿子更多关爱的想法。

　　唯一的缺憾就是儿子个头像她，长不高。近两年儿子也时常表露出个子矮的苦恼，大概是青春期来了，谁都会格外注意自己的外在形象。周春红从冰箱里拿出纯牛奶，倒了满满一杯，给儿子送去。她转开门，看到儿子正背对她坐在椅子上，低头奋笔疾书，连电风扇也没有开，赤裸的后背上挂满了汗珠。

　　"朝阳，喝杯牛奶，休息一下。"

　　她刚发出声，朱朝阳突然全身一震，极度紧张地转过身来，看见是他妈，吐了口气。"妈，你进来怎么一点声响都没有，吓我一跳。"

　　周春红带着歉意地笑着。"是你太用功了，没听到。你在做题目？"她瞅了一眼，看到笔记本上满是文字，"你在写作文啊。"

　　朱朝阳轻声地应了下，悄悄把笔记本合上了。

　　"那，你把牛奶喝了，补钙。"

　　"嗯，放下吧，我等下会喝的。"

　　"你怎么不开电风扇？这天多热啊！椅子都被你坐湿了。"

　　"电风扇太吵了。"

"以前你也没觉得吵啊。"

"这次作业很多，我还有很多题没看。"

周春红点点头，又问："这几天你在家，有没有接到过你爸的电话？"

朱朝阳微微一愣，道："没有啊，他一直没打过电话，怎么了？"

周春红撇撇嘴，很是不屑的样子，说："你奶奶今天打了我电话，说朱永平失踪了，你说好笑不好笑？"

"失……失踪了？"

"对啊，说这几天他跟婊子两个人都失踪了，厂里人找不到他们，有几件要紧的事也拖着办不了，说两个人手机都关机了，你奶奶还问我能不能联系到他们。"

"嗯……干吗要问你？"

"就是说喽，朱永平跟婊子去哪里鬼混我怎么晓得？真是好笑，他们去哪里鬼混都不关我的事。"

朱朝阳想了想，问："他们失踪几天了？"

"好几天了，好像说是从星期三开始就联系不到他们了。"

"他们那天干吗去了？"

"谁晓得呢。"

"该不会出什么事了吧？"

"管他出了什么事，反正你爸也不关心你，我说，你也别去关心他，到头来什么事也没有，还惹得你被婊子嘲笑。"

朱朝阳点点头。

周春红道："好啦，你也早点写完作业睡觉，明天你难得休息一天，上初三后，休息更少了，不要累着。"

"妈，我知道了，你出去吧。"

周春红刚走出房间，就见朱朝阳连忙又把门关上了，她微微感觉

奇怪。

到了半夜，周春红一觉起来上厕所，发现儿子房间的灯还亮着，她看了眼手表，竟然都已经一点了，隐约还能听到儿子快速写字的沙沙声。她忍不住站在门外说了句："朝阳，早点睡，明天写一样的。"

"哦，我马上睡。"

很快，周春红见他房间的灯关了，这才继续回去睡觉。

68

大河公墓下面的停车道上，停着几辆警车，和这几辆警车相隔不远，还停着一辆奔驰。

叶军下车后，朝那辆孤零零的奔驰车看了几眼，随后跟着最开始接警的民警一同上去。

尸体发现处位于公墓最上方一带，那里是一些挖好的空穴，为以后墓葬预备的，两具尸体分别埋在相邻的两个穴里。尸体已经被挖出，正放在一旁，上面搭着临时的简易遮阳棚。现在是最热的8月正午，尸体散发出阵阵恶臭，所有警察都顾不得闷热，戴上了口罩。叶军朝尸体看了会儿，受不了那气味，走到一旁，等了十多分钟，那个最受苦受累的法医老陈从棚子下跑了出来，摘下口罩，大口呼着气，连声道："受不了，真受不了，这季节出命案，简直要了公安的命。你说这些个歹徒，冬天杀人也就算了，这季节干活，也……也太心狠手辣了。"

叶军朝他苦笑。"没办法，谁让你领这份工资的。"

陈法医和叶军打趣："其实最难闻的是刚过来那会儿，你在旁边站上几分钟就慢慢习惯那味道了，你要不要去体验一下？"

"免了，我听你的结论就够了，怎么样，什么结果？"

"一男一女，两个人都是被人用刀捅死的，脸也被刀划花了，完全无法辨认容貌。死的时间倒是不久，估计没几天，不过这季节你知道，半天工夫就开始烂了。另外，两名死者身上所有物件，连同内衣裤都被人剥光了，所有证明身份的东西都没有，看来这次光是认定死者身份，就得不少日子。"

叶军摇摇头。"认定两名死者的身份嘛，我猜用不了多久，你瞧。"他用手指着山下的停车区。

"什么？"

"那辆奔驰车，孤零零地停着，这荒郊野地的，旁边又没人住。"

陈法医点点头。"看来八九不离十。"

"我刚给交警打了电话，让他们查车牌。"

过了会儿，叶军的手机响了，他接听完毕，微微皱起了眉，迟疑道："说不定，这次要牵出个大案了。"

陈法医理所当然道："杀人毁尸，而且杀了两个人，本来就是大案。"

叶军哼了一声，道："你猜得出那车是谁的吗？"

"谁的？"

"朱永平的。"

"谁是朱永平？"

"朱晶晶她爸。"

"啊？"陈法医微微张着嘴，"死的该不会是朱永平和他老婆吧？"

叶军朝棚子远远看了一眼，道："我回想了一下我见过的这两人的形态，和这两具尸体有点像。"

69

当天晚上派出所的案件通气会上,几名侦查员汇总了今天的
情况。

尸体是今天一早由一群送葬者发现的。今早九点不到,一支包括
逝者亲友和葬礼帮工在内的七十多人的送葬队伍,包了两辆大巴车来
到大河公墓,为过世的人下葬。下葬前,按照风俗,先放鞭炮,然后
和尚要做半小时的法事,这期间,闲着无聊的一些逝者亲友在公墓里
随意走动聊天。当时有几个人走到了公墓最上面一片的空穴处,无意
中发现一个穴里冒出半只赤脚。刚开始几个人以为谁家居然没把死者
火化就偷偷埋了,后来走过去细看,感觉不太对劲,于是招呼了其他
人过来看,大家看到后,越发觉得不对劲,随即报警。

经过今天的调查确认,死者确为朱永平和王瑶,两人自从上星期
三早上去给女儿上坟后,失踪至今,当天早上即出现手机拨不通的情
况,他们家在上星期六也报过人口失踪。结合初步尸检情况判断,两
人在上星期三早上上坟时就已经遇害。

今天是星期三,案发至今已整整一个星期,其间虽然都是晴天,
但宁市靠海,中间免不了下过几场雷阵雨,即便从没下过雨,这种露
天犯罪现场经过一个星期的时间也早就面目全非,加上被今天早上发
现尸体的一群送葬者踩踏,足迹这一块的犯罪痕迹是不用指望了。

经法医初步判断,两人均是被人用匕首捅死的,同时被凶手用匕
首毁容,身体部分也遭到匕首的破坏,并且凶手将两人的尸体埋入空
穴中,显然是准备毁尸灭迹。

初步定性是抢劫杀人案,因为死者身上的钱财、首饰、衣物均被

凶手拿走，凶手甚至还到过死者的奔驰车内，据永平水产的工人透露，朱永平车里一直放有数条名烟和一些钱财，而现在，车内空空如也，找不出任何值钱的东西。当然，警方少不了对车内外指纹进行一番提取。

整个刑警队今天对大河公墓进行了搜查，未找到作案工具。另外由于案发已经一个星期，现场痕迹都已损毁，所以也找不出两名死者具体是在大河公墓哪个地点遇害的。

于是，摆在刑警队面前的这起双人命案，就成了典型的无头案。只知道案发时间和被害人，对此外的情况一无所知，甚至凶手有几人也无从判断。

叶军低头抽着烟，听着其他同事对案件的看法。看得出，大家对破这起命案都不乐观。在场的有老刑警，也有年轻警察，他们或多或少接触过命案，也知道，并不是所有命案都能被侦破。他们所在的镇工厂众多，外来人员流动大，地理位置靠海，有几片沙滩，几乎每年都会在沙滩上发现被人掩埋的尸体，有的甚至是碎尸，这些案件经常是放了几个月后，最后连被害人是谁都调查不出，更别提什么时候遇害，什么时候被人埋在沙滩下的。大部分这类无头案都成了尘封的卷宗，静静地躺在档案室里。这次也差不多，无非知道了被害人和遇害时间。但案发现场找不到任何线索，公墓位于山坳，几公里内没有监控，公墓附近自然也没有人居住，平时除了送葬者，根本不会有人去公墓。若不是朱永平半只脚露在了外面没被土盖进去，今天的送葬队也根本不可能发现他们，这起命案恐怕要过个把月甚至半年、一年才会曝光。

不过叶军心中还有个疑问，一个多月前朱晶晶在少年宫被害，现在朱永平夫妇也被害，也就是说，他们一家三口都死了。虽说今天对案件的初步定性是抢劫杀人案，但会不会并不是表面看起来这么简单？

　　短时间内发生两起命案，一家三口全被害，这两起命案之间，会不会存在一定的关联呢？

PART

19

约定

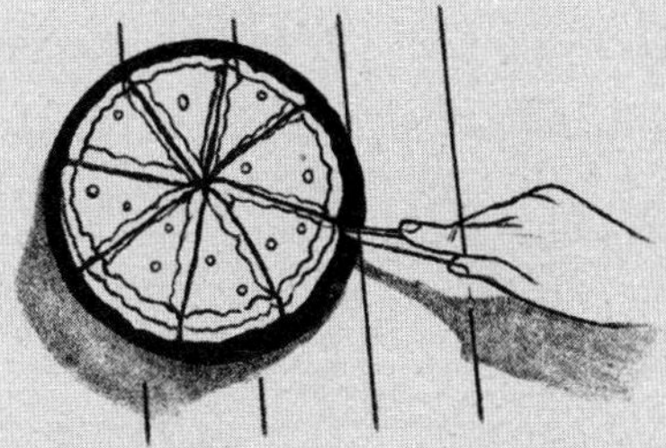

70

暑假补课的只有初二这一个年级的学生，相比正常的开学，学校里只有平时三分之一的学生，显得空落落的。

在假期这个当口，学生们的心思自然也不在学习上，老师们也不想暑假加班，夜自修时，办公室里通常只有一个老师值班。于是每天晚上的夜自修，少不了各种窃窃私语，写情书、扔纸条、打闹笑骂，应有尽有。声音闹得大了，引来老师一番巡视，等老师走后，学生间的又一轮嬉闹开始。

每天晚上都乱糟糟的。方丽娜的成绩处于中游，她对学习的兴趣也不大，只是爹妈天天念叨着要她向同桌学习，烦死了。不过也只是觉得烦而已，她对朱朝阳没有任何恶感，不像班里另几个成绩拔尖的女生，把朱朝阳视作眼中钉肉中刺，因为她和朱朝阳差距太大了，她相信就算朱朝阳中风瘫痪躺床上，考得也比她好，差距太大的时候就没什么好比较的了。

相反，朱朝阳经常把作业给她"借鉴"，甚至考试时也会把试卷随手"拉长"，不过她知道朱朝阳可精着呢，每次试卷摆放的角度只能让她一个人看到，根本不给坐他后面的几个"死对头"瞧见。

今天是星期三，晚自修开始后，方丽娜放了一本大大的习题集在桌上，手里还拿着支笔，装模作样地思考题目，不过这本习题集下面还压了本言情小说。如此过了一节课，她愉快极了，到了夜自修第二节，她才意识到今天的作业只字未写，只能转而向同桌"借鉴"。

她转过头时，发现朱朝阳正整个人伏在桌上，奋笔疾书。她通过朱朝阳脑袋和桌子间的空隙偷看，原来朱朝阳不是在做习题，他同样是将一本习题集放在上面，底下压着一个本子，他正在那本子上拼命写字，写了很多字。

"嘿。"方丽娜叫了他一声。

"嗯，怎么了？"朱朝阳迅速地把本子缩回到习题集下，握着笔，摆出一副思考的模样，对着习题集写下一道题的答案后，才微微转过身，看着她。

方丽娜一脸怪笑地看着他。"你在写什么？"

"做题啊。"

"嘻嘻，"她露出智慧的眼神，"题下面呢？"

"嗯……什么？"

"别装了，你在下面那个本子上写什么，我看看？"

"嗯……写作文。"

"作文？"方丽娜一脸不相信的表情，"今天没布置作文吧？"

"我自己练练笔。"

方丽娜摇摇头，低声笑道："不可能，我知道你在写什么。"

朱朝阳微微一皱眉。"写什么？"

"情书。"

"喀喀，没有，你别乱说。"

"而且我看到了是写给谁的。"

朱朝阳紧张地问："给谁？"

方丽娜抿抿嘴，露出一副不可思议的表情，得意地单边翘起嘴笑着。"我真没看出来，你目光这么毒辣，嘻嘻。"她凑过去压低声音问，"你怎么会喜欢上叶驰敏的？"

朱朝阳瞬时脖子一缩，咧嘴道："你说我喜欢那个变态？"

"不至于吧……你居然说她是变态？"

朱朝阳把脖子一梗。"我一直都这么说。"

"那是以前，可是现在……你喜欢她，还说她是变态？……该不会你喜欢变态？嘻嘻。"

朱朝阳咬牙道："你在说什么啊，我就算自杀也不会喜欢那变态。"

方丽娜微微皱眉道："难道你不是写给她的？可我刚刚明明看见你写了她的名字。"

朱朝阳皱着眉，低声道："你还看到了什么？"

方丽娜轻松地笑着。"别紧张嘛，我就瞟了一眼，看到了她的名字而已啦。那你告诉我，你是写给谁的，我不说出去。而且嘛……要不要我帮你把情书送给你想送的人？"

朱朝阳摇摇头。"我没在写情书，你别乱想。"

"那你在写什么？"

"写日记。"

"写日记？"方丽娜不解道，"暑假不用写周记啊。"

"我自己练练笔，每天写点日记，提高一下作文成绩。"

方丽娜失望地吐了口气。"真白激动一场了，你太让我失望啦。嘿嘿，不过如果你连作文成绩都上去了，你就是语数外物化生通吃了，叶驰敏那几个人还想设计你让你考试发挥不好，就更没戏了。放心吧，我不会把你这个核心武器透露出去。嗯……对了，今天的作业借我看看。"

朱朝阳马上把几个本子奉上，谁知他刚把本子交给方丽娜，班主任老陆出现在门口，并且盯着他，笔直朝他走过来。

他和方丽娜都愣在了那里。

老陆走过来后，低头说了句："你先出来一下。"

朱朝阳一惊，马上向方丽娜要回了作业，又把那本日记本塞进书桌一堆书的最中间，跟着老陆出去了。几分钟后，他重新回到教室，两眼通红，一句话也不说，收拾起书包来。

其他同学纷纷朝他那儿看，有好奇的，有幸灾乐祸的。

方丽娜一脸紧张又愧疚地道歉："就这个事老陆又不让你上课，要你回家了？太过分了吧。"

朱朝阳摇了摇头，道："不是这事。"

"那……"她目光示意了下后面，悄声道，"又是她们害你？"

朱朝阳还是抿着嘴摇摇头。

很快，他把书包塞满拉上了拉链，重新拿出了几本作业，交给方丽娜。"明天你帮我交，你想抄就抄吧，没关系。"

"你要干吗去？老陆要把你怎么样？"方丽娜瞬时义愤填膺。

朱朝阳用手擦了擦眼角的泪水，凑过去低声说："我爸死了，家里要我快回去，你别说出去。"

方丽娜表情呆滞，惊讶地看着朱朝阳，随后点点头。"你快回去吧，我不会告诉别人的。"

71

朱朝阳回到家时，屋里挤着不少人，除了周春红的亲哥和亲妹两家人外，还有方建平等几个水产厂的老板。众人见朱朝阳满眼通红，显然哭过，不禁纷纷唏嘘，安慰了他一阵，随后方建平跟他说了具体情况："今天白天，派出所在大河公墓发现了你爸和王瑶的尸体，据说是遭人抢劫杀害的。具体案件情况公安会查，现在最重要的是收拾好情绪，赶紧去厂里。你是朱永平的独子，按普通人的观念，你是继承人，但按法律，王瑶家的亲属也有同等继承权，所以得赶紧先占住工厂，可不能让他们抢了先，把重要财产通通转移走。"

讲完了轻重缓急，朱朝阳也马上收拾好情绪，和其他人一样，他也表示决不能让王瑶娘家把工厂占了。沟通一番后，众人当即出门，赶往永平水产。

到了厂里，那里有更多的人，有朱永平的亲属，包括朱朝阳的奶奶，朱永平没有兄弟姐妹，其他亲戚都是来帮忙的，还有一些朱永平的生意伙伴和旁边工厂的老板，此外，银行、派出所及镇政府的人都在。

所有人都守在一栋办公楼的内外。方建平跟在场大多数人都认识，打了招呼后，叫上朱朝阳、朱朝阳的奶奶、周春红，外加几个旁边工厂的老板一起进了朱永平的办公室，几个人关上门商量。

朱朝阳在众人的谈话中了解了他爸的大致财产情况。除了工厂外，他爸还有两辆车子、一套别墅、三套市区的房子，其他现金和投资就不清楚了。负债方面，借的全是银行贷款，共借了大概一千五百万元，方建平之所以这么清楚，是因为朱永平的贷款都是旁边几家工厂的老板联保的，对这笔贷款，银行倒不担心收不回，因为这是资产抵押，又有商户联保，像方建平等几个担保人，资产比朱永平的还多，所以今天银行只是派了员工过来看看，并不是冻结资产。

很快进入财产处置的正题。周春红不用说，自然希望儿子分到的财产越多越好，朱朝阳奶奶是个软弱善良的老人，知道儿子的噩耗后，今天一直在反复拭泪，但说到接下来的财产分配，老人家完全站在了孙子这边，毕竟王瑶娘家人分走财产后，和朱家就再无关系了，只有朱朝阳是朱家的。

按照继承法，对突然留下的这笔资产，王瑶的父母、朱永平的父母和朱朝阳这五个人都享有继承权，朱永平是独子，爷爷奶奶分得的财产自然早晚都要给朱朝阳这个唯一继承人，老人对财产看得很淡，表态他们俩有养老金，财产都归孙子。

王家人肯定也想多分钱，不过王瑶是隔壁县的人，他们估计明天才能赶到。

一说到王家人要来分钱，周春红就气不打一处来，忙问方建平几人有什么法子，不让他们占便宜。

方建平等人显然早就商量过了，提出一个方案。

朱永平的财产中，工厂、房产、汽车这些都是固定资产，都没办法转移。但除此之外，朱永平的其他资产，都是可以提前转移的。

首先，要把工厂的有关资料、财务章和账目都控制起来，到时候王家人要分财产，让他们上法院起诉，他们不知道总共有多少资产，而且他们是外地人，来这里起诉，注定是很被动的。

其次，除了固定资产外，朱永平手里还有很值钱的东西，那就是工厂里的存货。

方建平几人知道，朱永平上个月刚收进一千多万元的鱼，冻在冷库里，还没卖出去。鱼是他们水产加工业的原料，是硬通货。现在他们几个旁边工厂的老板，想用半价收了这批鱼，这钱不打到工厂的账户上，而是私下打给周春红。尽管半价卖掉硬通货很不划算，但事急从权，这笔钱是完全给周春红他们的，不用分给王家。

方建平当场就拿出了一份协议，说如果觉得没问题就签了，他派人今天连夜把货都拉走。朱朝阳觉得协议没问题，唯独担心工厂这么多人，会不会有人告诉王家人说当晚厂里的货就被人拉光了。

对此，方建平有经验，他拿出了提货单，盖上永平水产的章，对外就说这批货是他存放在永平水产的。他们水产行业遇到进货太多的情况时，常会租用旁边工厂的库房存放，现在朱永平出事了，他当然要第一时间把货拉回去。有盖了章的租赁凭据，还有提货单，再加上以前业务往来的租赁手续，他们对这套流程很熟，保管没问题。他明天一早就会把货款打到周春红账上。

方建平的厂子规模比朱永平的大得多，专做出口，他是镇上的头面人物，不可能为了坑他们几百万元把脸丢掉，他说的话自然没人怀疑可行性。于是朱朝阳果断地在协议上签了字。

最后林林总总地算下来，朱永平这家工厂到时候卖出，估计不会超过两千万元，还掉银行一千五百万元的欠款，实际所剩也不多，加上几处房产、车辆和其他资产，最后大致计算了一下，朱朝阳一家实际能分到一千多万元，王家顶多拿走几百万元。

财产怎么处理的问题，在一干人的商量下敲定，方建平等人连夜拉货，当然了，以后王家上法院起诉财产分配时，方建平等人还会给朱家提供各种帮助。剩下各项善后工作，自然得一步步来。

总之，这是朱朝阳感觉天翻地覆又对未来新生活充满期许的一个长夜。

72

今天的调查依旧毫无进展。

大河公墓旁有路过的老农前几天就注意到孤零零停着的那辆车了，不过并没留意车子是哪天开来的，开车的是谁，更没留意最近有什么可疑人员经过。

公墓本就地处偏僻，8月大夏天的，谁没事来公墓溜达啊。所以朱永平夫妇的这起命案，注定是找不到目击者的。此外，警方对附近进行了较大范围的搜查，始终没有找到作案工具，这下连物证也没有。

专案组开会讨论一晚上，对这起命案的侦查极不乐观。别说这起没人证没物证的案子，上个月少年宫奸杀女童的案子至少物证翔实，DNA 都有，可案子办到现在，渐渐成了死案。

夏季本就是最不适合工作的季节，警察也是人，炎炎夏日，满地头跑一圈问别人是不是见过可疑人员，在得到一个又一个失望答案后，只过一天，斗志就被消磨光了。

专案组也探讨了朱晶晶案和朱永平夫妇案是否可能存在关联，但大部分警察认为不具关联性。因为两起案件除了被害人是一家子外，犯罪过程、犯罪手法都大相径庭。

朱晶晶案中，凶手残暴变态，竟然敢在少年宫这样人流密集的公共场所奸杀被害人，还留下 DNA 信息，没被抓到其实很大程度上是运气好，如果当时有人刚好走进六楼男厕所，那么凶手就会被当场抓获。

可朱永平案中，凶手是谋财，不光死者身上的财物，包括车内财物也被洗劫一空，但这次凶手却聪明地带走了一切犯罪工具，半点证据都不曾留下。

当然，现在全区周边的黄金店、典当店都下发了协查通知，如果有人拿了朱永平夫妇的首饰珠宝来卖，第一时间报警。但叶军知道，这类案子靠这种方法抓获凶手的概率微乎其微，通常凶手不会在本地销赃，而是带到外地，就算以后查到了线索，要找出凶手也极其困难。

回到家时，他感到身心俱疲。7、8月连出两起重大命案，却毫无破案的希望……老婆给他倒了杯参茶，他躺在沙发上，喝了口茶，忍不住掏出烟，正要点上，老婆阻止了他。"孩子在房间做作业，你就别抽了，满屋子都是烟味，她都跟我说了好几次了。"

叶军强忍着烟瘾把香烟塞回去，道："她怎么自己不跟我说？"

"还说呢，"老婆抽抽嘴角，"孩子都这么大了，你还老骂她，她最怕的就是你。"

叶军干刑警多年，时常早出晚归，有时候遇着案子，几天几夜回不了家，甚至半夜接到重大案件也只能摸黑出门，回到家中遇着工作不顺心，脾气大得很，动不动就把自己当年当兵的那套拿出来，女儿最怕他发火。

他自知理亏，不过还是冷哼了一声，强自道："我也不是平白无故就去训她，她做得不好，自然要训，你看看我们派出所抓回来的小兔崽子，不都是家里不管教的？"

他站起身，朝女儿房间走去，打开门，看到女儿正在做功课。

"嗯……爸。"叶驰敏听到刚才门外的对话，抬头忐忑地看着她爸。

叶军应了声，还是如往常一样，板着脸，摆出严父的模样，走过去翻了下她的作业，道："不是说你们暑假补课时要模拟考的吗，考了没？"

"嗯……考了。"

"分数出来了没？"

"出……出来了。"

"你怎么没拿给我看，是不是考得不好？"

"我……我本来想等下做完习题拿给你看的。"叶驰敏从书包里拿出几份试卷，小心翼翼地递过去。

叶军翻开她的试卷，看了一遍，目光落在了最后那份数学试卷上，数学卷总分一百二，卷上的得分只有九十六。

"怎么错这么多？"他放下试卷，用手指着鲜红的九十六。

"是……这次数学特别难，其他……其他同学考得也不高。"

"你考第几名？"

"班上前十。"

"年级呢？"

"这次年级没排名。"

"你们班那个朱朝阳数学考几分？"

"他……他……"叶驰敏心中一慌，她爸总拿这学霸来说事，可她无论怎么努力，就是考不过对方，因为对方每次数学都考满分，她就算华罗庚附体，也没办法在满分一百二的卷子上考出一百二十一吧，她能怎么办？以前有次她还谎报了朱朝阳的分数，报得低了，结果她爸去学校一查，发现她撒谎，回家后狠狠骂了她一顿，险些要揍她。所以她在她爸面前根本不敢撒谎，只好如实交代："他……他考满分。"

叶军忍不住道："你怎么也不能差别人这么多吧？"

叶驰敏停顿一下，过了几秒，眼泪就如兰州拉面般滚了出来。

老婆连忙跑进屋，抱怨道："你怎么又把女儿弄哭了？别每天跟审犯人一样。模拟考又不是中考，没考好下次努力就行了。"

叶军哼了声，自觉语气重了些，见女儿哭成这样，也是心有不忍，便沉下气道："算了，别哭了，下次考好就行了。"

"还说呢，你别管了，你早点洗漱了睡去吧。驰敏，别哭了啊，没事的。"

叶军刚想起身离开，突然想到一件事，便又回过身。"我还有事跟驰敏聊聊，你先出去吧。好了好了，爸爸跟你道歉，别哭了啊。"

叶军老婆又安慰了一阵，叶驰敏才不哭了。叶军催促一阵，说要谈谈心，不会把女儿弄哭的，才把老婆赶出去，之后关上门，先说了一些学习上无关紧要的事，把女儿安慰好了，才转入了他的正题："你们班的朱朝阳是不是请假了？"

叶驰敏点点头。

"他昨天请假的？"

"嗯，他昨晚夜自修时突然被陆老师叫出去，后来就请假回家了。爸，你怎么知道的？是不是出了什么事？"叶驰敏脸上现出了好奇，不过她可不会让她爸知道，她是真心希望朱朝阳出了什么事。

"嗯，他家里出了些事，你也不要跟别人说。"叶军语焉不详。

"哦。"

"对了，上个星期他请过假吗？"

"没有啊。"

"他每天都来上课？"

"是啊，他从不请假的。"

"他夜自修也天天上的？"

"嗯。"

"他上个星期三也是准时上课的？没有迟到什么的？"

"没有，他总是最早来，不知道他哪儿来这么多精力。"

叶军没留意到女儿流露出一丝不屑，继续问自己关心的事："你能不能肯定他上个星期三没请过假？"

"肯定，上个星期三有一门化学的模拟考。"

"你能肯定他那天也没迟到吗？"

"肯定。"

叶军奇怪地看着女儿。"你怎么那么肯定？"

"我……他就坐第一排，我坐他后面第三排，天天看见的。"

"哦。"叶军想了想，又道，"你有没有见他最近和什么人来往？"

"没有，他从不跟人来往，学校里没人跟他做朋友。"

"哦？为什么？"

"反正他看上去很孤傲的样子，只知道死读书，死读书是没用的。"

叶军没注意到女儿的话外音，又道："你觉得他最近有没有什么地方和以前不太一样？"

"哪方面？"

"任何方面，你想到的都可以说。"

叶驰敏想了想，摇摇头。"想不出，他跟以前一样，每天还是一个人，不说话，也不和别人交流，就在那边埋头写作业，他们都说这样子书读得再好，以后也是个书呆子。"

她正想多跟她爸灌输一些书呆子以后没用的价值观，暗示他别再拿她跟这没用的学霸比了，谁知叶军却点点头，一副深思的样子站起身，准备出去了，似乎根本没领会她的话外音。

她连忙问："爸，朱朝阳是不是做了什么违法犯罪的事，被你们抓了？"

叶军一惊，抬头。"没啊，你为什么这么问？"

"那你怎么问了这么多他的事？好像他犯事了一样。"

叶军笑着敷衍："没什么，随便问问，你早点睡吧。以后你多向别人学习，有不懂的题找懂的同学问，虚心一点，知道吧？"说着就离开了。

叶驰敏失望地撇撇嘴，这么多话外音，爸爸居然一句都听不懂！

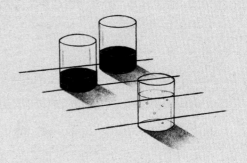

73

接下来的几天，朱朝阳都请假在家。

他是独子，在大部分人的观念里，他该继承一切财产，当然，从法律上说，朱永平的财产是夫妻共有资产，王家人要拿属于王瑶的那部分，但王瑶那部分财产该是多少，就没人说得清楚了，因为要扣掉一千多万元的银行贷款，并且财产大部分是固定资产，不知道能变现多少。

主动权已经牢牢掌握在朱家这边了，因为朱家人是本地人，第一时间控制了印章、账单、产权证，原本银行要接手保管的，但方建平等人向银行提出了全额担保，银行不担心这笔借款收不回来。政府层面上，无非工厂人员的工资、工厂的善后，但工厂的合同工总共也没几个，朱永平也没有欠其他自然人的外债，所以处理起来也很简单。

当然了，工厂最后还要卖给方建平这几个同行老板，到时自然也会像卖存货那样，做阴阳合同，把价格压低，方建平等人私下另外给朱家人一笔钱。

这几日，朱朝阳在亲戚的带领下，展开了一系列的"财产争夺战"，他的作用只是以独子的身份站场，自有人替他说话。他们和王家人吵了很多次，派出所警察也来调解了很多次，但所有产权都被控制在朱家人手里，王家人到现在一分钱都没拿到，他们又是外地人，对一帮本地人束手无策，警察每次调解，也只能建议他们走法律途径，朱家人也是让他们上法院起诉去，法院判给他们多少，就给多少，否则一分钱都不给。

几天过去后，王家人无功而返，只能着手后续的起诉事宜。

朱家这边，朱永平的葬礼却不能如期进行，因为尸体还在警察那边放着，案件还处于前期侦查阶段，要过段时间才能还给家属。

这天下午，朱朝阳跟着周春红回到家，在楼下时，他瞥见普普在一旁坐着，他跟周春红撒了个谎，说去买个甜筒吃，随后朝另一边的一条小弄堂里走去，普普心领神会，悄悄跟在后面。

两人在弄堂出来后的一条小街上碰了面，朱朝阳边走边问："你等了我很久吗？"

"还好，我坐在那儿看书，没觉得久。对了，警察是不是找过你了？"

朱朝阳一愣，随即继续若无其事地往前走，低声道："你怎么知道的？"

"张叔叔猜到的。"

"哦？"

"他在新闻上看到，墓地里的尸体被人发现了。他问我你是不是去过墓地，动过尸体了。"

朱朝阳眉头微微一皱。"你怎么说的？"

"我没告诉他你星期日去过公墓，我说我不知道。"

"哦。"朱朝阳放心地点点头，又问，"他怎么会猜到我去过公墓？"

"他说按他的设想，尸体埋在那里，过个把月都未必能被人发现，所以他担心是不是你去动过了。"

朱朝阳一惊，问："如果动过了会怎样？"

普普张大了嘴。"你真动过尸体？"

朱朝阳随即摇头，道："我去看过，没动过尸体。"

"他说如果动过尸体，可能会留下你的脚印和其他痕迹，不过他后来又说，脚印什么的倒也问题不大，那几天下过几场雷阵雨，肯定被冲掉了。他最担心的是你去公墓时，会被路上的监控拍下来。"

"公墓那儿有监控？"

"他说公墓附近没有，但外面的主干道上肯定有。"

"可我是坐公交车去的，下车后进山那段路我是走去的，中间也没遇见过人。"

普普想了想，道："他说进山那段路没有监控，那应该没问题。"

朱朝阳停下脚步，思索了几秒，又继续向前走。"嗯，应该没问题的，否则警察早把我抓走了。"

"你刚才说警察来找过你了？"

"对，不过没什么大不了的，不光是我，我妈和我家亲戚都被找过了，问了一些我爸和婊子前阵子有没有联系过我们的问题，还问了上星期三那天我们在哪儿，我在上课，我妈在上班，都是清白的。"

普普放心道："那就好。"

朱朝阳道："你放心吧，你和耗子还有那个男人，跟我爸一家不存在任何关系，警察不会怀疑到你们。只要过了这阵子，一切都烟消云散，一切都会好起来的。等风平浪静后，我们光明正大一起玩，也没人会怀疑了。"

普普笑了笑。"希望快点过去吧。对了，张叔叔让我来问你，什么时候把相机给他？"

朱朝阳思索了一下，道："过几天吧，等警察彻底不来找我们了，我就过去把相机给他。他帮了这个忙，以后用相机威胁他也没用了，我会把相机给他的。你和耗子最近怎么样，他害怕吗？"

普普撇嘴道："他一碰游戏就什么都忘了，不过我有一点点担心……因为我和耗子现在不住那儿了，我们搬到了张叔叔家住。"

朱朝阳停下脚步，皱眉道："为什么？"

"那次事情后，他又问了我们家里的情况，耗子不小心说漏了嘴，我想现在相机对他也构不成威胁了，就把我们从孤儿院逃出来的事告诉他了。第二天他又过来，说我们这样下去不行，要去读书，他说读书需要户口，还需要学籍，他想办法先给我们上个外地的户口，再想办法弄学籍，他说弄假户口，把身份洗白需要一笔不小的钱，所以他准备把那套最小的房子卖掉，让我们先住他家，顺便给我们补课，就算赶不上开学，也能跟上读书进度。"

朱朝阳眼神复杂地看着她。"我们现在对他已经构不成威胁了，你有没有想过他为什么这么好心？"

"我知道，他怕我们在外面混，万一哪天把事情捅出去就不好了。"

朱朝阳感到这话仿佛也是在说他，脸不由得红了一下，连忙道："不过他愿意帮你们，也是好的。"

"你觉得我和耗子都住进了他家，会不会有危险？"

朱朝阳摇摇头。"不会了，现在我们对他构不成威胁，而且前阵子我们去找他那几回，看得出，他很不想再杀人了，多一事不如少一事，我想他算得明白。"

普普放下心，点点头。"其实他这个人，可能真没我们一开始想得那么坏，他怎么说都是个老师。他说发生过的事都过去了，以后谁

都不要再提，彻底把这些事忘了，好好生活下去。"

朱朝阳点点头，感叹道："我也希望快点过去。"

普普道："那好吧，我先回去了，过几天我再找你，选个时间把相机拿回去。他还说从你爸那儿拿了些东西，这些东西他不能还给你，等过些时间风平浪静了他会去找地方丢掉，留着的一些现金他可以分几次还给你，他也怕你乱花钱。"

朱朝阳感激地看着她。"谢谢，没有你的帮助，我真不知道会怎么样。"

普普微笑着摇摇头。

"对了，你爸的祭日是哪天？"

"明天。"

"你要把相片烧给他吗？"

"对啊。"

"我和你一起去吧？"

普普停顿了一下，眼睛有些湿润，笑着摇摇头。"不用了，这几天你一定很忙，不方便。等明年。"

朱朝阳望着她，缓缓点头。"好，说定了，明年。"

74

暑假的补课很快结束了，再过几天就将正式开学，也意味着最重要的初三来了。

补课的最后几天，朱朝阳没去过学校，一直请假在家。

周春红也请了一个星期假，处理各种事宜。

尽管他们家的财务状况迎来了天翻地覆的改变，不过周春红是个本分人，不会守着财产坐吃山空，她说这些钱都存着，给儿子大学毕业后买房买车，多余的部分到时候让儿子自己打理。

一个星期后她回到了景区上班。这一天，朱朝阳再次见到了普普，约定明天早上把相机给张东升。

深夜，朱朝阳独自在家，伏案写了整整一个晚上后，他停下笔，活动了一下酸楚的手臂，将手里的笔记本合上，长长地叹了一口气。

随后，他把笔记本端正地放在了书架上，又把书桌收拾一空，把所有参考书摞成了一堆，拿出那本印刷粗糙的长高秘籍，盖在了这堆书的最上面。

他躺在椅子上，闭眼思索了一阵，睁开眼，从抽屉里拿出了相机和两张存储卡。其中一张，自然是相机原来的存储卡，另一张则是他今天下午刚去电脑城买的。

他把那张新的存储卡放到相机里，把相机塞到书包里，把旧的存储卡小心翼翼地放到了书包的另一个小袋里。

做完这一切，他皱了皱眉，眼睛看着窗外，木然地望了好久，脸上出现了远超出他年龄的表情，叹息一声，上床睡觉。

明天是最关键的一天。

月普，耗子，但愿一切顺利，你们永远是我最要好的朋友。

第二天早上，他背着书包，如约来到盛世豪庭，走到楼下铁门处，按响了门铃。

张东升走到可视门铃前，看了眼画面里的朱朝阳，眼角露出了一丝微不可察的笑意。

他转过身对另外两间卧室喊："耗子，普普，朝阳来了。"随后按下了开门键。

朱朝阳刚到门口，丁浩就把门打开了，热情地迎他进来。"好兄

弟，几个星期没见面了！"

"坐吧。"张东升友好地招呼朱朝阳。

朱朝阳坐下后，和丁浩聊了些近况，不过他们谁都没提那件事，仿佛那件事从来都不曾发生过。

说了一会儿，朱朝阳道："叔叔，相机我拿来了。"

他将书包放在一旁的位子上，从里面拿出相机，递过去。

张东升打开相机，相机还有电，他看了一遍，视频果然在里面，他满意地点点头，问："这段视频你们只放在了相机里？有没有另外存到电脑里？"

朱朝阳摇摇头。"没有存过。"

张东升将信将疑地朝三个人分别看了下。"从来都没存过电脑里？"

"没有。"朱朝阳肯定地回答。

丁浩道："叔叔你放心吧，我能肯定，没存过电脑里。"

普普也道："我们没有必要骗你，现在也没有保留视频的必要了。"

张东升点下头，抽出相机里的存储卡，一下摁断，扔进了垃圾桶，轻松地笑起来。"好吧，那么从今天开始，一切都是新的了，过去的一切都过去了，包括我，也包括你们。"

丁浩露出了由衷的笑容，普普嘴角稍稍翘了下，只有朱朝阳，勉强歪歪嘴，似乎笑不出来。

张东升看着他，想了想，安慰道："事情已经发生了，你后悔也没用，忘了吧。"

朱朝阳道："我没有后悔，只是最近发生了太多事，嗯……"

"慢慢会过去的。"

"嗯，我会忘掉的。"

张东升拍了下手，道："好吧，接下来朝阳你安心生活，耗子和普普我会想办法给他们弄上户口，再弄上学籍，重新开始上学，不过需要些时间，恐怕开学时是安排不上了，不过最迟年底我肯定会搞定。"

丁浩哈哈笑着挠头，很满意这个结局。

张东升又道："我们四个人也算某种意义上的同舟共济了，经历了这么多，今天彻底告一段落，中午我买点东西庆祝一下，怎么样？"

丁浩连忙道："好啊，我要吃比萨。"

张东升朝他笑道："你只要少玩游戏，学普普多看看书，以后想吃什么都没问题。不过现在，我会变一样好东西给你们。"

普普努努嘴。"是不是冰箱里的蛋糕？"

张东升故作惊讶。"你昨天看到我藏进去的吧？"

丁浩笑道："其实我也知道啦，就是没说出来。"

朱朝阳看着他们的模样，也不禁跟着笑。

张东升的"惊喜"被识破，他无奈地摇摇头，从冰箱里拿出了一个大蛋糕，掀开泡沫盒，一个放满巧克力和水果的漂亮蛋糕出现在他们面前。

丁浩咂着嘴。"叔叔，你太棒了！"

"再来点饮料吧，朝阳不喝碳酸饮料对吧？橙汁呢？你们俩依旧喝可乐？"

"随便，你快点吧。"丁浩迫不及待地先叉了个草莓放到嘴里。

张东升笑着摇摇头，倒了一杯橙汁和两杯可乐，放到他们各自面前，他自己倒了杯葡萄酒，用杯底敲了敲桌子，道："咱们先干一杯。"

"好啊！"

丁浩一口就喝掉了大半杯冰镇可乐，普普也喝了三分之一，朱朝阳喝得很慢，喝一口后，手伸到嘴边，咳嗽一声，又接着喝，又咳嗽一

声，随后道：“我去小便。”他又喝进一大口，鼓着腮帮子朝厕所走去。

张东升瞄了他一眼，又看了看他的杯子，他那杯也喝了三分之一。

“现在切蛋糕啦，你们想吃哪块？”

张东升正切着蛋糕，朱朝阳从厕所出来了，他依旧笑着问：“朝阳，你喜欢巧克力还是水果？”

“我昨晚拉肚子了，现在还不敢吃。”

“那好吧，只能下次补偿你了。耗子，这块先给你。”

丁浩接过蛋糕，吃下几口后，突然皱起眉。“哎呀，糟糕，看来我也要拉肚子了，我肚子痛。”

普普不屑道：“谁让你总是吃这么多这么快。”

“我痛死了，你还要说我呢。”丁浩瞪了她一眼，可是没过几秒，他就痛得更厉害了，他捂着肚子，痛得呀呀叫。

“耗子，耗子！”普普觉得他叫得有点夸张，转过头去看时，他竟直接从座位上滑了下去，脸都开始狰狞了。

朱朝阳赶紧和普普一起去扶他。

张东升也连忙跑过去，把他拉到位子上，急声问：“怎么了，是不是急性肠胃炎？”

“他怎么痛得这么厉害？”普普焦急地弄着已经在抽搐的丁浩，可是这时，她眉头微微一皱，忍了几下，随后，她脸上也露出了痛苦的表情。

张东升道：“肯定是肠胃炎，我去拿药。”

他转身装作去桌子下拿药，却拿出了一个遥控器，按了下，门锁上传来了“咔嚓”一声。

这时，朱朝阳朝自己的座位走了几步，突然也痛苦地叫出声，随后摔倒在地，开始呻吟。而丁浩已经只剩抽搐了。

普普紧跟着滑到了地上，瞪大眼睛，惊慌地看着此时缓缓转过身，脸上没有一丝表情的张东升，突然想起了朱朝阳爸爸死前的样子，顿时惊醒，声音嘶哑地喊着："你……你要杀了我们！"

张东升没有回答，只是漠然地立在原地，看着他们三个从挣扎到抽搐，逐渐一动不动。

等了足足五分钟，他吐了口气，冷声道："一切都是你们逼我的。你们以为到此结束了？你们毕竟是小孩，不懂得一个道理，有些秘密是永远不能让别人知道的，那样永远睡不了一个好觉。"

他平静地走上前，翻开丁浩的眼睛，瞳孔已经散了，身体还热乎乎的。等半夜出去把三个小鬼丢到海里，今天终于做个了结了。他心下感觉到一阵久违的轻松。

他正想去拿袋子装尸体，突然，却感觉胸口刺痛一下，他还没回过神来，又感觉到了一下刺痛，一下，两下，三下，四下。

他本能地低下头，惊讶地发现，胸口血流如注，血液喷了出来，他回过头，在他最后的时光里，看到了手拿匕首的朱朝阳站在他身后。

那把匕首，就是朱朝阳和普普第一次来他家，在桌子下找到，被朱朝阳抢来放书包里带走的。满手是血的朱朝阳愣在原地，看着张东升彻底倒下，四肢逐渐从抽搐变为一动不动，可还是睁着一双充血的大眼睛，仿佛死不瞑目，一直睁着他。

过了好一会儿，朱朝阳才回过神来，望着躺在地上的丁浩和普普，最后，他的目光全部集中到普普脸上。

他蹲下身，看着普普的脸，轻轻地叫她："月普，月普，你醒醒……"

普普没有回答他。朱朝阳伸出一只手，慢慢地握住了普普的小手，手心传来一丝温度，让他感到一种前所未有的暖意。

"月普，你醒醒，我们一起出去，好不好？"他的手抓得更紧，另一只手伸上前轻轻撩拨她细细的头发。

"月普，月普，你起来好不好？起来，起来啊……"

突然，泪水在他眼中翻滚，顷刻间，他号啕大哭。

普普始终一动不动，她再也不会动了。

朱朝阳低下头，在普普的额头上浅浅地亲了一下，这是他第一次亲女孩子。

他就这样痛哭流涕地看着普普，过了好久，才停歇下来。他用力吸了下鼻子，缓缓站起身，眼神迷茫地看着周围。

他从口袋里摸出了一团纸巾，纸巾黏糊糊的，吸满了橙汁。他把匕首放在一旁，走到桌前拿起了那瓶橙汁和他的那杯橙汁，进了厕所，将手里这团吸满橙汁的纸巾扔进了马桶，将杯子里和瓶子里的橙汁也都倒进了马桶，冲掉，塑料瓶和空杯子都用水冲了一遍。

接着他返回客厅，把空杯子放回桌上，拿起桌上的那瓶可乐，给空杯子里倒上了大半杯可乐。然后他从垃圾桶里捡出被张东升摁成两截的存储卡，又拿着空的橙汁瓶，走到了阳台的窗户口，朝外看了眼，确认下面没人后，他把空瓶连同被摁断的存储卡一起抛了出去。

他再次回到客厅后，拿出了书包里藏着的原先那张存储卡，把它塞回了相机里。随后他捡起匕首，走进厕所，打开水龙头，拿下一块毛巾，用力搓着匕首，包括匕首的把手，洗了一阵后，他用毛巾裹着匕首，回到了客厅，用匕首从张东升身上沾了些血，又把匕首的把手放进丁浩手里握了几下，拿出来后，又在张东升手里握了握。

他站在原地，缓缓闭上眼睛，咬紧牙齿，用毛巾拿着匕首，在自己的胸口和手臂上划了几刀，那几刀都不深，不过也马上流出了血，浸红了薄薄的 T 恤衫。

做完这些，他把匕首扔到了丁浩的手附近，把毛巾、蛋糕、椅子都推翻在地，地上显得一片狼藉。他深呼吸一口，跑到了门边，转动门锁，却发现门打不开。

他看了看，门锁上比以前多装了个东西，那东西上有个发光的红点，他想到刚刚张东升按了什么东西后，门锁上传来"咔嚓"一声，想必是遥控控制开关的。

他来到桌子旁查看，马上寻到了桌子下面的一个遥控器。他伸手去拿遥控器，却中途停住，思索片刻，没有去碰遥控器，而是跑到了厨房，爬到窗台上，拉开窗户，大声哭吼着呼救："救命啊，救命啊，杀人了，救命啊！"

75

保安听到呼救声，抬头看到窗户上趴着一个满身是血的小孩，连忙报警。

同时，几名保安也一齐冲上楼救人，却发现打不开门，敲门也听不到里面的任何回应。

最后是警察用工具强行把门撬开的，一开门，所有人都被眼前的景象惊呆了。

客厅里满地是血，一片狼藉，血泊中躺着三个人，一个成年人，两个小孩，三人都已经死了。

随后他们在厨房找到了那个呼救的孩子，他同样全身是血，受了好几处刀伤，不过他没有死，只是昏过去了，在众人的救援下很快苏醒过来，但神志不清，嘴里说着不清不楚没人能听懂的话，警察连忙

送他去了医院，同时增派大量警力封锁现场。

小孩被送到医院后，医生检查了一遍，说这孩子身上是些皮外伤，没有大碍，除了人受了惊吓外，其他没什么。包扎处理完伤口，暂时留在医院打消炎针，观察一下。

今天叶军正在外头，接到消息说盛世豪庭发生重大命案，死了三个人，只活了一个，他感叹今年夏天真是倒了血霉，后来他得知唯一一个生还者是朱朝阳时，再三确认，是朱永平的儿子朱朝阳，他顿时两眼放光，心中思索一遍，先是朱晶晶，后是朱永平夫妇，接着是今天的三人命案，这三件大事都和朱朝阳连在了一起。

叶军第一时间赶到医院，医院专门开了个独立病房，里面好多警察围着朱朝阳。

朱朝阳两眼布满血丝，满身污血，身上多处包着纱布，依旧抽泣着，但眼泪已经干了，表情木然，全身瘫软倚靠在床头，身边一名女警正在一个劲地安慰他，给他擦脸，喂他喝水。

警察们围在他身边，都焦急地等他开口说话，因为他是唯一的生还者，只有他知道发生了什么。

足足过了半小时，见他情绪逐渐稳定下来，叶军忙开口问："你怎么样了？我叫人通知了你妈妈，她正从景区赶过来。你现在能说话了吗？"

朱朝阳张张嘴，试图发出声音，过了好一会儿，才艰难地开口，一张脸布满了绝望。"杀人犯……他要杀我们，月普被他杀死了，嗯……被他杀死了……月普，耗子，他们……他们都死了……"

"到底发生了什么？"

"他……他要杀我们。"

"你们和他什么关系？他为什么要杀你们？"

朱朝阳喘着气，不清不楚地说着："我们……我们有他杀人的一段视频，我们知道他杀人了，他……他要杀我们灭口，他下毒杀我们。"

"下毒？"叶军皱着眉，疑惑道，"他下毒杀你们？"

"他……他下毒，月普和丁浩，都被他毒死了！"

"另两个孩子，男的叫丁浩，女的叫月普？"

朱朝阳默然地点头。

"你说的杀人视频是怎么回事？"

朱朝阳断断续续地说着："我们……我们去三名山玩，用相机拍视频，不小心……不小心拍到了杀人犯把他岳父岳母推下山的画面。"

叶军神色陡然一震，他记得上回严良找他时，隐约怀疑张东升岳父岳母的死不是意外，难道真的是一起谋杀案？

叶军急问："视频在哪儿？"

"相机里，相机给他了，在他家里。"

"你们有这样一段视频，为什么以前不报警？"

"因为……因为……"朱朝阳吞吞吐吐，艰难地说，"不能报警，视频里也有耗子和月普，你们会把他们抓走的。"

叶军眉头一皱。"我们为什么要抓走他们俩？"

"他们……他们是从孤儿院逃出来的，他们再也不要回去，可是……可是他们现在死了，我真不想这样啊！"

叶军满脸疑惑，见朱朝阳说的话没头没脑的，他一头雾水，只能继续耐心地问："你们有他这段杀人的视频，是怎么会被他知道的？"

"我们……"朱朝阳低下头，"我们想把相机卖给他换钱。"

所有警察都不禁咋舌，这三个孩子手握别人的犯罪证据，不去报警，反而用犯罪证据勒索杀人犯？

叶军继续问："所以你们今天带着相机去找他，他要杀了你们灭口？"

朱朝阳缓缓地点头。

"那么最后他是怎么死的？今天在他家到底发生了什么？"

朱朝阳脸上露出了恐惧的表情。"他……他对我们下毒，耗子和月普都中毒了，我们发现他下毒，我们……我们一起反抗，他要杀了我们，耗子从桌子下找出一把匕首，我和月普死命抱住他，耗子把他……把他捅死了。后来他们……他们俩也中毒死了，哇……他们也死了……"他伤心欲绝，顷刻间又大哭起来。

张东升下毒杀人，最后又被个头最大的那个叫丁浩的男生捅死了？叶军心中一阵错愕。

过了好久，再次安慰好朱朝阳，叶军忍不住问："你没有中毒吗？"

朱朝阳摇摇头。"没有。"

"他是怎么下毒的？另两个孩子中毒了，他没对你下毒？"

朱朝阳干哭着说："他给我们每人倒了杯可乐，可乐里肯定有毒。月普和耗子都把可乐喝了，我刚喝进一大口，想起来上个月买的《长高秘籍》，上面写着不能喝碳酸饮料，会影响钙吸收，我就没咽下去，马上跑到卫生间里吐掉了。出来时，看到耗子和月普都捂着肚子，说肚子痛，月普说可乐有毒，他就站在那儿笑起来。我很害怕，连忙冲到门口想开门逃走，可是门锁转不开，他见我没中毒，就跑过来拉我。耗子从他桌子下面拿出一把匕首，要跟他同归于尽，我和月普一起拖住他，耗子把他捅死了。可是耗子和月普马上就躺在地上了，我怎么喊他们，他们都不动了，他们再也不动了，哇……"一瞬间，他的情绪再度崩溃了。

看着他身上的几处刀伤，警察们大约也能想象出早上的惊心动魄。旁边的警察连忙拍着他，使劲安慰，又过了好一阵，他才逐渐平复下来。

大致听明白了今天的经过，叶军接着问："你说的丁浩和月普，他们是从孤儿院逃出来的？"

朱朝阳点点头。

"哪家孤儿院？"

"不知道，就是北京的孤儿院。"

"北京的孤儿院？"叶军皱起了眉，道，"那他们俩和你是什么关系？"

朱朝阳嘴巴颤抖地道："他们是我最最要好的朋友，我唯一的朋友，唯一能说话的朋友。"

"你们是怎么认识的？"

"丁浩是我小学同学，月普是他的结拜妹妹，他们一起来找我的。"

"你们是从什么时候开始接触的？"

"上个月。"

"上个月什么时候？"

朱朝阳回忆了一下，道："暑假刚开始的时候，具体哪天我不记得了，我要看看日记才知道。"

"日记？"

"我每天都写日记，所有事我都记在日记里。我记不得了，我好累，叔叔，我想睡觉，我不要待在这里，我要回家，我要回家！"他的情绪一下子又失控了，干哭了几声，咳嗽起来，咳得满脸通红，但片刻后脸色又惨白得失去一切血色，眼皮耷拉着，似乎很累很累了。

警察们很理解，一个孩子经历了一早上的恐怖遭遇，能撑到现在

已经是极限了。

"老叶，先让孩子休息，睡一觉，等他醒了再问吧。"其他警察建议。

叶军点点头，虽然他急于弄清所有事情的来龙去脉，但现在孩子身心俱疲，他也不忍心继续问下去。

叶军让人照顾好朱朝阳，让他先睡一觉。叶军来到外面，安排了一下工作，让人等周春红赶到后，让她带刑警去家里拿朱朝阳说的日记，既然他每天写日记，那么从他那本日记里或许能了解整件事的来龙去脉。

76

晚上，叶军手下一名刑警走进办公室，道："叶哥，朱朝阳还在医院睡着，中间醒了几次又睡了。看来这孩子确实被吓坏了，只能等明天问。周春红也在医院守着孩子，她带我们去了她家，从书架上找到了这本日记，桌子上还有本朱朝阳说的《长高秘籍》，也一起拿回来了。"

他递上两个本子。

一本很薄，印刷粗糙，封面上印着"长高秘籍"四个大字，一看就是内容东拼西凑的盗版小册子，骗小孩的。想着朱朝阳这个年纪还不到一米五的个子，难怪他会买这个看。

叶军翻开大致看了一下，书才几十页，看得出已经被翻了很多遍，里面一些地方还像对待教科书一样做了重点标记，看来这是朱朝阳读书的习惯。其中有一条想要长高就不能喝碳酸饮料的禁忌，打了一个五角星。

另一本是个笔记本，每一页都凹凸不平，因为上面写了很多字。

封面上用水笔写着五个端正的大字"朱朝阳日记",翻开里面,纸张有点泛黄,似乎有些时间了,第一篇日记是从去年的 12 月开始的,此后几乎每天都写,日记内容五花八门,有写考试的,有写日常生活杂事的,还有像在学校受了欺负等也都写了进去,篇幅不等,少的只有几句话,多的有上千字,整整记了大半年,最近的一篇是昨天晚上刚写的。

叶军对前面那些学校琐事不关心,准备找月普和丁浩出现后的内容,这时,陈法医和一位刑侦组长走了进来。

他连忙放下本子,急切地问陈法医:"现场处理得怎么样了?"

"张东升是被匕首捅死的,匕首上有他自己和现场那名叫丁浩的男童的指纹。男童和女童身上没什么外伤,均是中毒身亡,我初步判断是氰化物中毒,具体有待进一步鉴定,张东升家中暂时没找出藏着的毒药,毒药这东西很小,恐怕他也会藏得比较隐蔽,我们正打算把每个角落重新认真搜查一遍。"他的表情有点古怪,"虽然毒药暂时没找到,但是我们意外找到了其他东西。"

叶军好奇地看着他。"是什么?"

"一个是桌子上放着的一个相机,里面果然有一段犯罪视频,视频拍的是他们中的两个小孩,不过在离他们几十米远的地方,还拍到了张东升,拍得很清晰,当时张东升把两个人从山上推下去了。那天张东升带着他岳父岳母去三名山,他岳父岳母从山上掉下去摔死了,景区派出所出具的调查报告上写的是事故,说他岳父有高血压,登山后坐在城墙边缘拍照,突然昏厥,顺带着把他岳母也带下去了。如果没有这段视频,谁都不相信这不是意外,而是谋杀,甚至就算调查他,也没有任何证据能证明这是谋杀,谁知道这三个小孩把这段给拍下来了。"

叶军微微眯起眼，他又想起了严良，严老师在徐静死后找过他，说怀疑徐静的死不是单纯的事故。现在已经证实张东升杀了他岳父岳母，那么徐静的死恐怕也是他干的吧？

陈法医打断了他的思路，继续道："还有一些东西，你做梦都想不到。"

"什么？"

"我们在张东升家的柜子里找到一包东西，是朱永平和王瑶的。"

叶军瞪大了眼睛。"朱永平和王瑶的东西怎么会在他家？难道他们俩也是张东升杀的……"

陈法医道："这我就不知道了，张东升和朱永平夫妻压根不认识，他们之间的联系点是朱朝阳。朱朝阳肯定是知道这件事的，不过他为什么没来报警呢，还是说……他也参与其中了？想想就可怕，还是你自己问吧。"

叶军紧紧锁着眉头，慢慢点点头。

"还有件事，你会更吃惊的，朱晶晶那案子不是查不出嘛。当时厕所窗玻璃上采集到一些指纹，今天我发现，丁浩和月普的指纹都在这里面，朱晶晶嘴里的阴毛和丁浩的在纤维结构上相似，我明天送去做 DNA 比对。"

叶军的表情仿佛刀刻一般。

"朱朝阳这小孩肯定藏了很多秘密，听说他还没醒，我建议就算他醒了，也别放他回去，你肯定有很多事想问他吧。"

叶军整个人愣在了那里。

张东升岳父岳母被杀案，朱晶晶被杀案，朱永平夫妇被杀案，这些案子居然在今天都关联在了一起！

旁边的刑侦组长补充道："从今天的情况看，张东升是准备杀三个孩子灭口的。我们今天破门后发现，门是被电子锁锁上了，遥控器放在桌子下面，所以朱朝阳说他跑去开门时，开不开，最后只能站在厨房窗台上喊救命。那把匕首的造型很特别，我们专门问过，是徐静的大伯从德国旅游回来送给他们新家镇宅用的。按朱朝阳说的，当时丁浩是从桌下拿到匕首的，我想张东升本意是桌下放这把匕首作为杀人的备用方案，如果没毒死他们，就用匕首杀人，结果他去追朱朝阳时，被丁浩拿到匕首，几人缠斗，反而把他自己也害死了。"

叶军缓缓点头，道："丁浩和月普这两个人的身份要抓紧时间核实，把他们几个人的关系彻底弄清楚，这样整件事的来龙去脉才会完全清晰起来。"

两人走后，叶军独自留在办公室，心中各种情绪交织着，从目前的情况看，朱朝阳肯定是知道朱晶晶和朱永平夫妇这两起命案的，甚至……他直接涉及了这两起命案。

之前问他时，他都说不知道，肯定是在撒谎。

难道……难道……真的是弑父？

一想到这个，叶军不禁一阵毛骨悚然。

他吸了口气，翻开了面前的日记本，很快找到了朱朝阳和丁浩、月普第一次碰面的日记，那一天是 7 月 2 日，日记写了很长。

看了几页后，他浑身冒起一层鸡皮疙瘩。

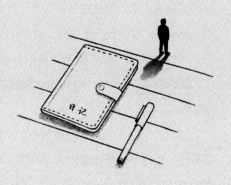

77

两天后，叶军在派出所见到了突然到访的严良。

"严老师？"

严良站起身，脸上透着复杂的情绪。"叶警官，又来打扰你了。我接到亲戚电话，说张东升被人杀了，家里除了他之外，还死了两个陌生的小孩，你是否方便透露，到底发生了什么事？"

叶军叹了口气，将他带到自己办公室，给他倒了茶，随后关上门，低声道："严老师，当初您的猜想是对的，徐静一家确实是张东升杀的。"

"真的？"他干巴巴地吐出两个字。他虽然怀疑过张东升，可他希望不是，是巧合，是他猜错了，他怎么都不希望自己的学生真的是杀人凶手。

叶军唏嘘一声，道："我拿到一个相机，里面拍下了一段视频，拍到了张东升在三名山将徐静父母推下去的整个过程。而张东升后来杀徐静的事，因为徐静的尸体已经被火化，所以找不出证据，不过有一位证人的口供。"

严良沉默了半晌，抿抿嘴。"张东升三天前在家被人杀了，遇害的还有两个小孩，又是怎么回事？"

"一系列很复杂的事，涉及九条人命。"

听到九条人命，严良也不禁大惊失色。

叶军继续道："我这儿有一本孩子写的日记，看完您就知道是怎么回事了。"

他将日记复印后的一沓材料交给严良，自己则在一旁点起烟，望向窗外，陷入了沉思。

严良翻开第一页，那是第一篇日记。

2012 年 12 月 8 日　星期六

我每次写日记，总是坚持几天就断了。许老师说不要把日记当作文，日记是给自己看的，不要在意篇幅，要当成每天的习惯，一日三省吾身，会让我们一生受益，短期内还能提高作文水平。如果我作文分数再提高一截，那就无敌了。这一次我一定要天天坚持，养成习惯，不管多晚都要写一点。好吧，今天就写这些。

朱朝阳，晚安！

严良看到最后一句，问了句"谁是朱朝阳"，知道就是日记作者后，他不禁莞尔而笑。瞧这笔迹和措辞，可以看得出，日记作者年纪不大，字里行间充满了童真。

他又继续往下看，大部分是流水账，记录了每天家里、学校发生的琐事，还有一些心里的小秘密。

不过贵在坚持，这个叫朱朝阳的日记作者在此之后果然天天坚持写日记。

篇幅有长有短，大概视他的时间而定，譬如考试的那几天，他会短短写上几行，祝自己正常发挥等；过年的几天里，他有时会写"今天过年，不想写，不过为了习惯，还是写上一句"这样的话；另有一些篇幅很长的，甚至有上千字，大都说他在学校受了欺负，被人收保护费等。

严良从这些字里行间得到的信息是：日记作者是个初二男生，学习用功，自制力很强，不过个子矮小，他总是感慨不长个，没有一个女生喜欢他，而且在学校似乎经常受人欺负。大概是个性格内向、不合群的孩子，因为他在日记里从没写过有什么朋友，提到的名字几乎都和被欺负有关。另外有几篇日记提到他的家庭，他父母离异，与母亲一起生活，母亲在景区上班，隔几天回家一趟，平时他自力更生。

严良花了一个多小时把前面这部分看完，他看得很仔细，像他这个年纪却有机会窥视一个初中生的生活，他自觉有些不好意思，思绪仿佛被带到了几十年前。

那个年代和现在虽然完全不一样，包括孩子的接触面也远没现在的广，不过一样的是不管哪个年代的十几岁少年都有着青春期烦恼，各种深藏心底的秘密和想法。

严良看着日记里的朱朝阳在学习上锋芒毕露，不禁想起了自己的初中时代。他初中时也是数理化全才，不过那时是20世纪80年代初，社会大环境并不看重读书，学校的女生只喜欢文科生，那时候的文艺青年很吃香，像他这样的理科高才生是很孤独的。

某种意义上他的孤独与朱朝阳的有几分相似。

他笑了笑，将思绪拉回现实，随后，他翻开了7月2日的那一页，从那一页开始，每篇记载的内容就明显比前面多了，几篇翻下来，他的表情也从刚刚的莞尔变成了深深的凝重。

78

2013 年 7 月 2 日　　星期二

发生了好多事。

今天见到了丁浩和他的结拜妹妹普普，耗子是我小学时最要好的朋友，五年没见了，以前我们一样高，现在他很高，如果我早几年拿到《长高秘籍》大概就不会这样了。我犯了好多禁忌，尤其是不能喝碳酸饮料，以后绝对不喝了！

他想在我家住几天，我很乐意，每天一个人很无聊。可他后来才告诉我，四年级时他不是转学了，而是他爸妈杀人被枪毙，他回老家了，之后去了北京的一家孤儿院，普普是他在孤儿院认识的，也是杀人犯的小孩。他们是从孤儿院逃出来的，早上在路边被救助站的人抓走，他们半路逃下车，找到我家。

我开始很担心他们住进家里，后来看他们也不坏，应该不会偷我的东西。后来说到普普爸妈的事，耗子说她爸杀了她妈和她弟弟，判了死刑。可普普坚持说她爸是被警察冤枉的，是被逼承认杀人的。她还问我有没有相机，下个月是她爸的祭日，她要拍照片烧给他。

下午我接到爸爸电话，他让我过去，我担心我出去后，他们会在家里偷东西，不过他们听到我要出门，就说到外面等我回来。

我爸和几个叔叔在赌钱，婊子母女去动物园了。可没一会儿，婊子居然回来了，说相机电池坏了，就提前回来了。那时我躲在后面，还是被她看见了，小婊子还问我是谁，我爸怕影响她心理成长，说我是方叔叔的侄子。

后来方叔叔说我衣服太旧，要我爸带我去买衣服，结果两个婊子也不知廉耻地跟去了。去之前，我爸偷偷给我五千元钱，让我不要让婊子知道，我看到她们不要的相机，想给普普拍照片，问我爸能不能给我，我爸这次倒是直接把相机送我了。在商场我刚看了双鞋子，小婊子就要我爸赶紧过去，我爸就被她叫过去了，小婊子还对我吐口水。这肯定是婊子教的，我一辈子都会记住她们今天的表情！

我只好一个人坐公交车回家，那时我真没用，在车上哭了。回想起来真是好笑，我为什么要哭？莫名其妙。

回来后耗子和普普看出我哭了，以为我后悔留他们住，说要走。我不想他们误会，就把今天的事告诉了他们。普普很气愤，要帮我报复小婊子，说要把小婊子扔进垃圾桶，还要脱了她的衣服扔进厕所，让她哭死。普普说这件事不用我出面，她和耗子去做，这样就查不到我了。可我不知道小婊子在哪个小学读书，想想不现实，还是算了。

我们聊了一晚上，他们说孤儿院管得太严了，要关禁闭，所以他们才逃出来。逃走前，耗子偷了院长的钱包，里面有四千多元，我想来有点后怕，幸亏没把五千元钱的事告诉他们。

后来我才知道耗子是惯偷，爸妈死后，他一个人在老家经常偷东西，有一回终于被抓到，被揍了一顿，当天晚上他又拿石头砸了人家的店，结果又被抓到，送到孤儿院去了。耗子说这笔账迟早要跟店老板算，到时候把店老板往死里揍。在孤儿院也是，他经常偷老师的钱逃出去打游戏。

他还是打架王，孤儿院里没人打得过他，他的目标是做社团大哥，所以他在手臂上刻了"人王"两个字，要做人中之王。

普普爸爸死后，她住在叔叔家，有一天她和同学吵架，同学骂了她爸，她打了对方，当天晚上那个同学被人发现在水库里淹死了，大家都说是她把人推到水库里的，警察把她抓走，最后没证据又把她放了回来，可同学家长一直上门闹事，婶婶不要收养她，就把她送去了孤儿院。

那时我很气愤，这些成年人这样冤枉她，太坏了。

谁知她笑了起来，我问她笑什么，她摇摇头，过了一会儿突然说，其实，人就是她推下去的。那个人，就该死！

我吓了一跳，想不到她小小一个人，竟然杀过人！她看出我的担心，让我放心，我是她的朋友，她不会对朋友做任何不好的事，包括以后谁欺负我，她和耗子都会帮我。

我想她那时大概年纪小，不懂事吧，看她的遭遇挺可怜的，现在她是我的朋友，我肯定会替她保守这个秘密。

现在他们在我房间睡下了，我妈房里放了钱，所以我要睡这间。今天的日记是我写得最长的一次，发生这么多事，我心里很烦，只有他们俩能陪我说话，我把他们当作真朋友，他们可千万别偷我家东西。

看完这一篇，严良轻轻闭上了眼睛，他眼前浮现出一个内向好学却经常受欺负的小孩，碰见了两个"问题少年"。

一个是激素太盛的"暴力男孩"，经常偷窃，想做社团大哥，手臂上刻着"人王"，打架王。一个是小小年纪就因为争吵把同学推下水库淹死的小女孩，大概是成长经历的缘故，从小就有着超出年龄的成熟和阴暗，甚至被警察带走调查都不承认推了同学，这个小女孩的心理，想想都令人不寒而栗。

两个少年，父母皆被判死刑，其中一个还深信爸爸是被警察冤枉的，特殊的成长环境造成了心理上的歧路。偷东西，打架，文身，把同学推进水库，偷院长钱包，出逃孤儿院，逃离救助站。在初中这个最叛逆的时期，一个内向的小孩遇到两个有着很不寻常经历的"问题少年"，严良忍不住替朱朝阳后来的命运担忧。

79

2013 年 7 月 3 日　星期三

我很怕，我不知道到底该怎么做，却又不能告诉任何人。

早上我带他们去三名山拍照片，在山上我们打开录像功能玩。才过一会儿，一对爷爷奶奶掉下山了，他们的女婿在呼救。

下午回来后，我们把相机连到电脑上，看了那段视频后才知道，早上那两人不是掉下去的，而是被他们那个女婿推下去的。

我赶紧打 110 报警，是一个阿姨接的，我刚开口说半句，普普就直接把电话按断了。她说不能报警，视频把她和耗子也拍进去了，报警的话，警察会调查视频里的人，如果知道他们是从孤儿院逃出来的，肯定要把他们送回去。后来 110 阿姨打电话回来，普普骗她按错了，她把我们骂了一顿。

可是这是人命关天的大事，怎么可能不报警？

我想等过几天他们走了再报警，可是我又担心他们被查出来送回孤儿院后会记恨我，等过几年他们从孤儿院出来，会不会来报复我？耗子是打架王，他很记仇的。

后来普普说要找到杀人犯，我问她干什么，她居然说要把相机卖给他，跟他勒索一笔钱，他们俩没钱了，需要一笔钱过生活，她看到杀人犯开宝马，肯定有钱，她还说拿到钱后会平分给我。

我觉得她太疯狂了，要去勒索一个杀人犯。我要这钱干吗？我连校规都没有违反过，却要被她拖去犯罪？这不可能，我坚决不同意。可耗子觉得她的主意挺好，也赞成这么做。

我劝了很久他们就是不听。

晚上在书店时，我又遇到了爸爸带着小婊子，爸爸故意装作没看见我，我气死了。普普在旁边看着，她说只要我同意把相机卖给杀人犯，她和耗子一定会帮我报复小婊子，想怎么揍都可以。我还是不同意。

我现在很无力，他们正睡在隔壁，我越想越觉得恐怖，我很后悔昨天把他们俩留下来。

我不知道该怎么办。报警我怕耗子过几年会回来报复我，不报警难道留着一个有犯罪证据的相机一辈子？更不可能去勒索杀人犯。

严良凝视着这一篇，过了好一阵，才叹息一声。

尽管日记文字粗糙幼稚，可他依然能感受到，日记的主人，这个朱朝阳，那个时候的矛盾。一个好学生面对这种突发事件，一定会选择报警。而两个从孤儿院逃出来的"问题少年"，因担心被送回去，拒绝报警，这还能够理解。可是他们却想到了勒索杀人犯，这样的主意已经远远超出这两个孩子的年龄认知了。他愈发为朱朝阳后面的命运担忧了。

80

2013 年 7 月 4 日　星期四

我该怎么办？再没有比这更糟糕的一天了。

我怕他们又要说服我去勒索杀人犯，就带他们去少年宫玩以拖延时间。

到了少年宫，普普看到小婊子也来少年宫了，要替我报仇。我觉得不现实，少年宫人太多了，如果被人看到我，告诉我爸，我就惨了。

耗子却说没问题，一切包在他们身上，我偷偷跟在后面看着就行。

他们两个先进去，我怕被小婊子撞见，远远跟在后面。普普在六楼找到在学书法的小婊子，让我到楼梯口等着，她和耗子在厕所外守着，只要小婊子一个人去上厕所，就把她拉进去揍一顿。我担心他们把人打伤了，丁浩保证过不会出事。

可还是出事了，小婊子被他们拉进厕所没几分钟，他们就跑了出来，把我拉到二楼，说小婊子不小心掉一楼去了。

后来他们才告诉我真话，耗子把小婊子拖进男厕所，小婊子骂他们又吐口水，把耗子惹火了，他拔了阴毛要塞小婊子嘴里让她恶心，结果小婊子把他的手咬破了，他一怒之下把小婊子抱到窗边推了下去。

我骂他干吗要把人推下去，他也后悔了，普普说现在怪耗子也没用，如果小婊子死了，就没人知道是他们干的，她叫我先下去看看小婊子是死是活，他们躲在二楼窗户边看我信号。

　　我在楼下挤不进人群中，反而是他们在楼上看清小婊子死了，示意我先走，他们下来去后门跟我会合。

　　后来回了家，谁也不再提这件事，我很害怕，虽然人是他们杀的，那这算不算是我指使的？可我根本不想让她死啊，最多让她哭一场出口气就行了。可我如果这么说，会有人信吗？爸如果知道我和他们是一伙的，我就死定了。

　　普普又说起了勒索杀人犯的事，她说出了这么大的事，他们不能留在宁市了，要勒索到一大笔钱，然后跑到其他城市去。我现在想来想去，也只有这个法子了。如果他们被抓到，我说什么都洗脱不清。可是怎么找到杀人犯呢？能顺利拿到钱吗？

　　我心里很乱。

　　看到这篇，严良的一颗心沉了下去，原本仅是一次出于家庭仇恨的报复行为，本意只是打朱晶晶几下，把她弄哭，结果却演变成了一起命案。

　　最后变成命案大概也不是丁浩和普普的本意，不过看到一个初中生竟想到拔下阴毛塞到对方嘴里这么让人恶心的招式，他产生了一种强烈的难受感。

　　仅仅因对方不服输，不低头，咬伤了自己的手，就一怒之下把人推下楼，这丁浩的心理该是多么暴躁？难怪是孤儿院里的打架王，这种性格大概是长期习惯用暴力解决争端而形成的吧。

　　他也理解朱朝阳在事发后的担忧，毕竟他们是一起来的，如果他们被抓，他说他本意只是弄哭朱晶晶，恐怕没几个人信，他爸也不会信。

　　从他日记的字里行间可以看出，他骨子里是个缺乏父爱却又异常渴望得到父爱的孩子，每每总是失望多过期许，他害怕朱晶晶案子被

查出，过去那扇虽出现得少但毕竟还是有的父爱之门也将永久对他关闭，这才是他害怕的根源。

严良甚至有点害怕继续看下去了。

81

2013 年 7 月 5 日　星期五

只知道那个杀人犯的车是宁市的，可宁市这么大，怎么才能找到他呢？

想来想去都想不出办法，我妈过几天就回来了，丁浩和普普到时该上哪儿去？烦透了。真怕他们被抓。

2013 年 7 月 6 日　星期六

真找到杀人犯了，也不知是好是坏。

早上陪普普上街，在东面的小超市意外遇到杀人犯。我早不记得他长什么样了，是普普认出来的。见他要上车，普普跑上去拉住他，说看到他杀人了。杀人犯马上瞪起眼睛，吓了我一跳，丁浩说打架是家常便饭，叫我不用怕，有什么他顶着。杀人犯倒没真动手打我们，骂了一句就要走，普普警告他，我们有一段他杀人的视频，如果他走了，我们马上把视频交给警察。他停下来，盯着我们看，我很害怕，他们两个都很镇定，叫我回去拿相机。

我把相机拿回来，在路上打开相机给他看了，他脸都绿了，说要带我们找个地方，谈一谈。上车前，普普让我把相机先拿回去藏好，说他拿不到相机就不敢把我们怎么样，否则我们会有危险。

后来杀人犯把我们带到一个咖啡厅，问我们想干什么。普普说把相机卖给他。杀人犯问多少钱，我们走到一边商量，丁浩说要三万元，普普问我我一年要花多少钱，我说一万多元，她觉得他们要拿到足够生活到成年的钱，包括以后租房的钱，一人要十万元，共三十万元。我说太多了，他不会给的，我不要钱，全给他们。她说谢谢我，但还是坚持要三十万元，说他的宝马车就值几十万元了，现在要的是他的命。

普普跟杀人犯说三十万元，杀人犯一下子怒了，我很害怕，不过普普和丁浩一点都不怕他。杀人犯最后答应了，他需要一些时间筹钱，给了我们他的手机号，让我们后天打电话。

出来后，普普让我们快跑，跑了好多条街才停下，她怕杀人犯跟踪我们。丁浩说跟踪就跟踪，还怕他？普普骂他是笨蛋，杀人犯如果想杀我们灭口，肯定带刀，丁浩不是他的对手。我很担心以后和他做交易会不会有危险。普普说肯定有危险，但只要相机不落在他手里，他就不敢把我们怎么样。下次去，我们就过去两个人，还有个人留在外面，这样他就不敢对两个人怎么样，因为还有个人会报警。

我觉得普普的主意听起来可靠，不知道最后能否顺利。

2013 年 7 月 7 日　星期日

普普说明天她和我一起过去，丁浩留在家里，因为他四肢发达，头脑简单，特别容易冲动。

是啊，如果他不冲动，那时打小婊子一顿就好了，根本不会死人。我很怕他们被抓到，如果爸爸知道我和他们是一伙的，一定恨死我了。希望明天一切顺利，他们拿到三十万元，到外地好好生活下去吧。

普普很聪明，她比我小两岁，但感觉她什么都知道，怎么提防杀人犯使坏，怎么成功拿到钱，她都想好了。而且她对我很好，我想大概因为我和她经历相似吧，我爸爸宠小婊子，她妈妈也宠她弟弟。

以前没有朋友，现在有这两个朋友，一个能帮我出头，一个和我有那么多共同语言。

2013 年 7 月 8 日　星期一

今天去了杀人犯家，他肯定在耍诈，电话里让我们把相机带过去，我们没有照做，普普说先拿到钱再给他相机，才能保证安全。去了他家，他又说钱没准备好。明明没钱，却让我们带上相机，肯定有鬼。

他家一看就很有钱，他却自称上门女婿，钱不归他管，暂时拿不出这么多钱，过阵子就有了。

普普问他没钱为什么要我们带相机。他说他怕我们保管不好，让他保管，他先给一部分钱。他肯定是个骗子。

后来普普让他先给一部分钱，他又推托了，说怕我们乱花被人发现。普普说要租房子，他问普普为什么租房，普普什么都不告诉他。他也没办法，后来他先给了普普一些生活费，说他家空着一套小房子，给他们住。

普普答应了他，让我保管好相机，不要被人跟踪，不要让杀人犯知道我的信息，只要我和相机都安全，那么她和丁浩也就安全了。普普做事很周全，而且她特别细心，她想到在他们的柜门上塞一根毛线，如果以后毛线位置变了，就说明杀人犯趁他们不在家，进来搜过东西。

可是从现在开始，普普和丁浩都住在杀人犯的房子里，我一个人很害怕，他们可千万不要出事啊。

2013 年 7 月 9 日　星期二

今天警察找了我，问了小娥子的事，还知道我那天去了少年宫，就走在小娥子的后面。

我当时真不知该怎么回答，普普跟我说过，如果警察来问，一定要咬定不知道小娥子是怎么死的，也不能承认是在跟踪她，如果我说漏嘴了，她和丁浩就会被抓。其实我更担心的是我爸知道我参与了这事，间接害死了小娥子，那就惨了。

我只能骗警察说我是去少年宫看书的，和小娥子只见过一两次，走在外面根本不认识她。

不知道警察相信了没有，还抽了我的血，让我把手按在一个东西上，那时妈妈刚好回来，知道警察查我，和警察吵了一架，回到家又是哭，我看了好难受。

如果没有这些事该多好，我好后悔那天去了少年宫。

下午普普来找我，听我说了这事，她叫我不用怕，只要我没说漏嘴，警察就查不出。为防警察注意到她和丁浩，她以后不来我家找我了，我们约定每天下午去新华书店见面。

2013 年 7 月 10 日　星期三

今天娥子找上门，说我害死了小娥子，还把妈打成重伤，爸居然为了帮娥子，打了妈耳光，这个仇我记下了，我大学毕业后一定要把这笔账原原本本算清楚！

娥子还说一定要弄死我，有本事就来吧，我才不怕。普普也

在旁边看到了，她说明天和我商量。

2013 年 7 月 11 日　星期四

普普说耗子也知道了婊子打伤我妈，耗子愿意替我报仇，他可以守在婊子家门口，如果婊子一个人出来，他就冲上去把她暴打一顿后逃走，普普问我怎么看。我当然很想把婊子打死，可一旦耗子去打婊子被抓到，那么小婊子的事也曝光了，我想还是先忍着吧。

普普也觉得埋伏揍人很危险，她问我婊子是不是知道我和小婊子的事有关，我也不知道婊子到底知道多少，可她昨天来找我时，我一见她转头就跑，可能更加深了她的怀疑吧。

普普说如果婊子还要纠缠下去，就不是想着揍她报复了，而是做另一件事。她突然问我，如果婊子死了我会不会很开心。

我看着她的样子，感觉一阵害怕，问她要干什么。她说如果婊子一直纠缠下去，说不定会调查到她和耗子，他们决不能被抓走，如果迫不得已……她看过我的政治课本，上面写着未满十四周岁的人不用承担刑事责任，她说她和耗子都不满十四周岁。

我赶紧劝她打消这个念头，我决不会把他们俩供出来的，我不说，没人知道小婊子是他们俩杀的。她说只是开个玩笑，我想他们俩也没本事真的杀死成年人吧。

普普还说杀人犯昨天找了他们，说要出差去，交易暂时做不了，要过段时间。希望他不要耍花样。

从 7 月 12 日开始到 7 月 26 日，日记里就没什么大事发生了，每天朱朝阳和普普在书店见面，大都记了一些看了什么书，两人聊了什么之类的，开始几天，日记大都是寥寥数语，但后来篇幅逐渐加长了。

因为严良看到，朱朝阳在日记里吐露心声，他喜欢上了普普，所以他对普普的记载特别详尽，甚至今天普普看的是哪几本书都一一记下，可他又不敢告诉普普，怕一旦告诉了她，她不喜欢他，以后两个人肯定会疏远。他更担心普普喜欢的是耗子，那样一来，他只能把这份喜欢默默放在心里珍藏了。

但从 7 月 27 日开始，又有新的事发生了。

82

2013 年 7 月 27 日　星期六

婊子是畜生，她就是靠卖赚钱的！

她找人泼了我大便，妈在景区上班也被人泼了，家门口到处是红油漆。叶叔叔带我去厂里抓她，爸竟然还要护着婊子，所有人都在说他，他还在护着她！还要我不要追究了，说给我一万元钱。

哼，在他心里，婊子是最重要的，我比不上一万元钱。

我恨他们，我恨死他们了！

2013 年 7 月 28 日　星期日

昨天下午来的是耗子，他说普普去买东西了，他过来是要告诉我，前天晚上他们看电视，看到杀人犯的老婆死了，杀人犯正在医院哭。新闻说他老婆是开车时猝死的，杀人犯这段时间都在外地出差。普普觉得他老婆不可能是自己死的，肯定是被他杀的，普普说她会去找杀人犯，问出他人在外地是怎么把他老婆杀

了的，提防他用这招对付我们。我不想让普普去冒险，我去问。

今天我去时，杀人犯始终不承认他杀了他老婆。后来有人按门铃，他很紧张，要我冒充他的学生，我不答应，除非他告诉我他是如何杀人的。他只好承认人是他杀的，是下毒，他把毒药放在胶囊里，胶囊再放到他老婆每天会吃的美容胶囊里，那样吃下去不会立即发作，过一会儿消化了胶囊就中毒了。

下午见到普普，她说知道杀人犯是下毒就没什么好担心的了。我们每次最多去两个人，相机也不带，就不会怎么样。她很谢谢我早上一个人替她去冒险，我很开心看到她的笑脸，她平时真的笑得太少了。我趁机问她是不是喜欢耗子，她说不可能，她只把他当哥，耗子也把她当妹妹，她说她喜欢聪明的人。

我不知道我算不算聪明的人。

后来又跟她说了昨天婊子的事，她问我想怎么样，我说想把大便泼回去，可是一时找不到好方法，她说她一定会替我想办法。

7月28日后的几天里，没有大事发生，每天朱朝阳和普普在书店见面，商量如何报复王瑶，但总是想不出好法子。

2013年8月6日　星期二

我爸也开始怀疑我了。

爸来看我，给了我五千元钱，说以后会关心我。可后来，他又问了我小婊子的事，问我那天是不是在跟踪她。我当然说没有。

后来婊子冲了过来，抢了爸的手机，他们俩差点打起来。婊子点开了手机，里面传来了我和爸的对话。原来他是来录音的，想套我的话。

　　婊子还说，不是我干的，就是我找人干的，肯定和我脱不了干系。她一定会派人调查，追查到底的。

　　唉，我不知道这样的日子什么时候能是个头。

　　他也不是我爸了，我不想要这样的爸爸。

2013 年 8 月 7 日　星期三

　　我把我爸调查我的事告诉了普普，还有婊子的话。看得出，她也很紧张，她最担心婊子派人调查我，那样一旦查出她和耗子，就全完了。

　　她问我对我爸还有感情吗，我实话告诉她，没有了，他已经不是我爸了。婊子折腾了这么久，他始终护着婊子，我真恨不得他们俩都被泼大便。

　　普普说她会想办法替我报复他们的。

2013 年 8 月 8 日　星期四

　　我不想再去爷爷奶奶家了，可妈说我爸不会做爹，我还是要做好孙子的。我只好早上去看了下爷爷，爷爷躺床上不能下地一年多了。大家都说他过不了今年，唉，爷爷以前对我还是很好的。奶奶也越来越老了，不知道等我以后工作了，她还能不能享受到我的孝顺。

　　奶奶知道我爸和婊子做的事，她说我爸做得不对，但又说他也是左右为难，下个星期三是小婊子生日，他们俩那天要去上坟，上完坟就把所有发生的事都放一边，重新好好生活，现在我爸就我一个儿子了，肯定会对我好。我是不指望的，奶奶总是帮着她儿子说话的，我爸的所作所为，彻底让我失望了。

下午见到普普，我把奶奶说的告诉了她，她说我爸就算想对我好，娌子也会拦着的，这是不可能的。我想也是这样。

她还问了他们去哪里上坟，说坟地上肯定没人，到时耗子会去泼娌子大便。我很想出这口恶气，可又担心耗子被抓，她说我爸不可能跑得过耗子，让我放心，他们俩不会冒险的。

祝他们泼大便顺利！

之后的几天，并没有发生什么大事，朱朝阳从 12 日开始去学校参加暑期补课了。但 14 日的日记，再次让严良大跌眼镜。

2013 年 8 月 14 日　星期三

娌子死了，爸也死了，他们在搞什么！怎么会这样！

夜自修出来，普普在路上拦下我，告诉我他们都死了。我质问她明明是去泼大便，怎么会死人的！

她跟我道歉，说她是骗我的，她知道告诉我真话，我肯定会反对。她担心娌子派人跟踪调查我，早晚会查到他们，所以要杀了娌子。她用相机威胁杀人犯，说服他帮他们用毒药杀人！她原本只是想杀了娌子的，但杀人犯在坟地上突然把我爸也毒死了。事后他跟他们说，如果不把两个人都杀死，肯定会被查到。

为什么会变成这样子？我真不想要这个结果！

怎么办？虽然我爸对我不好，可他终归是我爸啊！

我要不要去派出所举报他们？

可是普普……我不想普普出事，我真的好难受。

我想明白了，这是杀人犯在反过来威胁我们。只要我们也杀人了，相机就对他构不成威胁了。一定是这样的！

我恨他，我恨死他了！

我也恨我自己，为什么，为什么！

后面的几天，日记篇幅都不长，记了一些他内心的各种波折。

2013 年 8 月 18 日　星期日

今天我独自去了公墓，找到了爸和婊子被埋的地方。

我说不出是什么心情，一个是我最想她死的人，一个是我一点都不想他死的人。

为什么是这样的结局？

我是不是没有明天了？这样的生活就要一直继续下去了吗？

是不是迟早都会被发现？如果被人发现这里埋了两个人，该怎么办？

我担心自己，也担心耗子，更担心普普。

我在坟前跪下了，希望爸爸能够原谅我，这真不是我想的。

2013 年 8 月 21 日　星期三

爸爸和婊子的尸体终于被人发现了，警察早晚会找我的吧，我该怎么说？是坦白，还是按照普普教我的应对？她说上星期三我在上课，所以事情和我没关系，只要我说不知道就行了。

我真不想继续撒谎了。可是如果我告诉警察叔叔实话，那么普普和耗子就会被抓走。我不能害他们，我不能眼睁睁看着普普出事啊。

我到底该怎么办？

后面两天的日记，都只有寥寥数语，一笔带过，只写了几句他的想法。

2013 年 8 月 24 日　星期六

普普晚上来找我，让我把相机给杀人犯。这次，她没有称呼他"杀人犯"，而是叫他"张叔叔"，说张叔叔其实没我们一开始想的那么坏，他毕竟是老师，对他们还是挺关心的。

张叔叔准备把那套小房子卖掉，拿钱给他们办新户口，换上新的身份，再想办法安排他们上学，做一个新的人。他们现在已经和张叔叔一起住了。

他们能做新的自己，那我呢？

希望一切事都尘埃落定吧。

我答应他们，过几天家里的事弄定了，我也过去一趟，大家约定，再也不提过去了。

2013 年 8 月 27 日　星期二

明天就去把相机给张叔叔，这个东西放在身边，我每天都提心吊胆。

现在警察叔叔也不过来了，大家也渐渐不再提爸爸一家的事了，明天把相机交了，他们有了新身份，我也要开始新生活。

马上就开学了，一切都会是新的，包括我，包括普普和耗子。

好想做一个全新的人啊。

83

严良花了整整三个小时，把这沓复印的日记翻到了最后一页，他缓缓闭上眼睛，在了解了这三个小孩的故事后，他感觉胸口很闷，呼吸不过来。

"严老师，你一定也想不到这三个小孩和张东升之间发生的这些事吧？"坐在对面的叶军看着他问。

严良唏嘘一声，点点头，道："最后张东升是怎么死的？"

"最后一篇日记后的第二天，也就是 8 月 28 日，朱朝阳带着相机去了张东升家，准备把相机给他，而在这之前，普普和丁浩已经住进了张东升家。现在三个孩子全到齐了，相机也在了。"

严良抿着嘴，缓缓道："于是张东升这一回可以把人灭口，把证据毁掉了。"

"对，朱朝阳作为唯一一个幸存者，他想开门逃跑，结果门开不了，他只能跑到厨房窗户边上喊救命。我们破门进去时发现，门锁上额外装了一把遥控电子锁。经调查得知，这把锁是张东升前阵子在网上购买后自己安装的，应该在普普和丁浩住进他家前就装好了，就是为了等人和相机都到齐的这一天动手。这把电子锁只能用遥控器开，可见他是等待机会下手，将他们一网打尽，决不让其中任何一个人有机会逃出去。"

叶军又接着道："朱朝阳情绪稳定后告诉我们，张东升当时还反复问了他们视频是否还有备份，三个孩子都保证说没有，他很高兴，说要庆祝一下四个人的新生活，他准备了一个蛋糕给他们吃，给三个人都倒了可乐，他自己倒了葡萄酒。法医已经查证，蛋糕是没问题的，问题出在可乐上，三个孩子杯中和瓶子里剩下的可乐，都检出了氰化钾。根据朱朝阳的口供判断，徐静应该也是误服了氰化钾丧命的。她每天都会吃一种美容胶囊，连续吃了几年。张东升把毒药放到了徐静的胶囊里，然后他去丽水支教，制造不在场证明。这样徐静哪天吃了毒胶囊，哪天就会中毒死亡，而他第一时间赶回来火化了尸体，完全找不出证据来证明他犯了罪。此外，朱永平和王瑶体内也检出了氰化钾。我们当时看到尸体上被捅了多刀，压根没想过其实真正的死亡原因是中毒，想必也是张东升在下毒杀人后，补刀伪造案发经过的。"

严良心中一阵悲痛，张东升缜密的思维没有用到该用的地方，而是放在了犯罪上。一起起构思精密、不留任何证据的犯罪，一次次误导警方，甚至让警方从头到尾都没怀疑过他，一般人是绝对办不到的。

张东升把最好的才华用在了犯罪这条路上，可悲，可叹。

他沉默了一阵，思绪回到当前，又问："普普和丁浩都喝了可乐中毒死了，朱朝阳为什么没事？"

"您忘了他不喝碳酸饮料，那本《长高秘籍》救了他一命。我们在他家见到了那本'秘籍'，只不过是本印刷粗糙的盗版书，这孩子对身高很在意，他把盗版书像课本一样做满了笔记。幸亏有这一条，他喝了一口可乐后，想起不能喝碳酸饮料，就跑去卫生间吐了，又上了个厕所，出来后就看到了毒发的丁浩和普普，此时张东升也原形毕露，朱朝阳看情势危险，忙逃向门口，张东升去追他，丁浩趁机找到桌下的一把匕首和张东升搏斗，虽然张东升是成年人，但三个打一个，最后他被普普和朱朝阳拖住，被丁浩捅死了。朱朝阳在搏斗中也被割了几刀，好在都是皮外伤，否则四个人无一生还，这一连串事情的真相恐怕永远不会被知道了。"

严良皱眉冷哼："他是多么严谨的一个人，前面几次命案即使知道是他干的，也没有证据能够指控他，对他而言，眼见就将大功告成，最后却功亏一篑，被他想杀的孩子捅死了，真是一种讽刺。"

"尽管氰化钾发作很快，但人死前的爆发力是很强的，我想他也绝没想到小小的对手会殊死一搏，和他同归于尽。"

严良唏嘘一声，问："现在一切差不多都水落石出了，朱朝阳你们准备怎么处理？"

叶军皱起眉，道："还没定呢，不过也差不多了，大致的来龙去脉被报到了市里。早上，市局和分局的领导及我们所长开了会。市局的马局长的意见是教育为主，不管是朱晶晶案还是朱永平夫妇案，这两起案件和朱朝阳都没有直接的关系，他的核心问题是包庇罪。前面几次警察调查中，他谎称不知道，掩藏了丁浩和夏月普，夏月普就是普普的真名。但他所犯的包庇罪，其实从他的成长和生活环境来看，也情有可原。第一次丁浩把朱晶晶推下楼，如果朱朝阳供出两人，那么朱永平会怎么看这个儿子？这是他无法承受的压力。第二次朱永平和王瑶遇害，他事先并不知情，突然遇到这么大的事，一个孩子能不害怕吗，他自然也不敢说出来。平心而论，就算成年人遇到他这样的处境，恐怕也会犯包庇罪。他本质是好的，在学校，他的成绩一直全校第一，从没惹过事。他喜欢和丁浩、夏月普在一起，不过他跟这两人有着本质区别。丁浩是小流氓，夏月普更是性格偏激乖张，这两人和他相处两个月，多少会潜移默化地带来影响。所以不能把责任都归到他一个小孩身上，有家庭的原因，也有社会的原因。马局长还说了，根据法律，包庇罪的适用对象是年满十六周岁的人，朱朝阳还未满十四周岁，不适用包庇罪。即便他杀人了，也不用承担刑事责任，更别说包庇罪了。对未满十四周岁触犯刑法的人，通常做法，轻罪由家庭负责监督教育，特大案件才移送少教所。对此，大家一致认为不能把他送去少教所，少教所里都是些小流氓，他读书这么好，送进去就毁了。所以我们现在要做好和周春红以及学校的沟通工作，商量以后如何教育他，如何治疗他遭遇的心理创伤，如果可行的话，最好让他9月1日正常去报到，同时还要替他保密，不让他以后的生活受到影响。"

严良欣慰地点点头。"警察的职责不光是抓人，更重要的是救人。看到你们这么细心，我想这个孩子以后会好起来的。"

又坐了一会儿后，他站起身告辞："叶警官，多谢你破例告诉我张东升的事，我也该回去了。你们接下来这阵子应该都很忙吧？"

叶军苦笑道："没办法，一下子冒出这么多案子，我们所里还是第一次。徐静一家的两起案子，之前都是作为事故登记的，现在要补立刑事案，还要重新做卷宗。朱永平和王瑶的尸体当时在公墓被很多人当场发现，镇上轰动，我们还要做后续的案情通报工作。朱朝阳那头，还要和家长、学校商量今后的教育方案。"

"呵呵，确实很辛苦。"严良客套了一句，正准备离开，突然停下了脚步，眉头微微一皱。他在原地静止了几秒，转过头问："你说朱永平和王瑶的尸体在公墓被很多人当场发现？"

"是啊。"

"怎么发现的？"

"那天有队送葬的人，一些人在公墓上头走时，看到一个土穴里冒出半只脚掌，随后报了案。"

严良眼角缩了缩。"半只脚掌露在土穴外？"

"对啊，朱永平的半只脚掌露在土穴外，那土穴是原本就成片挖好的，以后立墓放骨灰盒，只有不到一米长，半米宽，比较小，人很难被完全埋进去，所以半只脚掌露在外面了。"

"不可能，"严良连连摇头，"张东升一定希望尸体越晚被人发现越好，那样警察就越发破不了案，他不可能会让尸体的脚掌露在土穴外，那样很容易被人发现尸体。"

叶军撇撇嘴。"可是当时的情况就是这样。"

"能不能把你们调查时拍的照片给我看看？"

叶军随后拿了朱永平、王瑶案的卷宗给严良。

严良翻了一下，脸色逐渐阴沉下来，吐出几个字："这案子有问题！"

"嗯？什么问题？"叶军一脸不解。

"朱永平和王瑶整张脸都被刀划花了？"

"对，肯定是张东升划的。"

"身上衣物等东西也都被拿走了？"

"是的，这些东西在张东升家找到了。"

严良望着他。"你有没有想过，张东升为什么拿了被害人的衣物，又把人脸彻底划花？"

"当然是为了制造无头案，让我们警方连被害人是谁都查不出，更别想破案了。"

严良点头。"对，没错，他就是想着即使以后尸体被人发现，由于无法辨识，确认被害人身份都难，破案难度大幅增加。可是——"他话锋一转，接着道，"他在埋尸体的时候，怎么会连脚掌都没埋进去就一走了之，让你们这么快就发现了尸体，确认了被害人身份？他如果连尸体都没埋好，那么前面这些划花人脸，带走被害人衣物的事不就白干了？张东升这么严谨的人，所有案子都做得天衣无缝，他不可能没把脚掌埋到土里就走了。"

叶军不置可否道："大概他当时处理尸体比较匆忙。"

"既然他去杀人，就一定想过了如何处理尸体，不会因匆忙而敷衍了事，着急离去。而且他有时间把人脸划花，把衣物带走，却连最后把脚掌埋到土里这么点时间都没有？不要说他不小心没留意，这么明显的东西任何人都不会疏忽。"

叶军猜测着："嗯……或许是下雨冲出来的，那几天下过几次雷阵雨。"

"雨有多大？"今年整个夏天浙江都受副热带高压控制，几乎没下过雨。

"嗯……大倒不是很大。"

"除非特大暴雨，否则不会冲出半只脚掌。"

叶军不解地问："严老师，您的意思是？"

严良紧紧皱起眉，立在原地思考了很久，随后他眼神复杂地看向叶军，缓缓道："也许，脚掌是被人挖出来的。"

叶军更加不解。"这是什么意思？您想说明什么？谁挖的，为什么要这么做？"

严良对叶军的疑惑似乎置若罔闻，他来回踱了几圈步，最后，轻轻地说了一句："似乎两个月来的这些案子，我们所知道的所有来龙去脉，全部来自朱朝阳的口供和他的那本日记。"

"对，嗯……您是怀疑朱朝阳说谎？"

严良不置可否道："我不想妄加猜测。"

"他一个初中生，在这么多警察面前不会撒谎的。"

"他之前撒谎了。"严良思索了一会儿，道，"你们有没有对他的口供和日记里的内容进行过调查确认？"

"当然，我们要做备案卷宗，第一时间就对里面的各项关键点都做了调查，这两天结果差不多都出来了。"叶军自信满满地拿出一沓文件，看着里面的记录，介绍道，"先来说说夏月普和丁浩，我们查出他们的身份，二人都是今年4月从北京××孤儿院逃出来的。我们跟孤儿院取得了联系，他们院长知道了两人的事后，向我们证实，丁浩是里面的打架王，多次偷教导员的钱包逃出去打游戏，多次殴打其他孩子，其中甚至还有比他年纪大的，两次把人牙齿打落，三次致人轻伤，不服管教，和教导员都敢动手。我们在他尸体左臂上看到刻着'人王'的刺青，他要做社团大哥、人中之王。他老家的派出所民警说他小时候就是因为盗窃被抓，又半夜去砸人家玻璃被带到派出所，后来送去孤儿院的。这样的暴力分子，如果调教不过来，出来后肯定危害社会。相比丁浩，夏月普看似好多了，但其实她比丁浩更坏，丁浩干坏事都是她出的主意。她的性格一向很古怪，平时不说话，但骨子里有着不同于自身年龄的阴暗。她刚来孤儿院的时候就说她爸爸是被警察冤枉枪毙的，这导致她性格有偏执的一面。她结识了丁浩后，两人以兄妹相称，凡是骂了她的，丁浩都会动手打人。女生和她发生争执后，丁浩不打女生，但过几天得罪夏月普的女生就会发现，自己的茶杯里被人放了大便，而夏月普又不承认。后来，整个孤儿院里，这两个人成了孤立的小团体，不和其他人往来，其他孩子也不敢招惹他们。两人都经常被关禁闭，他们大概因此萌生了逃跑的念头，逃跑前还偷了院长的钱包。"

严良迟疑道："那么……夏月普的爸爸，真的是被冤枉枪毙的？"

叶军耸耸肩。"这是其他地方的陈年旧案，没人知道了。反正在我个人看来，丁浩的暴力还是可控的，夏月普这样的孩子成年后才最危险。我们跟她老家派出所取得了联系，当地警察也都证实她七岁时把一个同学推下水库淹死，但她那时不肯承认，警察找不出证据，而且她年纪小，此事不了了之。朱朝阳日记里提过，夏月普承认人是她

推下去的。小小年纪就这样，内心藏了多少事啊。"

严良不认同地摇头。"也不能怪他们，家庭、社会都有责任。"

叶军不屑道："同样家庭的小孩，他们孤儿院里还有很多，可那么多人都好好地生活着，慢慢成长着，可见不能把犯罪都归咎于环境，更重要的是自己放弃了走正路。"

严良知道叶军这样天天抓罪犯的实战警察和他一个知识分子对待犯罪的宽容度是不同的，也不愿反驳，只是轻微摇摇头，道："其他呢？"

叶军道："从事情发生的顺序讲起吧，7月2日那天，朱永平和很多人打牌，那些人都证实，当天朱朝阳来厂里遇到王瑶母女，朱永平让他喊自己叔叔，这给孩子心中的仇恨埋下了伏笔，导致了他去少年宫找朱晶晶报仇，结果意外引发悲剧。7月3日下午，在看到视频中张东升杀人后，朱朝阳选择了报警，警讯中心通话录音显示，当时朱朝阳刚说了半句话，电话就被挂断了，协警回拨过去，变成夏月普接听，她说拨错了。7月4日，朱晶晶遇害的男厕所窗户上采集到的指纹中，有夏月普和丁浩的指纹，朱晶晶嘴里的阴毛和皮肤中提取的DNA也和丁浩的完全匹配，证明了丁浩杀人。后面王瑶几次找朱朝阳的事，都是我接警处理的。所有事情和他日记里的记载完全一致。"

"那么……"严良迟疑道，"日记里所记载的每件事的时间有核对过吗？"

"完全一致，甚至还抽调了新华书店的监控，证明每天下午夏月普都会与朱朝阳见面。"

叶军又接着道："至于最后一天的事，我们在张东升家搜查了很久，终于找到了毒药，他竟包在一个塑料膜里，塑料膜放在洁厕粉瓶子的最底下，好在他家东西不多，否则要找到还真不容易。毒药来源很难查，可能是买的，黑市剧毒物交易没法查，也可能是自己合成的，他利用老师的身份去学校实验室拿点化学品还是容易的。"

严良思索片刻，突然问："有没有查过杀死张东升的那把匕首是不是他自家的？"

叶军不解地看着严良，还是回答了："当然是他自家的了，那把匕首造型很特殊，我们查到，匕首是徐静大伯从德国旅游回来后，送给徐静、张东升新家镇宅用的。"

"哦……"严良若有所思地点点头。

叶军奇怪地问："严老师，您到底在怀疑什么？"

严良犹豫了一阵，缓缓道："我深信朱永平的尸体半只脚掌露出土穴，绝不是张东升疏忽大意，他不可能把一切都做得天衣无缝，却出现这种低级失误。"

"嗯……那您的意思是……"

严良抿抿嘴。"我有个卑鄙的猜测，我在想，那半只脚掌会不会是朱朝阳挖出来的。"

"他……哦，我记起来了，他日记里写过，朱永平夫妇死后的那个星期日，他去过公墓，可能他想看看他爸的尸体，挖出来看了眼，又盖回去了，结果露出半只脚掌。否则也不会这么快被人发现尸体。"

"可他日记里只写了他去过公墓，没有写他动过尸体。"

"他又不是拍纪录片，没必要把每天的一言一行都写下来吧。有时候日记篇幅长，有时候日记只有寥寥几句。"

严良道："他现在已经在家了吗？"

"对，昨天晚上让他先回家休息了。"

"你能否打个电话问问？"

"想问他什么？"

"就是这个问题,他有没有把尸体挖出来。"

"这个问题很重要吗?"叶军一头雾水。

严良狠狠点头。"非常重要!"

84

叶军按下免提,拨通了朱朝阳家的电话,是周春红接的,他说还有事需要向她儿子核实。朱朝阳接了电话后,叶军说了问题。

电话那头沉默了一会儿,朱朝阳回答道:"我……我就翻开土,看到脚,就……就怕了。"

严良直接凑到了电话机前,道:"你为什么要翻土?"

"我……我想看一眼。"

"那你为什么那天想去公墓呢?"

"我……我想最后看一眼……看一眼我爸。"

"除此之外,你是不是有其他的目的?"

严良的语气显得咄咄逼人,叶军向他投来不友善的目光,显然意思是,有这样逼问一个心理受创伤的小孩的吗?

电话那头再次沉默了一会儿,朱朝阳回答道:"没有啊,我就是想去看最后一眼。"随后那头传来了哭声。

接着周春红接过电话,向警察解释儿子情绪不好,如果还有问题需要问,最好当面来问,这样容易接受些。

挂断电话后,叶军无奈地笑了笑,一脸责怪的样子望着严良。

严良略显尴尬地摇摇头,道:"他的回答太天衣无缝了,我找不出任何理由怀疑他。"

叶军责怪道:"您到底怀疑他什么?"

严良自嘲般笑道："我有个很卑鄙的想法，一个成年人的很卑鄙的想法。事情发展到现在，出了这么多起命案，但最后，你想想，谁是最大的受益者？"

叶军不明白。"谁？"

严良道："朱朝阳。朱永平死后，朱朝阳肯定能分到一大笔遗产。"

"可朱永平又不是朱朝阳杀的，他也不想他爸死啊。"

严良道："不管他心里是怎么想的，在财产上，他是最后的最大受益人，这一点没错。"

"可这跟尸体脚掌有没有露出来有什么关系？"

严良道："如果脚掌没露在土外，说不定朱永平的尸体到现在也没被找到，对吗？"

叶军想了想，点头道："公墓这地方平时很少有人去，上面的空穴或许等以后要立新墓了才会被人发现里面有尸体。"

"那样一来，朱永平夫妻只能是失踪状态，而不是死亡状态。没登记死亡，怎么分财产？人失踪一段时间后，工厂还要办下去，到时就是王瑶的家人接管工厂了，朱朝阳怎么分财产？"严良眼睛里发出锐利的光芒，正色道，"所以，只有让朱永平的脚掌露出来，只有让人早点发现他的尸体，才能登记死亡！朱朝阳才能去分财产！"

叶军听到严良的分析，顿时瞪大了眼睛。"您是怀疑，朱朝阳在得知他爸被杀后，星期日跑去公墓，挖出脚掌，是为了让人早点发现尸体，他才能去分财产？"

严良点点头。

叶军随即连连摇头。"这不可能吧，一个初中孩子，想不到这么长远吧？"

严良双手一摊。"我也只是胡乱猜测，毕竟一个人的内心怎么想

的，没法知道。"

"可就算他真有这方面的想法，也算不上什么，人都喜欢钱。他爸又不是他杀的，知道他爸死了后，无法改变事实，只能转而争取未来的利益最大化。"

严良摇摇头。"不，如果他真这么想，那么整个案件的定性就错了！"

叶军不解地问："怎么错了？"

"你们认为他是包庇罪，但如果他把脚掌挖出来，并非只为了单纯看最后一眼，而是想让尸体快点被人发现，好登记死亡分财产，那么他涉及的就不是包庇罪，而是故意杀人罪！"

叶军笑起来。"严老师，这回您可搞错了，您颠倒了时间顺序。朱永平夫妇被杀后，朱朝阳才跑去公墓的，即便他真这么想，那也是在朱永平死后，才想到分财产。而不是他想分财产，朱永平夫妇才被杀。"

严良道："日记是写给他自己看的，有什么想法不会保留，都会原原本本写上去。如果他挖出脚掌是为了登记死亡分财产，可是他在日记里却没有写出这个想法，就是说，他在日记里隐藏了自己的真实想法，那么也就是说，这本日记，本就不是给他自己看的，而是——他特意写给警察看的！"

叶军瞬间再次瞪大了眼睛，严良这句话让他全身汗毛都竖了起来。

严良继续道："这本日记里有两个疑点。第一，写得实在太详细了，我一个从没接触过这个故事的人，在看了日记后，对里面的人物关系、几次事情发展都了然于心，几乎所有与案件有关的细节都被写进去了。第二，平时的事情都记录得这么详细，但朱永平尸体被发现后那几天的日记，几乎都是寥寥数语，里面只谈到了一句分财产，一笔带过。而显然，那几天分财产会成为家庭的头等大事。一笔带过，似乎简单了些。我想，以现在的局面分财产，主动权肯定在朱家这边，他们肯定能分到比王家多的钱。具体怎么分、分到多少财产为什么不写下来呢？我再卑鄙地猜测一下，那是因为他担心如实写下来，就会被公安机关看到分财产有不合规的操作。"

严良吸了口气，继续道："除此之外，我还有两个没有逻辑的怀疑。第一是，整整九条人命，联系的中心点是朱朝阳，但都和他没有直接关系，这似乎有些不可思议。第二是，张东升这么缜密的一个人，在最后即将成功的关头，却被他下毒的人莫名捅死了。不过，这在你们旁观者看来很正常，只是我了解张东升，我很难想象。"

叶军低着头，沉思了一会儿，道："您的意思是朱朝阳的日记是故意写好放着，等着给警察看的？"

"我只是猜测，一个很卑鄙的猜测。因为事到如今，所有相关人都死了，他怎么说，日记怎么写，就成了唯一的答案。"

叶军拿起复印的日记，翻了翻，随后摇摇头，道："不可能，日记不可能是他编造的。您瞧这里，他写着普普想出柜子上夹毛线的办法，来试探张东升有没有趁他们不在家进来搜东西。要是编造的故事，不可能有这么细的细节。类似的地方日记里还有很多。只有经历过的人，才能写下这些小细节，编造的故事根本做不到这样细腻。"

对叶军的这个质疑，严良表示他无法反驳，因为确实，编造出来的故事无法使细节丰满。

叶军很坚决地道："您说的这些疑点，其实都只是猜测，构不成证据。日记不可能是假的！除非朱朝阳有未卜先知的能力，提前知道会是这个结局。知道张东升会下毒杀他们三个；知道张东升会把毒下进可乐里，所以他不喝可乐；知道张东升最后会被丁浩捅死；知道丁浩和夏月普最后都会被毒死，只剩他一个人活着。否则任何一个人活着，都能拆穿日记与事实不符。他又不是神仙，怎么可能提前知道结局？就拿张东升来说，他要把三个孩子灭口，他把毒下到可乐里，他总不会提前通知朱朝阳吧？"

严良轻轻点头。"你说得很对，我也想不出任何可能的解释，至少张东升在可乐里下毒是不可能让这三个孩子提前知道的。所以我也仅是猜测。我坚信张东升处理尸体，不会犯把脚掌露在土外这种低级错误，所以让你打电话问朱朝阳。如果他否认了，我会对他产生怀疑。可他承认是他挖的，逻辑上，我已经找不出理由怀疑他了。"

叶军顿感松了口气，刚刚听到严良怀疑整本日记是假的，是专门为警察而写时，他也吓了一跳，一个孩子如果有这样的心机，那该多可怕？

严良又道："那本日记的原件在派出所还是还给朱朝阳了？"

"还放在所里，这是物证，我们也征求过朱朝阳本人的意见，他同意交给我们。"

"那么能否给我看一眼？"

叶军不解地问："您要实物干什么，复印件一模一样。"

严良尴尬地笑笑。"我只想看一下而已。"

叶军道："好吧，反正也不是重要物证，您要看就看吧。"

他打了个电话，很快有协警送来朱朝阳的日记本。

严良接过来一看，本子挺旧的，原本不太厚的一个本子，因为里面写满字，显得很蓬松。他翻开里面几页，上面有错别字，也有涂改的地方，和复印件一模一样，看着只是个很普通的日记本。

他背过身，故意大声说话掩盖他一个小动作所发出的声音。"写了这么多，算起来应该有两万字吧？哦，坚持写了大半年，这份毅力一般初中生不具备。"

叶军接口道："是啊，他成绩全校第一，自制力肯定比一般学生强多了。"

"好吧，谢谢，我看过了，没问题。"他把本子递回给那名协警。

协警拿过日记本刚准备出去，抖了一下，突然道："哎呀，这日记怎么破了一张？"

他翻开第二页，第二页上少了个不大不小的角。

严良道："我以为本来就破了。"

叶军立刻冲协警喊："给我找出来哪个浑蛋撕的！这好歹也是物证，保管得这么粗心，如果以后凶器、指纹弄丢了，麻烦大了去了！"

协警小心翼翼地离去，严良觉得有点对不起他。

随后，严良又道："能否提最后一个请求？我想和朱朝阳当面谈一谈。"

叶军狐疑地看向他。"您想和他谈什么？"

"你放心，我不会再咄咄逼人了，你可以在旁边，我只是单纯地找他聊一聊，了解一下他的心理。"

85

朱朝阳到了派出所，周春红也跟来了，不过因为不是审问，说只是聊一些其他问题，用不着监护人陪在旁边，所以让她先去旁边办公室坐着。

朱朝阳走进叶军办公室，看到他，立刻有礼貌地喊了声："叶叔叔。"

叶军朝他微笑，给他倒水，显然很喜欢这个孩子。

随后朱朝阳的目光扫向了坐在一旁的另一张面孔，迟疑了一会

儿，道："您是……您是那个人的老师，也是教数学的？"

严良向他点头笑了笑。"我们已经见过一次面了，你好，小朋友。"

叶军很好奇严良居然见过朱朝阳，严良解释那天在张东升家见过一次，却想不到后面会冒出这么多事。

朱朝阳道："您数学太厉害了，看一眼就知道题目错了。"

严良道："你也不赖，我是老师，天天和数学打交道，看出题目错了不奇怪，你一个初中生，却能看出高中题的错误，并在那个时刻伪装成张东升的学生，应对自如，这本事——"

他还想说下去，叶军重重咳嗽了一声，意思是告诫他别说这么露骨的话，严良只好笑笑闭了嘴。

朱朝阳听到他说到一半的话，神色微微变了下，连忙岔开话题。"您是大学的数学老师？"

"对。"

"您是哪个大学的？"

"浙江大学。"严良回答道。

"浙大！"朱朝阳瞬时瞪大了眼睛，"我最想考的就是浙大，我最想读的是浙大数学系！"

严良不置可否地淡淡道："看你以后的高考了。"他停顿了一下，又道："对了，我有个问题一直想问你，我自己怎么也想不明白。夏月普是怎么说服张东升，让他帮忙杀人的？"

叶军又咳嗽一声，不过这次严良没管他，而是很直接地盯着朱朝阳的眼睛。

朱朝阳眼睑低垂下去，低声叹息："我……我告诉过警察叔叔了，我也不知道。"

"夏月普没告诉过你吗？"

"月普……月普她只是后来才告诉我，我爸……我爸出事了，是她和耗子先威胁然后说服那个人一起干的，怎么说服的我不知道。"

"张东升肯定是不希望继续杀人的，即便他们威胁他，他肯定也会想方设法找借口拒绝。他最好的办法，是直接告诉你夏月普和丁浩的计划，让你阻止他们。他没来找过你吗？"

"他不知道我家在哪儿。"

严良笑了笑。"这回答不错。"

叶军喉咙都快咳断了。

可严良还是继续问："他们是怎么让你爸和王瑶中毒的？"

"我和警察说过了，我不知道，月普不愿意告诉我具体细节。"

叶军忍不住出言打断："严老师，事情都调查清楚了，不用问这些了吧？"

朱朝阳看向叶军，声音低沉地道："叶叔叔，我也不想说了，我想做个正常人。"

叶军更是催促："严老师，差不多了吧？"

严良不管他，道："我还有一个问题——"

他还没说完，朱朝阳打断他，祈求地看着叶军，带着低沉的哭腔。"叶叔叔，明天……明天报名了，我能去学校吗？"

"你放心，正常去上课，我们已经决定了。"

朱朝阳低头支支吾吾："那……那我能不能拜托您一件事？"

"你说。"

"我的事……我的事您能不能不要让叶驰敏知道，千万不能让她知道，"他露出惊恐的表情，"如果她知道……如果她知道，我就彻底完蛋了。"

"嗯……"叶军不禁奇怪地问，"怎么了？"

朱朝阳随即把叶驰敏上个学期期末考试前一天，先冤枉他摔坏相机镜头，又自己泼水却去老师那儿告状，最后才知道是为了影响他心情，让他考试考不好的事说了一遍。还说叶驰敏如果知道了，肯定会让他难堪的，他在学校就没法待下去了。

严良很仔细地看过他的日记，知道日记里写过这件事，不过他压根没想到日记里写的叶驰敏竟然是叶军的女儿！

他抬起眼，一脸吃惊地看着朱朝阳。

叶军显然没有仔细看过日记前面那些在学校的琐事，并不知道这件事。

他听着朱朝阳的讲述，早已咬紧了牙关，等到讲完，他顿时怒目圆睁，狠狠地一拍桌子站起身，吓了另外两个人一跳。

他严肃地望着朱朝阳，用不容置疑的语气说："叔叔替小叶向你道歉！你放心，这事我替你做主。我保证叶驰敏再也不敢欺负你！你的事学校里也不会有人知道，老师也不知道，你安心去上课。保护未成年人是我们警察必须做的，假如哪天传出什么风言风语，你大胆告诉叔叔，叔叔一定会把造谣的源头抓出来！"

他说完这些话，满脸怒火就往外冲。

严良叫住他。"你做什么去？"

"抽烟去，下班再回去收拾死丫头！"他大步向外冲去，幸亏他没戴警帽，否则大概已经怒发冲冠了。

严良回头看向朱朝阳，目光很复杂，叹息着苦笑一声："你这么厉害，你妈妈知道吗？"

朱朝阳一脸茫然。"什么？"

严良哈了口气，站起身，道："小朋友，我也走了，好好学习，天天向上。"

86

9月1日，初三开学了。

今天只是报到，还没正式上课。

朱朝阳早早来到了学校，暑假过后，同学间都是一片久别重逢的欢声笑语，还有对新学期到来的哀叹。大家都在谈着暑假的新鲜事，没人在意他。只有同桌方丽娜问他怎么样了，不过显然方丽娜只知道他爸死了，并不清楚后面的事。

叶驰敏今天来得很晚，进教室后，瞪了朱朝阳一眼，却什么话也没说，独自走到位子上，看起书来。

方丽娜偷偷对他说了句："叶驰敏瞪你干吗？"

朱朝阳一脸茫然道："我不知道啊。"

"刚开学就要和你过不去，以后你得防着点。"

朱朝阳点点头。"我读我的书，不管她。"

方丽娜笑道："这样想就对了。"

很快，到开学典礼的时间了，班主任老陆招呼学生们都去操场。

朱朝阳独自走出教室，身后却偷偷响起了一个声音："你干的好事。"

他回过头，看到了9月天里脸上透着寒气的叶驰敏，她两眼红肿，显然哭过。朱朝阳白她一眼。"什么事？"

"哼，不承认就算了，"叶驰敏别过头，"以后我不惹你了，我们井水不犯河水！"

"这话说得，我从来没有冒犯过你。"

"哼。"

叶驰敏加快脚步，匆匆越过朱朝阳离去。

朱朝阳来到操场上，在旁边其他学生的喧闹声中，他依旧是独自一个人，他想起了月普，想起了耗子，想起和月普一个多月来每天下午一起看书的温暖，他不禁叹了口气。

再也没有这两个朋友了。

以后也不会有这样的朋友了。

明年，月普的爸爸再也收不到相片了……

他咽喉有些酸，抬起头，明媚的阳光让他的心情好受了些。

新的学期，新的一天，新的太阳，新的自己。

在这所初中的铁栅栏围墙外，站着一个戴眼镜的中年男人，他双眉蹙成了两道峰，眼神复杂地望着操场上的这些孩子，望着人群外游离着的一个孤独身影——朱朝阳。

他还是孤独的，就像一直以来那样。

严良拿起手机，又看了眼，上面有条信息："严老师，您的纸片经过字迹鉴定，可以确定是在一个月内写的，具体哪天因技术有限，无法给出结论。"

"这个结果够了。"严良淡淡地自语一句。

他撕的是日记的第二篇，也就是去年12月的，但结果是这篇日记是在一个月内写的，也就是刚过去的这个月。

至此，那个卑鄙的猜测成了事实。

朱朝阳在短时间内写出了整整大半年的日记，显然，这日记不是给他自己看的，而是留给警察看的。

写日记的那本笔记本显得很旧，大概是朱朝阳拿几年前的笔记本写的，他成绩这么好，每年都会被奖励本子吧。用旧本子写日记，更能显得日记像是写了很久的样子。

只不过这孩子不知道，字迹能够鉴定出大致的书写时间，虽然做不到精确，但足够了。

那么日记中的内容是假的吗？

也不是。

警方对日记内容进行了大量调查核实，但核实到的结果竟没有一条与日记有出入。

夏月普和丁浩……不管是他们老家派出所还是孤儿院，反馈回来的信息都和日记里记的事完全一致。那几起案件，也都有坚实的物证支撑，与朱朝阳无关。

朱晶晶案，有夏月普和丁浩的指纹，DNA 和丁浩的一致，却没有朱朝阳的任何信息。朱永平夫妇被杀案，朱朝阳在上课，同样与之无关。徐静一家的两起命案，显然是张东升干的，和孩子们没关系。最后张东升、丁浩、夏月普三个人死了，指纹、凶器、毒药等各项物证显示，和朱朝阳的口供也完全一致。

那么他为什么要写假日记，他在日记里到底隐瞒了什么？

严良不知道。

最让他惊讶的是，如果日记是假的，那么就证明朱朝阳早就料到了最后的结局。可他怎么会预料到张东升会下毒杀他们三个，怎么会预料到毒下在可乐里，怎么会预料到夏月普和丁浩都会中毒，怎么会预料到张东升会被丁浩捅死？

严良根本想不出任何解释。

这些问题，恐怕只有朱朝阳自己能解释了。

他只知道，现在字迹鉴定结果放在面前，那就是朱朝阳在撒谎，日记是假的！

毫无疑问，朱朝阳隐藏了一些极其重要的秘密，也许有些秘密，

是永远不能与别人分享的。

但仅凭日记是近一个月写的这点，是否就能定朱朝阳的罪呢？

没有任何证据能证明他直接涉及了这几起命案，甚至他即便真的直接涉及了命案，未满十四周岁，也不会被怎么样。

只不过，戳穿一个孩子最阴沉的谎言后，也意味着戳破了孩子所有的伪装防线。

当身边所有人以后都用一种提防、恐惧的眼光打量他时，这孩子的心理会受到怎样的创伤？他以后会怎样看待这个世界？

此时，国歌响起，孩子们聚集在操场上排好队，一个个精神抖擞。

阳光很明媚，朱朝阳面朝太阳，孩子们正在茁壮成长。

严良将手指放在了手机屏幕上方，屏幕上是叶军的名字，左边是通话键，右边是取消键。

看着阳光下的孩子，他突然想起朱朝阳日记的最后一句话："好想做一个全新的人啊。"

这话，大概是真的吧……

他很矛盾，也许这孩子已经是个全新的人了，他这么做会不会毁了一个人的一生？

他的手指停留在"通话"和"取消"之上，只差了一厘米。

这一厘米，向右，也许是一个孩子从此过上全新的生活，好好学习，天天向上；向左，也许他的所有伪装被揭穿，赤裸裸地展现在周围人面前，心理受重创，他接下来的整个人生都会改变。

这一厘米，通向两个截然不同的未来。

这一厘米，是世上最长的一厘米。

图书在版编目（CIP）数据

坏小孩：修订新版 / 紫金陈著 . -- 长沙：湖南文艺出版社，2023.6
　ISBN 978-7-5726-1196-4

　Ⅰ.①坏… Ⅱ.①紫… Ⅲ.①推理小说—中国—当代 Ⅳ.①I247.5

中国国家版本馆 CIP 数据核字（2023）第 086860 号

上架建议：畅销·悬疑推理

HUAI XIAOHAI：XIUDING XINBAN
坏小孩：修订新版

著　　者：紫金陈
出 版 人：陈新文
责任编辑：刘雪琳
监　　制：毛闽峰　刘　霁
策划编辑：张若琳
文案编辑：高晓菲
营销编辑：杨若冰　刘　珣　焦亚楠
出 品 方：极地小说
出 品 人：张雪松
出版统筹：郑本湧　胡一圣
封面设计：介末设计
版式设计：梁秋晨
插 画 师：壹零腾 OTEN
出　　版：湖南文艺出版社
　　　　　（长沙市雨花区东二环一段 508 号　邮编：410014）
网　　址：www.hnwy.net
印　　刷：三河市百盛印装有限公司
经　　销：新华书店
开　　本：875 mm × 1230 mm　1/32
字　　数：305 千字
印　　张：11.75
版　　次：2023 年 6 月第 1 版
印　　次：2023 年 6 月第 1 次印刷
书　　号：ISBN 978-7-5726-1196-4
定　　价：58.00 元

若有质量问题，请致电质量监督电话：010-59096394
团购电话：010-59320018